Ex-Cop Maggie Terry muss neu anfangen, doch in ihrer Welt ist nichts mehr wie früher. Das Telefon ist tot, die Nachbarschaft fremd, Leute verhalten sich seltsam. Zudem versteht Maggie sich selbst kaum. Als Wahrheitssucherin stolpert sie ständig über ihre eigenen Füße. Und ihr inneres Chaos spiegelt auf tragikomische Weise das ihrer Stadt: New York City, in Sarah Schulmans frühen Romanen eine pulsierende, geschichtsträchtige Metropole blühender Gegenkultur, erinnert jetzt eher an einen zerstückelten Kadaver, halb aufgefressen und weiterhin benagt von Neoliberalismus und Gentrifizierung, vom Verfall der amerikanischen Gesellschaft, wo die meisten Leute im Konfliktfall nur noch ein Rezept kennen: die Polizei rufen.

Maggie Terry ist die Ermittlerin einer Welt aus den Fugen. In ihrem Leben, in ihrer Stadt klaffen Lücken. Mit sich ins Reine zu kommen scheint unmöglich unter der Last eigener Fehler und Versäumnisse. So hangelt sie sich von AA- zu NA-Meetings, sucht nach Bodenhaftung. Ein Fall könnte ihr vielleicht helfen – oder wird er die endgültige Katastrophe herbeiführen?

Trüb ist ein so komödiantischer wie schwermütiger New York City Noir. Die radikale Literatin Sarah Schulman knüpft mit Maggie Terrys strauchelnder Morduntersuchung an die politische Tradition des US-amerikanischen ›Hardboiled Mystery‹ an. Die komisch-groteske Überforderung der ihrer Illusionen beraubten Ermittlerin, zugleich ein Abgesang auf urbane Utopien, ist ein ratloses und doch verbindliches Statement zur Gegenwart: trostlos, kritisch, geistreich, mit Situationskomik, Schärfe, Wissen um Zusammenhänge und viel Herz.

Else Laudan

Sarah Schulman

Trüb

Deutsch von Else Laudan

Ariadne 1241
Argument Verlag

In Erinnerung an Thelma Wood

Tag 1

Mittwoch, 5. Juli 2017

Kapitel eins
8:00 Uhr morgens

Alle waren komplett verwirrt, denn der Präsident war ein Irrer. Niemand wusste, ob eine Strategie hinter dem Chaos steckte oder ob er einfach verrückt war. Die breite Palette gewählter Beamter mit der Verantwortung, die Menschen zu schützen, war dieser Aufgabe nicht gewachsen. Das System hatte ihren Status erschaffen, nur existierte das System so nicht mehr. Aber sie steckten alle zu tief mit drin, um groß aufzumucken.

Nach sieben Monaten Irrsinn hielt er seine 4. Juli-Ansprache an einem brütend heißen 1. Juli, bloß um noch mehr Beklommenheit zu stiften. Er las vom Teleprompter ab, verkündete, seine Nation werde jetzt gefälligst »Fröhliche Weihnachten« sagen statt »Schöne Feiertage«. Er ordnete an: »Amerikaner verehren keine Regierung, wir verehren nur Gott.« Und er drohte mit Krieg in den wenigen Regionen der Erde, wo noch keiner tobte, während er sich im Inland darum bemühte, die Eisenbahn dichtzumachen. Muslimische Menschen aus sechs Ländern wurden geächtet, und die Gründe dafür hatten absolut nichts mit der Realität zu tun. Er forderte die ersatzlose Abschaffung der allgemeinen Krankenversicherung ohne jedes Gegenkonzept. Falls er je Steuern gezahlt hatte, wollte er das ab sofort nicht mehr tun. Zwar gab er kaum je einen zusammenhängenden Satz von sich, dafür wiederholte dieser Mann immer wieder, dass er am »Gewinnen« sei, und trichterte seinem Publikum ein, dass er bereits »gewonnen« habe und weiterhin »gewinnen« werde.

Der gesellschaftliche Verfall griff mit halsbrecherischer Geschwindigkeit um sich. Nur dreizehn Botschafter wurden ernannt, um sich unserer Beziehungen zur ganzen Welt anzunehmen; die meisten Regierungsbüros blieben leer. Gemeindeland wurde aufgeteilt und meistbietend verhökert. Der arme gebeutelte Planet, die Erde selbst begehrte auf. Brände verwüsteten die Welt. So viele Menschen waren aus ihrer Heimat vertrieben worden, dass das Wort Heimat neu definiert wurde als eine Erinnerung, ein Mythos von Beständigkeit.

Unterdessen hier zu Hause in New York City:

Die U-Bahn entgleiste regelmäßig oder fuhr überhaupt nicht. Festnetzleitungen, die während 9/11 und Hurrikan Sandy stabil funktioniert hatten, waren endgültig tot, weil die Kabel von Ratten durchgenagt waren. Ein Arzt marschierte mit einer Automatikwaffe in ein Krankenhaus in der Bronx, ermordete einen anderen Arzt und verletzte sechs Patientinnen und Patienten. Das 4. Juli-Feuerwerk war ganz unnütz, da längst alle Fahrräder geklaut waren.

Und Maggie Terry?

Zu sagen, dass sie *Angst hatte*, trifft es nicht, denn die völlige Auflösung ihrer spezifischen *persönlichen* Muster und Schablonen enthüllte eine erschreckende Banalität, die weder zum nationalen Desaster passte noch zu gewöhnlicher Angst. Es ging hier nicht um *Angst*, sondern um die erstmalige Erfahrung von zutiefst bestürzendem, ratlosem, nacktem Entsetzen, die sie im Alter von zweiundvierzig beschämend spät ereilt hatte. Ihr Timing hätte nicht schlechter sein können, da ihr privater Zusammenbruch den der ganzen Gesellschaft spiegelte. Was dazu führte, dass sie sich noch viel erbärmlicher und kleiner vorkam.

Der Grund dafür, dass es ganze vier Dekaden unbekümmerter Selbstsicherheit gedauert hatte, ehe Maggie zerbrach, waren natürlich Rauschmittel, und es gibt nichts Profaneres als das. Sucht ist wie der Sonnenaufgang: bekannt, vorhersehbar, nutzlos, verlässlich und eine Tatsache.

Und doch gibt es noch Offenbarungen.

An diesem allerersten Morgen war Maggies neue Bleibe noch nicht gestrichen. Es hingen keine Jalousien vor den Fenstern. Kartons standen in einer Ecke, es gab keinerlei Möbel. Das medizinische Summen des Kühlschranks war der einzige Hinweis auf Funktion in diesem Raum. Konnte sie von ihrem Kühlschrank lernen und sein Ziel der Konservierung erreichen?

Der Sommer war heiß wie die Hölle, wenn die Hölle in einem Einzimmerapartment wohnt. Maggie schwitzte sich durch ihre erste Nacht auf einem Schlafsack, den Rachel G., ihre Sponsorin, ihr wortlos und ohne eine Miene zu verziehen in die Hand gedrückt hatte. Rachel hatte auch Zeitungen vor die Fenster geklebt, um für etwas Diskretion zu sorgen, ohne Maggie direkt zu *entpflichten*, indem sie loszog und die Vorhänge kaufte, von denen sie beide wussten, dass Maggie sie sich selbst besorgen sollte. Aber was denn für ein Selbst? Die Fenster standen ohnehin weit offen und flehten um einen Lufthauch, also zum Teufel mit der Schicklichkeit. Es gab auch keinen Duschvorhang.

Maggie duschte chaotisch, stieg in die Pfützen, trocknete sich mit Schmutzwäsche ab und zog die sauberen Sachen an, die Rachel für diesen wichtigen Tag bereitgelegt hatte. Mit noch nassen Haaren ging sie nach draußen in genau das Viertel, wo sie fünfzehn Jahre in einer völlig anderen Realität gelebt hatte, in einer anderen Wohnung mit einer anderen Person und, jedenfalls zuletzt, ihrem gemeinsamen Kind. Als endlich der Zeitpunkt für sie kam, aus der anstaltlichen Kontrolle entlassen zu werden, war sie unfähig, irgendwas zu entscheiden, auch nicht, wo sie *ab jetzt* wohnen wollte, und ihr war schleierhaft, *wie* sie das alles angehen sollte. Und als dann dieser wahnwitzig überteuerte gesichtslose Schuhkarton hier plötzlich über eine Freundin von Rachel zu haben war, auch noch in derselben Straße, war es irgendwie die einfachste Lösung. Die Freundin war nett, meldete Telefon und Miete auf Maggies Namen um. Alle Welt schuldete Rachel noch Gefallen für andere Leute.

Rückkehr. Keine Entscheidungen. Gleiche U-Bahn-Haltestelle, gleicher Zebrastreifen, und genau das gleiche Deli als Anlaufstelle, um morgens hinzuwanken. Nur dass das Wanken der Nüchternheit wie eine ausgestorbene Farm im August ist, zu viele Fliegen, die stumme lastende Hitze, der Druck einer Natur, die den Atem anhält. Für die Welt ist es das alte Lied, und doch war es für Maggie neu.

»Willkommen zurück.« Das war Nick Stammas, Eigentümer von Nick's Deli. Ein vergessenes Möbelstück aus ihrem Leben. »Dich hab ich ja lange nicht gesehen.«

Weiß er Bescheid?

»Yeah. Tag, Nick. Was gibt's Neues?«

»Wir haben einen Neuen im Deli. Das hier ist Joe. Gerade aus Albanien rübergekommen.«

Ein dürrer, desorientierter junger Mann mit schiefem Grinsen und einem abendlichen Bartschatten um acht Uhr früh lächelte und winkte und sah verwirrt aus.

»Er kann noch kein Englisch. Guck mal.« Nick deutete mit dem Kinn über die Straße auf etwas, das sie kaum erkennen konnte. »Weißt du, was sie da haben? Etwas namens kaltgepresster Saft. Zehn Dollar. Die haben *Scones*, mit Käse. Vier Dollar. Geeisten Soja-Latte. Ein Stück Gebäck, 'n Kaffee und 'n Saft, und du darfst direkt 'nen Zwanziger rüberschieben. Wenn du Soja brauchst, wieso kaufst du dir dann Käse? Ich sag dir …«

»Verrückt.«

»Und ich sag dir noch was.« Er holte ganz tief Luft. »Es ist 'ne *Kette*. Vergiss es! Wie geht's dir?« Die hörbar echte Besorgnis verriet es endgültig.

Alle wissen Bescheid.

»Gut.«

»Das ist echt toll zu hören.« Er lächelte. Er war herzlich und bullig und haarig und überarbeitet. Mit Kunden zu reden bereicherte sein Leben, ein Fenster zur Seele eines Mikrokosmos der Welt.

»Danke, Nick. Wie geht's selbst?«

»Kann nicht klagen, hab ja Kinder. Wie lange ist es her?«

Ja, wie lange *ist* es her?

»Seit vor der Wahl.«

»Oh mein Gott, Maggie. Vergiss das bloß. Rede nicht mal davon. Was kann man schon sagen? Mach dich nicht verrückt.«

In absehbarer Zukunft würde Nick jeden Tag die erste Person sein, mit der sie morgens sprach. Er würde ihre Familie sein, ihr Mann vor Ort. Sie hätte gern mit echter Wärme auf sein Wiedererkennen reagiert. Die Wahrheit ist, Maggie wollte Nick Stammas lieben, und als sie da zwischen überteuerten Pfefferminzdrops, nach nichts schmeckenden Bananen und abgepackten, vertrockneten, zuckrigen Gebäckstücken stand, bemühte sie sich, ihr Herz zu öffnen und ihm gute Gefühle entgegenzubringen. Versuchte auf Zuruf glücklich zu sein, um jeden Preis. Aber schon wieder war der Trost, nach dem sie sich sehnte, einfach nicht da. Anstelle eines alten Bekannten sah sie eine Art lauernden Clown. Er war ja letztlich doch nur ein gelangweilter Mensch, der seine Rolle spielte, dazu verdonnert, Leute wie sie zu bedienen. Eben dieser Kiez-Typ. Auch sie hatte eine Rolle. Was war es noch gleich? Sachen bei ihm kaufen, ihm etwas liefern, was er seiner Frau erzählen konnte, wenn im Hintergrund der Fernseher lief: »Diese Lady war heute wieder mal da, die Kaputte. Ihre Haut ist ganz rau.« War das der Sinn von Maggies Leben?

»Achtzehn Monate.«

»Du siehst schmal aus«, sagte er. »Geh mal trainieren.«

Gehe ich trainieren? Sie hatte keine Ahnung, wer sie war.

»Okay.«

»Heute schon die Zeitung gesehen?«

Panik. »Hat jemand irgendwas bombardiert?« Was ist mit Alina? Ist sie in Sicherheit?

»Ich sag's dir, Maggie, ich hab schon genauso viel Angst davor, dass der Präsident irgendwen bombardiert, der zurückschießt, wie vor durchgeknallten Youngstern. Nein, nein, achte gar nicht auf diesen Schwachsinn. Viel zu stressig. Vergiss die Politik. Ich rede von dem armen Mädchen, das erwürgt wurde.« Er hielt ein Boulevardblatt hoch, las die Schlagzeile vor: »Schauspielerin erdrosselt.« Nick schnalzte bedauernd fürs Protokoll, faltete die Zeitung routiniert wieder zusammen und legte die *New York Post* von heute auf den Tresen. Die war für sie. »Das Übliche?«

»Was ist bei mir das Übliche?«

»Zwei große schwarze Kaffee, ein Päckchen Paracetamol und die Zeitung. Ich hab jetzt 'ne Espressomaschine. Willst du 'n Espresso?«

Kaffee gegen das Zittern, Schmerzmittel, um keinen Schmerz zu spüren. Im Katzenjammer des Lebens wirkte dieses Menü unmöglich.

»Nein danke. Ich nehm … irgendwas … Gesundes. Hast du …«, ein Schuss ins Blaue, »Smoothies?«

Wo kam das jetzt her?

»Nö«, er schüttelte traurig den Kopf.

»Nick, hilf mir. Was hast du da, was gut für mich ist?«

Er lächelte. Er rasierte sich nicht regelmäßig, dieser Typ. »Ich geb dir Pfefferminztee und 'nen Apfel. Wie ist das?«

»Okay.«

»Ist gut für dein Herz. Und, Maggie, mach Aerobics, Pilates, irgend so was.«

Hinter dem Tresen: Reihen von Zigaretten, siebzehn Dollar

die Packung. Sie sahen nicht mehr nötig aus. Vielleicht wurde es ja besser mit ihr. Wieso kaufte überhaupt irgendwer diese gefährlichen Dinger? Wer sind diese Leute, die das noch können? Die Immunen! Die sind das. Jetzt, wo sie die Grenze zur Kategorie der Versehrten überschritten hatte, gab es kein Zurück mehr.

Noch ein »Grund« dafür, dass Maggie wieder in dieselbe alte Straße zog, in der sie fünfzehn von den dreißig Jahren ihrer Sucht zugedröhnt und stockbesoffen gewohnt hatte: Mike Fitzgeralds Anwaltskanzlei lag nur einen Fünf-Blocks-Spaziergang von ihrer neuen Bleibe entfernt. Vielleicht war es prinzessinnenhaft, aber sie glaubte nicht, dass sie U-Bahn-Fahren zur Stoßzeit bewältigen konnte, und ganz sicher konnte sie sich kein Taxi leisten. Bewältigen. Natürlich konnte sie die U-Bahn *bewältigen*. Was für eine Schwachsinns-Scheiß-Rechtfertigung sollte das denn sein? Sie konnte sehr wohl die mit Auswurf und Kaugummi verkrusteten Stufen runtergehen und angespannt in der Hitze und im Eishauch stehen. Sie konnte sich an schleimige Haltestangen klammern, endlos gegen nichts schnallende Touristen prallen oder sich mit dem Gesicht in irgendeines Mannes Schritt setzen. Aber es würde alles noch schwerer machen. Das Schwitzen, das Stehen, die Angst davor, die falsche Person gegen den Strich zu bürsten, die Brieftasche umklammern, die Zivilcops abchecken, ja nicht paranoid aussehen, zugucken, wie das Ungeziefer Squaredance über den Bahnsteig macht, während Männer ihre Genitalien befummeln, als wären es stramme Tomaten in zerbrechlicher Hülle.

Frances war schon lange aus diesem Viertel geflüchtet, also bestand kein Risiko, dass man Maggie fälschlich für einen Stalker hielt. Dieses Wort stand früher für Männer, die Filmstars mit Knarren jagten oder ihre Exfreundinnen und Exgattinnen erstachen. Jetzt konnte man es benutzen, um auszudrücken, dass ein zitternder Schatten sich in der Nähe ihrer eigenen Liebsten herumdrückte, ihrer Exliebsten, und ihres eigenen … eigenen … Kindes. Sie waren weg, und Maggie war zurückgekommen, hierher in die verlassene Wüstenei, die nach der Abwesenheit der beiden stank.

Abscheu fiel sie an, als sie das Bild zu verdrängen versuchte, wie sie in einer Bar soff und mit Vollidioten Kokslines wegzog, während Alina geboren wurde. Sie wusste ganz genau, sie musste ihren Arsch ins Krankenhaus schaffen, Frances erwartete, dass sie … da war. Jetzt verstand sie, dass sie selbst bloß ein verängstigtes kleines Kind gewesen war, voller Angst vor dem Unvermeidlichen – dass nämlich Frances jemanden haben würde, den sie mehr liebte, als sie Maggie je geliebt hatte. Und sie sah jetzt auch ein, dass dies eine Wiederholung war. Ein Muster. Immer war sie die Person, die nicht so sehr wie, nicht genug oder gar nicht geliebt wurde. Dieses Kind, das würde ihr all das wegnehmen: für eine andere Person wertvoll zu sein, für Frances. Also scheiß drauf. Sie zog sich noch eine Line rein. Sie weiß jetzt, das war … falsch, kein anderes Wort dafür: *falsch*. Und sie hat sich schon damals entschuldigt. Sie sagte, es tue ihr leid, und sie meinte es ernst, aber die Lage war *dermaßen* verfahren. Niemand hatte Begründungen hören wollen.

Aber hier war sie nun, stocknüchtern, und das war ja schließlich auch Jahre her. Manches wird mit der Zeit besser, und manches muss eben besser gemacht werden. Manchmal ist Verbesserung ein Gruppenbemühen … oder Vergebung und Verstehen und Zuhören. Und Gott sei Dank gab es Mike Fitzgerald. Gott segne ihn. Und es gab keinen Gott. Und sie würde nicht sagen: »eine Höhere Macht segne ihn«, weil dieses roboterhafte Wiederkäuen von auferlegtem Wortschatz ab irgendeinem Punkt echt obszön war. Aber dank Mike und seiner Barmherzigkeit kam sie direkt aus der Reha zu einem Job, der nicht erniedrigend war und der ihr zudem die Chance bot, sich zu beweisen, damit sie Alina zurückbekommen konnte, der einzige Grund, irgendwas zu beweisen. Wenigstens geteiltes Sorgerecht. Das sollte doch nicht im Bereich des Unmöglichen liegen, wenn sie tat, was man ihr sagte. Zumindest *Besuchsrecht.*

»Lass mich dir unter die Arme greifen«, sagte Mike am Familientag. Die Sozialarbeiterin glaubte, Mike sei ihr Vater, aber er war gar nicht alt genug. Es war diese Freundlichkeit, die sanften seelenvollen Augen, die sich alle bei ihren Vätern wünschten. Mikes überraschendes Jobangebot zwei Wochen später eröffnete ihr eine Gelegenheit, wo sonst nur ein Abschiedswinken drin gewesen wäre. Er war schon ein Segen, dieser Typ. Professor Mike. Er hatte ihr damals die Bestnote gegeben, vor langer, langer, langer Zeit an der Graduiertenschule, und das hatte ihre gesamte Karriere überhaupt erst möglich gemacht. Alle hatten auf sie eingeredet, sie sollte Jura studieren, aber irgendwie – das wurde ihr jetzt erst klar, tatsächlich wurde Maggie so ziemlich alles jetzt erst klar – konnte sie sich nicht vorstellen, Anwältin zu sein und die Art Drogen zu nehmen, auf die sie stand. Es war unbewusst, genau wie alles andere auch, aber verdammt gegenwärtig. Ihr Vater soff unablässig und war ein reicher Mann. Sie hätte einfach dasselbe tun können, aber dann wäre sie von der Sorte Menschen umgeben gewesen, mit der sie aufgewachsen war: reichen Trinkern. Was wäre daran falsch? Sie überquerte die Eighth Avenue und schaute in die Fenster einer leerstehenden Ladenzeile. Was war da drin gewesen? Ein Cookieshop? Wer kauft all diese Cookies und Makronen und Macarons und Eiscreme und Makro, ultrasüßen Kaffee mit Pumpstößen von aromatisiertem Zucker und Schlagsahne? Kiffer und Berauschte.

Sie starrte sich an, ihr Spiegelbild im leeren Schaufenster, in einer Hand den unberührten Tee, in der anderen den Apfel. Sie wollte keine Zigarette, und sie wollte keinen Fünfdollarcookie. Also musste doch irgendwas besser werden. Und dann, dann durchfuhr sie diese *Idee*, wie ein Bohrer durchs Ohr oder ein Endoskop, das eingeführt wurde, um ihre Innereien zu fotografieren, oder ein Faustschlag ins Gesicht oder ein schrecklicher Schmerz oder ein Versagen, wie ein Unwetter, oder eine ungerechte Beschuldigung oder ein Fehler, der nie hätte passieren dürfen, oder die Kugel … nee, bloß eine Idee, sonst nichts. Die Art von Gedanke, die nur zustande kommt, wenn eine Person nicht mehr dauernd stoned ist, trat in ihr Inventar von sich selbst. Maggie wurde klar, dass sie nicht hatte Jura studieren wollen, weil in dieser Welt der Gesetze und der Herrschaft und der Rechtfertigungssysteme und der *Ordnung* alle erkannt hätten, wer sie wirklich war. Auf Anhieb. Sie wäre denen dort geläufig. Ihr Verhängnis wäre wie der Zusammenbruch ihrer Mutter oder wie die um den Country Club torkelnden Nachbarn. Sie wollte Privatsphäre für ihr Verhängnis, also brachte sie sich in einer Welt unter, wo niemand ihren zum Himmel schreienden Code lesen konnte. Das war der *wirkliche* Grund dafür, dass sie zur Polizei gewollt hatte. Um sich zu verstecken. Und Mike Fitzgerald war die einzige Stimme da draußen, die zu ihr gesagt hatte: »Probier's doch aus.«

Sie mochte die Kultur der Cops, das war die Wahrheit. Da gab es so eine merkwürdige Verletzlichkeit, die kam davon, alle und jeden zu fürchten, sie zu verachten und ihnen helfen zu wollen, während man sie auch in Schach hielt und nach ihrer Zuneigung verlangte. Für Maggie funktionierte das. Sie versteckte ihre Scham hinter dem lautstarken Mangel an schönem Schein, und sie brauchte nicht zu konkurrieren. Sie kam mit ihren Höhere-Bildung-Abschlüssen zur Truppe und liebte es, einer von den Jungs zu sein, und sie waren ja auch so nachsichtig … miteinander. Schon klar, am Schluss hätte es schlimmer nicht ausgehen können, aber eine Zeitlang war es ein feiner Ritt. Ja, es hatte ihr Leben zerstört, aber immerhin hatte sie eins gehabt. Jetzt verschaffte Mike ihr ein zweites, eine zweite Chance, diesmal zum Überleben. Er warf ihr nichts vor, und er warf sich nichts vor. Das war das Wunder, das er vollbrachte. Und diesmal musste das Überleben greifen.

Sie erreichte die Lobby von Mikes Bürogebäude mit einem gewissen, durch diese neue Erkenntnis angespornten ... konnte das tatsächlich *Optimismus* sein? Zu dumm, dass ihre gesamte Selbsterkenntnis retrospektiv stattfinden musste. Es wäre leichter gewesen, den Weg beim Gehen zu lernen, nicht erst nachdem alles vorbei war. Aber immerhin, hier war sie nun. Das Programm weist dich an, stets in der Gegenwart zu sein, aber Maggies Vergangenheit führte noch das Ruder. Sie musste ein neues »Jetzt« erschaffen, um das alte zu ersetzen, und diesen Job anzufangen war ein Schritt in ... nun ja, es war ein Anfang.

Guter Rat kommt aus den verblüffendsten Ecken, und Nick hatte gesagt, sie sollte Pilates machen. Sie wusste nicht, was Pilates war, nicht genau, aber das Wort *Fitness* tauchte aus uralten Erinnerungen auf, zeigte ihr die Möglichkeit, die überfüllten Fahrstühle zu meiden, stattdessen die Treppe hochzujoggen ... oder so was in der Art. Das gehörte alles zum neuen Anfang! Okay, also los.

Sie war immer das gewesen, was die Welt für gut aussehend hielt, eine weiße gebildete Mittelschichtlerin, die zu viele Bonuspunkte für blondes Haar und lange Beine bekam. Sie hatte einen tollen Körper und brauchte nicht im Fitnessstudio zu leben. Aber viele hübsche blonde Frauen sind kreuzunglücklich. Sie tun bloß niemandem leid, und warum sollten sie auch? Nur zwei Prozent der Welt sind echte Blonde. Der Rest greift damit nach einer Maske oder einer Krone. Als Maggies Mutter sich umbrachte, zwang die Haushälterin sie, zur Beerdigung ihr schickstes Kleid anzuziehen, und alle erzählten ihr, wie schön sie aussah. Wie dumm ist das denn, einem kleinen Mädchen, das gerade seine Mutter verloren hat, zu sagen: »Du bist so hübsch.« In Wahrheit bedeutete das doch nur: »Wir brauchen über gar nichts zu reden, schließlich hast du die richtige Haarfarbe.« Deswegen interessierte es auch kein Schwein, als ihr Vater sie einen Highball schlürfen ließ. Und genau deswegen kam sie auch bei der Arbeit mit so vielem durch, denn die New Yorker Polizei ist voll mit Dunkelhaarigen. Selbst die schlimmsten Rassisten unter den erzreaktionären, jeder Neuerung abholden Polizisten in dritter Generation sind dunkler, als sie zugeben möchten. Und auch wenn die Menschen dieses weiße Monstrum noch so satthaben, *blond* hat die Macht des Yeti. Die Weißheit rückt aus weiter Ferne an und zertrampelt Städte mit ihrem Gebrüll.

Inzwischen erschöpft, erst im zweiten Stock, eingeknickt bei ihrer verlogenen Gebärde in Richtung Ertüchtigung und besseres Leben, war Maggie irritiert. Angeblich sollte sie es doch auf die Reihe kriegen und durchziehen können, also warum tat sie es nicht einfach? Es gab so Kunstgriffe, hinter denen sie sich verstecken konnte: Haare, Gesicht, Lippen. Das waren probate Masken, aber sie wollte doch echt sein. Oder? Wollte … wie nannten sie das? Sie *selbst* sein.

Dann, um dieses neue hauchzarte Pflänzchen einer Chance endgültig kaputtzumachen, schwappte ihr Tee auf das saubere Hemd. Starr stand sie auf der Stufe, sah zu, wie sich der Fleck quer über ihre Brüste ausbreitete, und ließ rasch all die Hoffnungen und Erwartungen fahren, die Rachels Vorbereitungen geweckt hatten: dass Maggie ausnahmsweise mal sowohl angemessen handeln als auch angemessen aussehen könnte. Sie gab im dritten Stock auf und hielt an, um auf den Fahrstuhl zu warten, keuchend und besudelt. Sie hatte sich jetzt schon zur Karikatur gemacht. Und dabei war noch gar nichts gelaufen.

Der Fahrstuhl kam, und da, wie um Maggies Eintritt in die fluoreszierende Kiste zu vereiteln, stand ein kleines Mädchen, dieser erbarmungslose Triumph anderer Leute, der hinter jeder Kurve auftauchte, der Gipfel aller Zumutungen. Sie versuchte wegzusehen, starrte stattdessen ihre Spiegelung in der stählernen Tür an. Irgendwann hatte sie ihre endlosen Probleme furchtbar satt und erlaubte schließlich ihrem ausgehungerten Blick, auf der Siebenjährigen zu landen, die die Hand ihrer Mutter hielt. Diese Wonne war ihr vollkommen vertraut – als Alina klein war und diese winzige, faltenlose, rundliche kleine Pfote nach ihrer griff, ganz unbekümmert, sie berühren wollte. Von Maggie Liebe erwartete, einfach weil sie da war. Sie waren magisch, diese Momente. Diese Selbstverständlichkeiten.

Dieser Bruch ist es, der sie vom Rest der Menschheit abgesondert und in die Kategorie eines Tiers ausgebürgert hat, die staatliche Aberkennung ihrer erworbenen Muttergefühle. Nein, falsch. Tiere hält man nicht von ihren Kindern fern. Vielleicht verfolgen Maden nicht so genau, wie ihr Nachwuchs heranwächst, oder Bettwanzen. Aber Kakerlaken sind hingebungsvolle Mütter, sie nähren ihre Jungen durch Selbstzerstörung, anders als Maggie, die nie genährt hatte. Sie hatte mal gesehen, wie sich der Körper der Kakerlakenmutter in rissige Schalen auflöste, als die winzigen schwarzen Neulinge auseinanderstoben, so klein, dass man den Kopf noch nicht erkennen konnte. Ja, sicher, sie hatte sich anfangs beschissen angestellt, aber binnen kurzem mochte, liebte und schließlich vergötterte sie Alina. Sie wollte sie. Sie wollte ihre Nähe, Frances wusste das doch. Und ja, stimmt schon, Maggie zog sich vor der Arbeit im Badezimmer was rein. Alle haben das inzwischen kapiert. Aber Krankheit macht doch Bindungen nicht zunichte. Ihr Herz brach, ja, es brach gleich hier im Fahrstuhl. Sehnsucht. Die Abwesenheit von Alina war ihr scharlachroter Buchstabe, ihr Brandmal, tief in das Verlangen eingebrannt, das sie jedes Mal spürte, wenn sorgeberechtigte Eltern durch die Straßen stolzierten und ihren Gleichmut zur Schau stellten, ihr Privileg, dieses gewaltige Glück nicht täglich zu feiern. Sowieso hatte das Ganze auch viel mit Glück zu tun. Darüber spricht im Programm niemand, aber alle wissen, dass es stimmt. Eine Person stirbt, die andere bleibt am Leben und erholt sich. Die mit Glück leben weiter.

»Sie ist wunderschön«, gurrte sie schließlich strategisch die Fahrstuhlmutter an, auch wenn sie lieber die Kleine in ihre Arme gerissen und ihre Nase in das verschwitzte Hälschen des Kindes gebohrt und ihr die reine Wahrheit gesagt hätte, nämlich dass sie wunderschön war. Aber es ist nicht gestattet, sich vor Kindern anderer Leute so gehen zu lassen. »Ich habe auch ein kleines Mädchen.«

Und dann, nachdem sie dieses Bußgeld bezahlt hatte, war es endlich vertretbar, sich direkt an die Hübsche zu wenden, ihr tief in die unwissenden Augen zu schauen.

»Genau in deinem Alter.«

Maggie war jetzt seit achtzehn Monaten nüchtern. Das sollte Frances doch etwas bedeuten. Sollte es.

Der Fahrstuhl überraschte sie, indem er im sechsten anhielt und Mutter und Kind ausstiegen. Schon wieder war die Abwesenheit mit Händen zu greifen, und darunter lag auch noch Scham, dass Maggie nur ihr eigenes Ziel im Kopf gehabt hatte, nicht das der beiden, weil sie immer noch so egoistisch war, jawohl. Immer noch so selbstbesessen in ihrem Schmerz, dass gar kein Platz für andere blieb. Es ging immer nur um sie. Das lag alles an ihrer verblödeten Geistesabwesenheit, ihr Kopf voller Watte, keinerlei Sinn dafür, was vor ihrer Nase und was in ihr los war. Ich, ich, ich. Ihr Gejammer, ihre Selbstvorwürfe, die alles Leben rings um sie ausblendeten, der Spiegel, den sie für ein Fenster hielt. Es ging immer nur um die arme, arme Maggie, die jetzt endlich in den Apfel biss und ihn aufaß. Raus aus dem Fahrstuhl, vor sich die Tür zum Büro von FITZGERALD & ROBBINS, Anwälte. Es gab keinerlei Möglichkeit, das Kernhaus wegzuwerfen, also aß sie es auch. Und drückte erst dann auf die Klingel.

»Guten Morgen«, säuselte die Gegensprechanlage. Da war jemand heiter.

»Hi, hier ist Maggie Terry. Ich fange heute hier an, erster Tag.«

Zu viel Information.

Eine geringfügig wahrnehmbare Unruhe auf der anderen Seite und ein leichtes Zögern hinter der Tür, gerade genug, um sie gründlich zu verunsichern. Und dann öffnete sich die Tür und brachte die gesamte Belegschaft von Fitzgerald & Robbins zum Vorschein, die nervös unter einem Transparent stand – es brüllte WILLKOMMEN MAGGIE, das war typisch Michael, nichts als gute Absichten. Aber das Transparent hing so schlaff in den Seilen wie der verordnete Enthusiasmus, ein hoch bezahlter Zauberkünstler beim Geburtstagsfest eines Mädchens, das weiß, dass niemand sie liebt.

»Willkommen«, intonierten sie disharmonisch.

Michael schob seinen Rollstuhl vor das zögerliche Häuflein und machte Aufheben darum, besonders warm ihre Hand zu drücken. »Willkommen, Maggie. Wir sind alle so froh, dich hierzuhaben.«

Er ist unverändert. Sie hatte seine charismatische Präsenz kaum wahrgenommen, als er sie in der Reha besuchte. Es war so beschämend, dass es zur Einweisung hatte kommen müssen. Und die viele Mühe, die er auf sich nahm, um sie zu besuchen. Als Reaktion auf seinen Großmut war sie hauptsächlich von sich selbst genervt und wehrte seine Besorgnis ab, den Blick gesenkt, nicht mal die nötigsten Floskeln zur Hand.

Aber *jetzt* war sie hier, hatte sich berappelt und im Griff bis auf den großen grünlichen Fleck auf ihrem Hemd, jedenfalls konnte sie ihm in die Augen sehen und – wie sie im Programm sagen, so tun *als ob* – als ob alles irgendwie ganz in

Ordnung wäre. Er sah immer noch gut aus, deutlich ergraut seit der Schießerei, aber sonst optisch in Topform, was sich täglichem Training verdankte und extra für einen Mann im Rollstuhl maßgeschneiderten Anzügen. Keine Beulen im Schritt, keine Hängeschultern, an seiner gebräunten linken Hand prangte immer noch der viel zu fette goldene Ehering.

»Danke.« Sie versuchte zuversichtlich zu klingen, aber es kam raus wie ein Wimmern. »Ich freue mich sehr … Ich meine …« Sie schwitzte. Sie wischte sich die Stirn mit dem Ärmel ab.

Zu Michaels Überlebensstrategie gehörte es, im passenden Moment eine für alles andere blinde Heiterkeit an den Tag zu legen. Das war seine Stärke und sein Untergang. Er tat das Richtige und war im Einklang mit sich, und da er mit sich im Einklang war, tat er das Richtige. Abermals.

»Ich hab der Truppe alles über dich erzählt.« Mike strahlte, schwenkte die Hand wie einen Zauberstab und enthüllte das nackte Unbehagen in den Gesichtern, aus denen seine eingeschworene Crew bestand.

Dies waren die Leute, mit denen sie sich anfreunden und dann ein Team bilden musste, mit Leib und Seele. Maggie sah die Sorge in ihren Mienen und dass sie mit dem Schlimmsten rechneten. Wie viele aberwitzige Projekte hatte Michael ihnen im Laufe der Jahre schon zugemutet? Immer mit demselben Eifer und dem ganzen Humptata? Würde sie sein nächstes Fiasko sein? Sie schlossen schon Wetten ab. Diese Leutchen waren kopfscheu von all den gescheiterten Experimenten und hochriskanten Leichtfertigkeiten im Leben eines Typs, der felsenfest daran glaubte, dass alle schaffen konnten, was er geschafft hatte. *Genesen.* Tja, so war es aber nicht. Mike mochte aus Teflon sein, aber sein gebeuteltes Team war deutlich angekratzt.

»Ich habe mit dir geprahlt.« Er lächelte immer noch. Wie kann er immer noch lächeln? Merkt er nicht, dass das Ganze hier offensichtlich ein Riesenfehler ist? »Gestern erst hab ich von der brillanten Abschlussarbeit geschwärmt, die du unter meiner Supervision an der Columbia geschrieben hast.« Er hielt immer noch ihre Hand fest, wie ein Weihnachtsmann. »Über das Aufklären von Verbrechen ganz ohne Technologie. Mit nichts als Einfühlung!« In seine grauen Augen traten Tränen, so ergriffen war er von ihrer *Einfühlung*, ihrer Genialität, ihrer menschlichen Schwäche – und ihrer unaufhaltsamen Rettung, bei der er eine Schlüsselrolle einnahm. »Maggie, Liebes, du verstehst wirklich was von menschlicher Verzweiflung.«

»Tja, die eigenen Makel sieht man am besten.«

Mike lachte auf. Als wäre sie witzig. Als wäre sie warm, charmant und geistreich. Als wäre sie er statt sie.

»Ahem.«

Maggie blickte auf und sah Enid Robbins, Mikes Juniorpartnerin, finster dreinschauen – das gelang ihr so gut, vielleicht war das einfach ihre Rolle hier. Vielleicht hasste sie Maggie nicht gleich auf den ersten Blick, das wär doch möglich. Enid konnte einfach nicht anders. Es war reines Wunschdenken, dass sich alles positiv wenden ließ und eine verständnisvolle Welt sie mit ausgebreiteten Armen empfing, gleich am allerersten Tag von … vom Rest des Tages. Aber nein, leider räusperte sich Enid, um vehementen Protest anzumelden. Maggie ließ von ihren Fantastereien ab und erkannte auf Anhieb die wahre Botschaft: Enid billigte dieses Arrangement kein Stück. Enid wollte klarstellen, dass man sie genötigt hatte, einer Rettungsmission beizuwohnen, die nichts als sinnlose Zeitverschwendung war. Mindestens fünfundfünfzig, schätzte Maggie, und Enid war fassungslos, weil sie sich immer noch zu Dingen breitschlagen ließ, die sie nicht wollte. Warum? Der ganze Raum sah zu, wie sie sich das fragte. Warum? Warum? Nicht zu glauben, ja himmelschreiend, dass es in ihrem Leben noch immer keine völlige Selbstbestimmung gab, wo sie doch immer nur danach gestrebt hatte. Was war schiefgelaufen?

»Und wie hartnäckig und tapfer«, fuhr Michael unbeirrbar fort, »du, Maggie, versucht hast, das Leben meines Sohnes zu retten.« Er wandte sich von ihr ab, um seine Belegschaft mit harten Fakten zu konfrontieren. »Diese Frau hat Mumm.«

»Michael.« Enid ergab sich nicht in Zurückhaltung. »Das war nicht *deine* Schuld.«

Aha! Jetzt begriff Maggie die Modalitäten. Sie war vor drei Jahren mal in einem Dreckloch aus einem Rausch erwacht und hatte, statt sich einfach umzudrehen und weiterzudösen, irgendwie die Kraft gefunden, ein Taxi zu Michaels Wohnung zu nehmen und ihn dazu zu bringen, dass er runterkam und die Fahrt bezahlte. Es war acht Uhr morgens. Sie sah aus wie die Hölle, in der sie halbtot gelegen und gleichgültig nach Verwahrlosung gestunken hatte, und sie erklärte Michael vorsichtig, dass sein Ältester, Alex, harte Drogen nahm.

»Ich kann dir nicht sagen, woher ich das weiß«, sagte sie ernst. »Aber es ist wirklich so.«

»Das kann nicht sein.«

Michael fand die Beweislage dürftig. Er zweifelte ihre Meldung an.

»Ich weiß, er ist ein bisschen … unreif, aber das gibt sich schon noch, wenn man ihm Zeit lässt. Und ich bin für ihn da, egal wie lange es dauert.«

»Was heißt denn *für ihn da*, Michael?« Sie wurde sauer. »Dass du nichts unternimmst?«

Michael war in seinem Selbstwertgefühl gekränkt. So redete niemand mit ihm. »Ich liebe meinen Sohn, und ich lasse ihn seinen Weg selbst finden.«

»Er ist abhängig!«, schrie sie. »Er ist krank!« Im Grunde ging es um sie. Sie riss sich doch hier nicht den Arsch auf und erniedrigte sich wegen dem Kind von jemand anderem – es ging um ihre Seele. Bitte, bitte hilf mir. Wenn er seinem Sohn half, konnte er vielleicht auch ihr helfen. »Du bist doch sein Vater!«

Wo war ihr Vater? Warum unternahm er nichts, sondern ließ sie ihre zweite Familie zerstören, wie sie ihre erste zerstört hatte? Wieso warf sich ihr Vater nicht ins nächste Taxi, um sie in die Arme zu schließen und Abbitte zu leisten, damit sie aufhören konnte, sich zuzudröhnen, und stattdessen Frances und Alina lieben konnte? Warum setzte sich ihr Vater nicht mit Frances zusammen und plante die Einmischung, die endlich zeigen würde, dass jemand sie liebte? Warum war sie so allein mit alledem?

»Mike, du musst was tun. Du musst handeln!«

Da tauchte eine Gemeinheit auf, die sich noch nie gezeigt hatte, kroch über Mikes sehr weiße Zähne und ergriff Besitz von seinem Gesicht, erfüllte es mit der erschreckenden Wut der Verteidigungshaltung. Die giftige Bosheit selbstgerechten Leugnens.

»Erzähl mir nicht, wie ich als Vater zu sein habe. Ich liebe meinen Sohn ohne Wenn und Aber.«

»Dann tu was.« Liebe ist eine Tat, kein Gefühl, wollte sie noch hinzufügen, war aber plötzlich zu erschöpft dafür. Sie musste duschen und sich für die Arbeit auf dem Revier fertig machen, und sie vergeudete hier bloß Zeit damit, Mike die Wahrheit zu sagen, und er wandte sich prompt gegen die Botin statt gegen die grauenvollen Tatsachen.

»Du bist eine Katastrophe«, sagte er. »Du bist ja völlig neben der Spur.«

»Na und, trotzdem helf ich dir.«

Deshalb war nüchtern werden so unmöglich gewesen. Die Wahrheit sollte ein Geschenk sein, aber niemand wollte es haben. Drauf zu sein war eine Lüge, aber es gab nur einen einzigen Ersatz dafür, eine Realität, die niemand teilen wollte. Mit Frances war es genauso. Sie behauptete, sie wollte, dass Maggie mit den Drogen aufhörte, aber sie wussten beide, dass das, zumindest sehr lange, nicht wahr war. Eine Gleichgestellte ist schließlich ein Spiegel. Und so, mit zwei Jahren gemeinsamer Sorge für ein Kleinkind auf dem Buckel und dem großen Glück, ein lebhaftes Kind mit eigener Meinung zu haben, suchte sich Frances ein niedliches Mädel, bei der sie unangefochten die Kapitänin sein konnte. Dass Maggie süchtig war, machte alles leichter und verzeihlich. Man konnte jemandem die Schuld zuschieben, und so diente ihre Sucht allen Interessen. Und an jenem dreckigen, traurigen Morgen hatte ihre Sucht Mike die größte Ausrede seines Lebens in die Hände gespielt.

Jetzt, da sie *nüchtern* in seinem Büro stand, schier erdrückt von seinem übergroßen reuevollen Willkommen, erinnerte sich Maggie an sein Gesicht, als er ihre stinkende Neuigkeit über den Niedergang seines Sohnes geleugnet hatte. Lag es einfach daran, dass er nicht den Mumm hatte, der Held zu sein, als der er sich seit jeher ausgab? Den Tatsachen ins Auge zu sehen? Natürlich lag es daran. Er liebte seine Vorstellung von sich selbst mehr, als er sonst jemanden liebte. Und wenn sein Sohn ein Blindgänger war, ein depressiver, sein Leben wegwerfender Junkie, dann war Mike nicht perfekt, und das durfte nicht sein, niemals. Jetzt, Jahre und Tragödien später, war sein Sohn tot. Und irgendein Ersatz musste gerettet werden.

Und so stand Maggie wundersamerweise in Lohn und Brot. Nun war sie die Heldin, und Mike trug die Schuld. Alle brauchen Helden.

»Maggie hat *Mumm*«, wiederholte Mike. »Sie hatte den Mumm, auf mich zuzukommen, und ich hatte nicht den Schneid, auf sie zu hören.«

Immer noch ihre Hand im Griff, rollte sich Mike ein Stück zu Enid, nahm auch ihre und verband die Frauen als menschliches Kettenglied.

»Enid hat ein besonderes Talent, Maggie, so wie deins. Sie ist eine Kämpferin. Sie war in der Führungsriege von Hillarys

Wahlkampf im Staat New York. Sie war dabei, im Ballsaal des Hotels, als Hillary …«

»Dem orangen Monster die Hand schütteln musste.« Enid war immer noch wütend.

»Ja, danke. Enid weiß, wie man kämpft, und sie weiß, wie man überlebt. Und sie beschafft Geld für die Sache der Demokraten, immerzu, weil sie niemals aufgibt. Stimmt doch, Enid?«

»Ich bin erst zufrieden, wenn die alle in Handschellen abgeführt werden.«

»Recht so, Enid. Und ich glaube fest daran, dass ihr letzten Endes triumphiert.«

»Tja.« Enid lächelte nicht. »Niemand weiß, was noch geschehen wird. Diese Republikaner sind dermaßen übel. Sie werden alles daransetzen, die Staatskasse zu plündern, sie sind so gierig …« Sie musste sich mühsam bremsen.

»Maggie, Enid hat vier Kinder großgezogen, bevor sie mit Bravour Jura studiert hat. Kannst du dir so was vorstellen?«

Sie spürte die unerbittliche Wahrheit ihres Versagens. Sie hatte bloß eins und kein Sorgerecht mehr.

»Enid«, sagte sie. »Vielen, vielen Dank für diese Chan–«

»Danken Sie nicht mir.« Enid hatte eine Haut wie ein chinesisches Teeservice. Blassblaues Weiß spannte sich über zarten Knochen. Sie mochte ein Import aus England sein oder echte amerikanische High-Society aus Texas. »Ich war mit einem zwanghaften Spieler verheiratet, und ich glaube nicht daran, Leuten eine dritte Chance zu geben. Michael hat uns diesen absurden Plan aufgehalst, indem er mich ins Koma geschmeichelt hat.«

»Entschuldigung«, stotterte Maggie. »Tut mir leid, dass ich Ihnen gedankt habe.«

»Die Zeit wird es erweisen.« Enid war nicht per se gehässig. Sie ließ bloß keinen Platz für Zweifel, die strengste Option. »Wir werden sehen.«

»Und das hier …« Michael lächelte und deutete auf einen

kleinen, gestressten, übergewichtigen schwarzen Mann Anfang dreißig, der auf sein Handy starrte und dringend woanders hingehörte, weil er so viel um die Ohren hatte, wirklich Wichtiges wie seine Klienten, seine Gattin, seine Genossenschaft, seine nervige Mutter, seine überambitionierte Schwester, sein von Michael empfohlener Personal Trainer. »Das ist Craig Williams, dein Co-Ermittler.«

Craig blickte auf und lächelte, ein Harvard- oder Yale-Lächeln, als wäre er erfreut, sie zu sehen, wollte aber zugleich sicherstellen, dass sie wusste, dass er es eigentlich nicht war.

»Craig ist unser IT-Crack.«

Sobald er mit dem Lächeln fertig war, wandte sich Craig wieder seinem Gerät zu, und als Maggie die Hand ausstreckte und hallo sagte, bekam er es nicht mit und ließ ihren Arm optimistisch ausgestreckt in der Luft hängen.

»Schön, Sie kennenzulernen«, versuchte es Maggie nochmals, zu doll, statt den gewaltigen Zaunpfahl der Zurückweisung hinzunehmen, und bereute es sofort, weil es aufdringlich war, Kontakt herstellen zu wollen. Und es war penetrant und schon fast offene Kritik, Craig vor allen anderen darauf hinzuweisen, dass er sie jetzt ansehen und ihre Hand schütteln sollte, statt Verbrechen aufzuklären. Das Innehalten im Raumgemurmel wuchs sich zu gellender Stille aus. An das Grundrauschen des Geplänkels der anderen gewöhnt, merkte Craig, dass etwas nicht stimmte, und sah schließlich auf. Er lächelte erneut das 250 000-Dollar-Studiengebühren-Lächeln und stellte charmant, freundlich und beinahe liebevoll seine Position klar.

»Ich brauche eigentlich keine Co-Ermittlerin. Offen gesagt finde ich es eine Zumutung.«

Maggie schüttelte die Luft.

»Ich bin Sandy«, rief eine Stimme dazwischen, als die Rezeptionistin sich ins Spiel zu bringen versuchte. Es war ein Büro voller Missgunst, wie in allen Familien.

Und Sandy lächelte Mike fragend an, suchte Bestätigung, dass sie zählte, und er lächelte zurück, und Maggie verstand, dass der Groll im Raum sich nie gegen den Daddy im Rollstuhl richtete, der ihre Lohnschecks unterschrieb, sondern gegeneinander. Denn genau das tun Daddys den ganzen Tag. Sie stiften Unfrieden zwischen anderen, damit sie der Boss bleiben können.

Sie dachte immer noch wie eine Kripoermittlerin, auch wenn sie sich kaum allein anziehen konnte. Es war eine Interimspersönlichkeit, im Übergang von einem Leben zum anderen, die sich an den Kerninstinkt des *Ermittelns* klammerte. Anstelle der Freiheit von Autorität musste sie jetzt neue Routinen entwickeln. Aber sie dachte immer noch analytisch. Sie konnte mit letzter Kraft in ein Narcotics Anonymous-Meeting wanken und trotzdem den ganzen Raum unter die Lupe nehmen, als wäre es ein Tatort, und auf die eine oder andere Art war es das ja meist auch. Sie ordnete die Persönlichkeiten flugs in Kategorien ein: Enid, die spröde Nörglerin, Craig, der wohlerzogene, aber leidende Frequenzwandler, und hier kam nun die lebhafte, beschränkte und etwas wirre Sandy in einer ihrer drei Büroblusen dazu, die aufsprang und Maggie umarmte, unwillkürlich dankbar für eine Person, auf die hier mit Sicherheit alle schlecht zu sprechen sein würden, genau so, wie es bei ihr, Sandy, der niederen Hilfskraft, immer war und immer sein würde.

»WILLKOMMEN, Maggie! Willkommen!«

Maggie merkte an Sandys *Schrägheit* und *Unaufgehobenheit*, dass auch sie eins von Mikes Wohltätigkeitsprojekten sein musste. Vielleicht war sie eine gescheiterte Schauspielerin, oder eine Schauspielerin kurz vor dem Scheitern – es sei denn, sie bekam per Zufall in allerletzter Minute noch die Rolle als die doofe wirre Tussi in einer Büro-Sitcom und konnte sich endlich das ersehnte Schlafloch mit Fahrstuhl kaufen.

»Hallo, Sandy. Danke.«

»Jeden Morgen, wenn Sie zur Arbeit kommen, Maggie, na ja, da bin ich hier. Und ich summe Sie dann rein.« Sie ließ sich abrupt hinter ihrem Empfangstresen nieder, zufrieden, dass sie ihre Rolle klargestellt hatte, und damit schien das erniedrigende Einführungsritual überstanden zu sein.

»Seht ihr«, Michael grinste über den offensichtlichen Erfolg seines Plans, »alles wird gut.«

Kapitel drei
Mittag

Nach dem halben Vormittag war sie bereits kribbelig. Um Viertel vor zwölf war Konzentration völlig unmöglich geworden. Auch nachdem sie zwei Stunden auf die mit Mikes originellen Slogans und Einwürfen durchsetzte Liste der Abläufe im Handbuch für Angestellte von Fitzgerald & Robbins gestarrt hatte, verstand sie ihr Los kein Stück besser. Wie es aussah, suchte sie nach nichts als Erlösung, und andere Anforderungen des täglichen Lebens, wie sich normal und zweckmäßig zu verhalten, standen ihrer Verwandlung in jemanden, der glücklich genug war, um anderen keine Bürde zu sein, nur im Weg. Aber Regeln waren Regeln, also hoffte Maggie, das Nötigste noch in der Praxis aufschnappen zu können. Improvisieren war sowohl ihre heimliche Stärke als auch ihre verhängnisvolle Schwäche.

Als die Kirchenglocken verkündeten, dass die Mittagsstunde anbrach, wartete sie strategisch noch zwei ganze Minuten, dann rannte sie die Treppen runter und eilte zum drei Blocks entfernten YMCA-Sitz in diesem Viertel. Rachel hatte ihr einen Plan angefertigt, auf dem sämtliche Zwölf-Schritte-Programm-Meetings im Radius von zehn Blocks verzeichnet waren, was vermutlich gegen Rachels Al-Anon-Regeln verstieß: *Lass dich nicht einspannen*; *sei keine Nervensäge*. Aber Maggie war ihr dankbar. Sie hätte es ohne Beistand nie durch den Tag geschafft, und sie war nie klar genug im Kopf gewesen, um im Vorfeld eine Liste für den Augenblick der Wahrheit bereitzustellen. Bedürfnis war immer Krise, und Krise kam immer überraschend.

Es gab jede Menge Meetings in Chelsea, im West Village und in Midtown: Überschuldete, Methsüchtige, Spieler, Ess-Brechsüchtige, Menschen, die nicht genug geliebt wurden und darum andere in einem Ausmaß liebten, das anderen »zu viel« erschien. Maggies Mittagspause verging mit Nägelkauen beim NA-Meeting auf dem grauen Teppichboden im Hinterzimmer des YMCA. Zwar war sie für viele der zahlreichen Zwölf-Schritte-Programme qualifiziert, sie wusste aber nur allzu gut, was *kribbelig* bedeutete. Es bedeutete, dass sie rauschgiftsüchtig war und ihren traurigen Arsch schleunigst zu NA schaffen musste.

Es dauerte nicht lange, bis sie merkte, unbehaglich auf ihrem sonst so vertrauten Klappstuhl, dass dies das erste Meeting war, an dem sie als Mensch mit Arbeitsplatz teilnahm. Der Unterschied lag auf der Hand. Die unbequeme Bürokleidung vereitelte ihre übliche gekrümmte Rückzugshaltung. Statt sich unter der Gewalt ihres selbstgeschaffenen Elends zu ducken und einzuigeln, musste sie gerade dasitzen, die Beine brav an den Fußknöcheln gekreuzt. Angst vor Knitterfalten, und mehr noch vor Flecken, diktierte ihre Haltung. Das erschwerte ihr echte Empfindungen. Angst hatte oft diesen Effekt. Nicht zusammenzusacken erforderte eine Entschlossenheit, die dem Schmerz dazwischenfunkte, ihn zweitrangig machte im Verhältnis zu der Anstrengung, aufrecht sitzen zu bleiben. Gab es denn nach wie vor nur Platz für eine Sache zur Zeit in ihrer kaputten Maschine von Körper? Entweder Schmerz oder Instandhaltung? Schmerz oder Haltung? Dies war nicht das Ziel. Das Ziel war Integration, das Erlangen von *allem* – Schmerz, Haltung, saubere Hemden, sortierte Gedanken, Klarheit. Alina in greifbarer Nähe. Ein Selbst, ein Selbst. Sie hatte nichts von alledem, aber heute, zum ersten Mal, seit sie ihre Dienstmarke unehrenhaft hatte ablegen müssen, hatte sie einen Job. Dankbarkeit!

Ein Schritt nach dem anderen. Sie atmete tief ein, entspannte sich, lächelte tatsächlich. Ihr Herz öffnete sich, und dann, ganz plötzlich, kam der Schmerz angedonnert: der Geruch vom Ohrenschmalz ihrer Tochter, wenn sie ihr vorsichtig mit einem Q-Tip die Öhrchen putzte, das ultimative Symbol für Familienleben. Würde es immer so sein? Sobald sich in ihrem geistigen Nebel ein helleres Fleckchen auftat, drang der Verlust des Kicherns ihrer bezaubernden Alina gewaltsam in diese Nanosekunde der Selbstgenügsamkeit ein. Wie konnte es angehen, dass all die Mühe, eine richtige Person zu werden, nur dazu diente, dem Schmerz Raum zu verschaffen? Das war aufreibend.

Nicht dagegen ankämpfen, sondern lernen, es zuzulassen. Es zu konfrontieren. So hatte sie sich *Fortschritt* nicht vorgestellt. Fortschritt war Standfestigkeit und Zufriedenheit. Alina duftete nach sauberem Dreck, weil sie im Herzen rein war.

Als die Einstiegssprecherin weiterschwafelte, schnappte sie den Satz auf: »Unser Haushalt war ein ständiges Chaos.« Natürlich, eine Feststellung, die Alina schon machen konnte, als sie noch keine sechs war. Chaos. Sinnlos zu leugnen, dass das Leben ihres Kindes längst gezeichnet war von den Konsequenzen ihres monumentalen Versagens. Alina würde immer die Schreiereien mit sich herumschleppen, die nicht eingehaltenen Verabredungen, die irren Szenen, wenn Maggie drauf war, und dann ihr abruptes Verschwinden in der Reha und ihr Kontaktverbot, ihr Ende. Ob Alina sich überhaupt noch an sie erinnerte?

Ein Fünkchen einer Erinnerung an einen Moment mit Alina suchte sich in ihr Bewusstsein zu schleichen, aber sie gebot ihm Einhalt. Alina, wie sie auf sie zutappte, angetrieben von der unkontrollierbaren, frischgebackenen Fähigkeit des Laufens, Hände fuchtelnd fürs Gleichgewicht, ihr Lächeln so riesig. Ein paar Zähnchen. Maggie. Ihre Tochter nannte sie *Maggie*. Sie hatte Frances das so oft sagen hören: Maggie, hör auf. Maggie, beruhige dich. Maggie, Schatz, entspann dich. Das ergibt keinen Sinn, Maggie. Maggie, bitte. Maggie klang doch wie Mammi, oder? *Oder?*

Oh Gott, jetzt redete jemand über Trump.

»Er ist allgegenwärtig, er terrorisiert die Menschen«, sagte eine junge Frau. Dies war nicht der richtige Ort, um über den Präsidenten zu reden. Maggie wollte, dass sie die Klappe hielt. Komm allein damit klar.

Sie wusste, sobald sie anfing, Alina-Momente zu sammeln, würden sie knapp werden, verdorren und sich wiederholen, weil es mit ihrem geliebten Kind nie eine neue Erfahrung geben konnte. Niemals. Es sei denn … es sei denn … na ja, wenn diese wie hieß sie gleich, Frances' neue Frau – strenggenommen ihre erste offizielle Ehefrau – also die müsste sterben oder Heroin drücken oder so was, und das konnte ja immer passieren. Schließlich sind Menschen unberechenbar, und Verletzlichkeit ist die Definition von am Leben sein. Aber … aber das wäre schon viel verlangt, dass Frances sich noch eine Süchtige ausgesucht hatte, gleich die nächste Katastrophe in Sicht. Die Neue, *Maritza,* arbeitete in der Verwaltung. Die waren ja wohl eher nüchtern, diese Büroangestellten. Aber viele Leute suchen sich Wiederholungen, ersetzen eine kaputte drogenabhängige Liebste mit der nächsten. Wenn es in ihrer Behörde eine Süchtige gab, hatte Frances gute Chancen, bei ihr zu landen. Auf so was könnte Maggie schon hoffen. Dann müsste sie nicht die einzige schreckliche Person in Frances' Leben sein. Und vielleicht musste Frances, wenn es ein zweites Mal passierte, doch einen Teil der Schuld auf sich nehmen.

Irgendeine Frau namens Elvira war jetzt dran und erzählte ihre Geschichte. Sie sah abgewrackt aus. Sie war eine von den Junkies, deren Kiefermuskeln nachgeben, und ihre Zähne waren runtergekaut und verabschiedeten sich. Sie hatte es zu weit getrieben. Sie berichtete, wie jemand sie schon als

Kind für alles verantwortlich gemacht hatte, was auf der Welt nicht in Ordnung war, während sie seinen Schwanz lutschte, oder irgendeine von diesen üblichen Süchtigenkindheit-Nummern. Im Gegenzug hatte sie jahrelang versucht, es ihm heimzuzahlen, indem sie gedrückt, Crack geraucht und Fremden einen runtergeholt hatte, und jetzt war es einfach scheiß zu spät.

»Niemand hat je wegen meinem Vater die Polizei gerufen.« Sie hatte das tiefe Knurren einer Raucherin und den Wortschatz eines Lebens zwischen Zwölf-Schritte-Gruppen und Gefängnistherapien. Sie hatte auswendig gelernt, was die Sozialarbeiter ihr erklärten, und rezitierte es. Oft zweimal am Tag. »Weil nie jemand wegen meinem Vater die Polizei gerufen hat, rief ich immer die Polizei, wenn ich wen nicht unter Kontrolle hatte. Dann lernte ich auf die harte Tour, dass ich die Polizei nicht unter Kontrolle hatte, und landete in Bayview, und dann kam ich nach Bedford.«

Es war schon bewundernswert, das musste Maggie zugeben, sich noch zu den Meetings zu schleppen, wenn es längst zu spät war. Aber wo sollte diese Mieze sonst auch hin? Und Menschen müssen doch immer irgendwohin. Die Frau da trug ihre Geschichte ins Gesicht geschrieben, womit es kein Zurück zur Normalität gab. Ihr Leben war vorbei. Sie würde nie mehr irgendwo ein Bein auf den Boden kriegen. Da konnte sie ebenso gut hier sitzen, wo die betuchten Schwulen und die tablettensüchtigen Hausfrauengestalten ihr zuhören mussten. Niemand sonst würde sie beachten außer Leuten, die drauf oder hinter Gittern waren.

Das war ein Typus.

Diese andere Frau da drüben, die jetzt sprach, *Sandra*. Sie war so eine, die still und leise aufgegeben hatte, genau so, wie Maggie annahm, dass sie selbst aufgeben würde. Und wie sie im Programm immer sagten, *identifizierte* sie sich. Sie erkannte in ihr das eigene negative Potenzial wieder und ihr wahrscheinliches künftiges Ich. Sandra kam zu NA-Meetings, weil man nur eine begrenzte Stundenzahl fernsehen konnte. Diese Frau hatte zu viel Schmerzen, um einen Spielfilm durchzustehen, sie konnte keine einsame Mahlzeit mehr ertragen, sie konnte keine Straße entlanggehen, weil sie es nicht aushielt, etwas von Bedeutung zu sehen und es niemandem erzählen zu können. Also ging sie zu NA-Meetings, dreißig Jahre nach ihrer letzten Dröhnung. Ihre Enthaltsamkeit war nicht in Gefahr, aber dies war alles, was ihr blieb, NA. Sie wiederholte nur noch, wieder und wieder und wieder, was sie alles falsch gemacht hatte. Die Fehler ihres Lebens. Alles, was niemand ihr je vergeben konnte, selbst wenn die anderen gar nicht mehr so genau wussten, was sie eigentlich getan hatte. Das war doch eindeutig Maggies Schicksal. Solange Alina von ihr ferngehalten wurde, war sie verdammt zu toter Zeit. Und zu nach nichts schmeckenden Äpfeln. Vielleicht sollte sie sich einen Fernseher kaufen, um den Rest ihrer Strafe rumzubringen, den Rest ihres Lebens. Gab es noch Läden für Fernseher, fragte sie sich, mit Verkäufern, die alles erklärten? Oder musste sie einen Computer kaufen und lernen, online zu gehen, um sich einen zu bestellen? Wie ging das noch mal?

»Läuft im Fernsehen je etwas anderes als Senatsanhörungen oder mediale Empörung über die Schmähungen eines Präsidenten, von dem keiner weiß, wie man ihn loswird?«, beschwerte sich eine jüdische Lady. Musste eine Lehrerin sein.

Das Gelassenheitsgebet, schon. Steht auf, berührt eines anderen Menschen Hand, vielleicht das einzige Fleisch in eurem Leben. »Komm wieder, es funktioniert. Es wirkt, wenn du mitwirkst, also wirk mit, du bist es wert.«

Was zum Teufel sollte das überhaupt heißen? Sollte sie ihr ganzes Leben damit verbringen, sich bei Meetings endlos zu wiederholen, damit sie nicht an einem Rückfall krepierte? Warum sah Frances nicht ein, dass sie in einem Teufelskreis aus Verzweiflung festsaß, wenn sie ihr Kind nicht sehen durfte? Vielleicht war es genau das, was Frances wollte, sie so hart und so unaufhörlich bestrafen, dass sie *selbst* gar nichts auf sich nehmen musste. Arschloch. Frances hatte alles, was man sich nur wünschen konnte. Warum muss sie so ein Miststück sein? Was verflucht hat sie davon? Frances! *Frances!* Solange Maggie keine vollständige Person sein konnte – nicht ernstlich lieben, handeln, sich binden konnte –, war Frances perfekt. Maggies Einsamkeit war der Beweis für Frances' Erfolg. Das NA-Meeting war vorbei, also warum grübelte sie immer noch?

Der Raum hatte sich geleert, und sie griff nach ihrer Tasche. Ging noch kurz aufs Klo und sah in den Spiegel. Keine Knitterfalten. Na, das war doch mal eine Erfolgsbilanz. Ihr Leben war ein toter Gaul, aber es gab keine Knitterfalten. Weiter so! Das Wunder der zwölf Schritte. Und jetzt hatte sie einen Job. Auch das war gut. Dankbarkeit. Es war toll.

Heute Nachmittag war Maggies erste Belegschaftssitzung. Sie war von einer sanften, wispernden Sandy vorgewarnt worden, dass es so ein Signal gab, eine Reihe von Brummtönen, das bedeutete *jetzt sofort!*. Ob man das Klopapier in der Hand oder die Nadel im Arm oder einen Schwanz im Mund oder einen Fuß aus dem Fenster hatte, wenn der Ruf ertönte, hieß es alles stehen und liegen lassen und ab zur Teamversammlung. TRÖT TRÖT TRÖT. Maggie sprang auf und stürzte zum Konferenzraum, war als Erste da. Der Raum selbst war eine Marke. Ein Posaunensignal, wie Enid und Mike wahrgenommen werden wollten: niveauvoll, smart, die Lage im Griff und ideal situiert. Aber egal wie hochwertig Kunst und Design sind, jedes System hat Macken. Die Macken zu zeigen ist das, was das Leben ... echt macht? Erträglich? Möglich.

Das hatte ihr NYPD-Partner Julio Figueroa immer gesagt: »Manche Leute scheren sich mehr um ihr Image als um alles andere.« Und sein Beispiel dafür wechselte im Laufe der Jahre, aber das letzte, erinnerte sich Maggie, war Beyoncé gewesen. »Nimm Beyoncé«, sagte Julio. »Sie hat Geld genug. *Trotzdem* ist ihr wichtig, was wir über sie denken.« Und diese Herangehensweise erwies sich als sehr nützlich, wenn sie an einem Fall dran waren und unter die Lupe nehmen mussten, wem man glauben konnte, wer verdeckte Interessen hatte, wer profitierte, wer einfach außer Kontrolle war. »Manchen Leuten liegt nur was an anderen.« Julio betonte das jedes Mal, wenn sie einen neuen Fall untersuchten. »Denk dran«, dozierte er. »Es gibt immer eine Vorgeschichte in jeder Beziehung, und die Geschichte wimmelt nur so von Ungelöstem.«

Sie wartete still, starrte durch die beeindruckende Glaswand des weiträumigen Büros auf das Tal aus Dachgarten-Penthäusern, verborgen hinter extravaganten Grünlandschaften, da schienen tatsächlich Wassermelonen, Maiskolben und Apfelbäume oben auf den Flachdächern zu wachsen. Urbanes Gärtnern. Sie hatte diesen Trend verpasst, wie so vieles. Sie hatte die Rückkehr von Schinkenspeck verpasst, sie hatte junge Männer mit Dutt verpasst, denen es wichtig war, wie Kaffeebohnen geröstet wurden, sie hatte natürlich Apps verpasst und teures grünes Wasser. Sie hatte *Minecraft* verpasst und erkannte nicht eine einzige Prominente im *People Magazine*. Sie war während all dem besoffen gewesen, und dann war sie vor Gericht und in der Entgiftung und in der Reha und in Bademantel und Hausschuhen, heulend, weinte sich die Augen aus über den Mist, den sie gebaut hatte, und in diesem Stil hatte sie die Wahl verpasst. Und nun liefen Anhörungen auf jedem Fernseher in jedem Restaurantfenster und im Radio jedes Taxis, und haarsträubende Schlagzeilen prangten an jedem Zeitungsstand. Das Ausmaß schamloser Lügen vonseiten des Präsidenten war beeindruckend. Sie zu verfolgen war ein nationaler Zeitvertreib geworden, wie Vogelbeobachtung. Gegen ihn wirkte ein Haufen Süchtiger geradezu vernunftgesteuert. Trump belohnte Ignoranz mit lautstarker Zustimmung, und viel zu viele Leute schienen ihn dafür zu lieben. Sie war lange genug Kripoermittlerin gewesen, um zu wissen, warum Leute brutale Tyrannen mochten, nämlich weil sie selbst gern welche wären, es aber nicht hinbekamen. Das ist die Natur von Unterwerfung.

An einem Tag wurden sie und Julio zu einem Notruf wegen häuslicher Gewalt geschickt. Als sie hinkamen, kroch eine Familie – Vater, Mutter und kleiner Sohn – nackt auf dem Boden ihres Apartments herum. Sie hielten sich für Löwen. Sie knurrten und brüllten und aßen rohes Fleisch mit den Fingern. Später, als die Psychoheinis sie trennten, stellte sich heraus, dass nur der Vater ernsthaft psychotisch war. Die anderen beiden imitierten ihn bloß. Sie hatten sich vor lauter Angst so stark mit ihm identifiziert, dass sie in seinen Wahn einstiegen und ihn übernahmen. Das war wie Amerika: Imitation als Erniedrigung, als verzweifeltes Krallen ans Überleben.

Sie sah auf. Craig hatte sich zu ihr gesellt, ganz in sein Gerät vertieft.

»Wie kriegen die da was angebaut?«, flüsterte sie Craig zu, der geschäftig auf *geschäftig* machte.

»Von unten bewässerte wartungsarme Pflanzsysteme.«

Sie dachte schlagartig an Blumen und fragte sich, ob sie wohl irgendwas am Leben erhalten konnte. Sie überlegte, eines Tages nach der Arbeit Schnittblumen zu kaufen, deren Tod nun mal garantiert war, aber die mussten ja irgendwo rein. Es hatte Zeiten gegeben, da kauften Leute Kaffee in Dosen und benutzten die dann dazu, Avocadokerne keimen zu lassen, aber das war, als sie noch studierte und in einem Schlafsaal in Vassar wohnte und sich selbst Kaffee machte und Brausepulver in Kornbranntwein kippte und Avocados kaufte. Jetzt, wo nüchtern bleiben ein Vollzeitjob war, fand sie schon den Gedanken an solche Vorhaben und Verpflichtungen überfordernd. Sie würde in anderen Disziplinen sparsam sein: nur von Take-away-Essen und Lieferservice leben, niemals eine Dose öffnen oder eine Mahlzeit kochen. Aber wenn sie eine Pflanze am Leben erhalten könnte, wär das vielleicht was Gutes.

»Kann ich in einem Einzimmerapartment Tomaten ziehen?«, fragte sie Craig und merkte erst an seiner ablehnenden Miene, dass sie mit dem Wort Einzimmerapartment ihr Schicksal besiegelt hatte. Selbstverständlich antwortete er ihr nicht, was an sich schon ein Akt der Barmherzigkeit war. Es ersparte ihr weitere Erkenntnisse darüber, wie weit sie davon entfernt war, tauglich für diesen Job zu sein.

Mike und Enid betraten den Konferenzraum mit einer beschwingten Ausstrahlung und machten deutlich, dass dieses Büro ein *fröhlicher* Ort war. Eigens dafür gestaltet, als »voller Leben« beschrieben zu werden. Fotos aus der guten alten Zeit schmückten die Wände. Es gab Belege für wichtige Freunde und beeindruckende Handschläge. Dankbare attraktive Familien zeigten ihr Glück. Porträts lächelten auf den Raum herab: Enid und Mike mit Hillary Clinton, Mike mit Bill, Fotos von seinem toten Sohn Alex, als gäbe es nichts zu verbergen. Grelle Bilder von Mike beim Joggen, bevor ihn die Kugel eines kaputten Verlierers fällte. Mike beim Amateurfootball, und später, nach der Reha, Aufnahmen, wo er Rollstuhlpolo spielte und den zweiten Platz beim lokalen Paramarathon gewann, Seniorenliga. *Ich bin am Leben*, insistierte seine Bürowand. *Ihr könnt mich nicht aufhalten.* Es war sein Kitsch, seine Masche, wie sehr er doch am Leben war. Aber Mikes Sohn war für immer tot, und Maggie wusste – besser als alle anderen hier in diesem Raum –, das hieß, dass auch Mike tot war. Dass er damit leben musste, die Warnungen ignoriert zu haben. Das hätte ... hätte ... hätte einen Unterschied machen können.

Sie dachte daran, wie Mike Fitzgerald ihr erklärt hatte, sein Sohn sei unschuldig. Söhne sind immer unschuldig. Sie kommen mit allem durch, bekommen aber auch nie echte Hilfe. Sie zerstören sich selbst wie Alex, eine Überdosis auf dem Männerklo in der Butler Library der Columbia-Universität. Oder wie der Sohn ihres langjährigen Kripopartners, Eddie Figueroa: Ob er nun hitzköpfig oder faul war oder überreagiert hatte, er nahm einem Mann namens Nelson Ashford das Leben, nur weil der nach seinen Schlüsseln suchte.

»Es hätte aber auch eine Waffe sein können, und dann wäre Eddie jetzt tot. Das will einfach niemand verstehen«, schluchzte Julio. »Er ist unschuldig. Mein Sohn.«

Als Maggie vor Mike Fitzgeralds Tür aufkreuzte, war ihm ein tödlicher Fehler unterlaufen. Ein narzisstischer Fehler. Er wollte nicht wahrhaben, dass es in seiner Familie Probleme gab, normale menschliche Konflikte. Drogensüchtige Kids waren so normal, da hätte jeder Verständnis gehabt. Aber Mike konnte nicht wie alle anderen sein. Er kam damit nicht klar. Er konnte nicht hinnehmen, was es über ihn aussagte. Bei all seiner Energiegeladenheit und seinen Erfolgen, seinem Oberschicht-Lebensstil, seinem Ansehen und seiner gesellschaftlichen Position konnte Mike es sich nicht erlauben, ein Mensch mit einem Kind zu sein, das ein echtes, aber gewöhnliches Problem hatte. Also tat er nichts. Und folglich: *Apokalypse*. Genau wie bei Julio, der konnte keinen Sohn haben, welcher ein böser Cop war. Er konnte es nicht hinnehmen, so wie er auch nie erwähnte, dass seine Partnerin Maggie sich was reinzog, bevor sie auf Einsatz ging. Dass sie im Polizeiwagen soff. Er hatte nie was gesagt. Julio war redlich, also konnte um ihn herum nichts aus dem Ruder laufen.

Aber Mike war anders, jetzt, wo sein Sohn tot war. Jetzt hörte sich Mike alles an, was jemand zu sagen hatte. Er nahm alle ernst. Er war jetzt offen. Jetzt, wo sein Sohn tot war. *Jetzt* änderte er sich, jetzt, wo es nicht mehr drauf ankam.

»Okay, alle mal herhören, Maggie, ich will dich sofort an einem Fall dranhaben.«

»Mike.« Enid legte die Hände auf den Tisch. Altersflecken, klar. »Mike, warum lassen wir sie nicht lieber mit etwas Einfachem anfangen? Vielleicht einer Scheidung? Nicht, dass Scheidungen einfach wären.«

Maggie wand sich. Schon hatte sie eine Feindin.

Mike ließ sein Licht auf Enid scheinen. Er lächelte. Sein Blick war erfüllt von seinem weit geöffneten Herzen. Er grinste so, wie Frauen Männer gerne grinsen sehen. Die lernen es schon als Jungs, um ihre Mütter zu besänftigen und rumzukriegen. Als er noch jünger war, signalisierte dieses Grinsen saftiger Macker, und nun bedeutete es *wohlmeinend*.

»Momentan«, fuhr Michael fort und legte seine haarige Hand auf Enids fleckige, »erwarten wir eine hochkarätige Klientin.«

Craig blickte verärgert auf. »Wer ist es? Wie kommt es, dass mir hier nie jemand etwas sagt?«

Es klopfte an der Konferenzraumtür.

»Herein!« Mike strahlte jetzt, ganz begeistert. Er wusste, was kam.

»Hallo«, quietschte Sandy, noch etwas nervöser als üblich. »Sie ist da!« Sie kicherte. Das war für den Rest der Belegschaft ein Hinweis darauf, dass sie die Klientin erkannt hatte, was alle noch viel neugieriger machte, da Sandy als Person betrachtet wurde, die nichts über irgendetwas von Bedeutung wusste. Also musste die Klientin eine Frau sein, deren Gesicht man in den Fernsehshows sah, von denen alle annahmen, dass Sandy sie guckte. »Sie ist da.«

»Wer ist da?« Craig war jetzt stocksauer. »Wie kommt es, dass ich nicht weiß, was hier läuft? Jetzt bin ich nicht gebrieft. Ihr hättet es mir doch simsen können.«

Maggie observierte das Ganze. Sie sah Enids Furcht, Mikes Dominanz, Craigs Erwartung, nicht respektiert zu werden, und dass niemand Sandy beachtete. Niemand sah sie. Und mit demselben Observierungsimpuls nahm Maggie wahr, dass Sandy einen schlichten, prachtvoll schönen handgearbeiteten Ring am Mittelfinger ihrer Rechten trug. Er war aus Gold mit einem handgefassten Granat. Er war nicht maßlos teuer, aber jemand musste ihn extra für sie angefertigt haben, er passte so perfekt zu ihrer Hand. Also hatte Sandy in ihrem Leben Leute mit exquisitem Geschmack, die ihr persönlich verbunden und klug und begabt waren. Maggie wusste, dass jemand mit solchen Bekannten, vielleicht gar Freundinnen oder Freunden, Gespräche führte, die so erlesen waren wie ihr Ringgeschmack. Und da das niemandem von ihren neuen Kolleg/innen aufgefallen war, fragte sie sich unwillkürlich, ob sie nicht vielleicht doch eines Tages wieder zurück ins Spiel finden würde. Sie sah eine Möglichkeit vor sich. Dankbarkeit.

»Also dann, Team.« Mike rückte seine Krawatte zurecht, als hätten sie das Ereignis ihres Lebens vor sich. »Auf geht's.«

Kapitel fünf
14:00 Uhr

Lucy Horne war als Person ein Sinnbild, eine Ambiente-prägerin. Wenn sie zur Party kam, fühlten Leute sich anders. Sie wurden zu jemandem *im selben Raum wie Lucy Horne*, zu Selfies, möglichst mit ihr im Bild. Tweets, Profilbilder und Statusaktualisierungen en masse. Jeder Zweifel wegen vergangener Fehltritte löste sich in Wohlgefallen auf, denn die Bekanntmachung, einem Kreis anzugehören, der Lucy Horne einschloss, war das unwiderlegbare, konkrete Indiz für wahren Erfolg.

»In Mississippi war ich bloß 'ne kleine Schwuchtel, der die Scheiße aus dem Leib geprügelt wurde, aber jetzt serviere ich Lucy Horne Jakobsmuschel-Crudo.«

»Ich wusste sechzehn Jahre lang nicht, wo ich Weihnachten hinsollte, aber heute Abend habe ich auf einer *Planned Parenthood*-Benefizparty Lucy Horne die Hand geschüttelt. Wer braucht schon Liebe?«

Es war das ultimative Fickt-euch an alle, die nie an einen geglaubt hatten, die krittelten, schlechtmachten, mieden und mobbten. Es bewies, dass all diese anderen *nichts* waren und das bedrängte Opfer ihres abartigen Status quo alles war.

Als Lucy Horne in den Konferenzraum von Fitzgerald & Robbins trat, gab es ein Luftschnappen stummer Ehrfurcht, sofern Stille nach Luft schnappen kann. Jeder und jede der Beteiligten war schlagartig voll da und lief zu performativer Höchstform auf. Mike *hatte das Sagen*, Enid war *die Stimme der Vernunft*, Craig war *verlässlich und seriös*, Sandy war *diensteifrig*. Das Leichentuch negativer Aufmerksamkeit hob sich von Maggie, gewährte ihr eine Verschnaufpause, eine

48

Chance, zu absorbieren statt nur abzuwehren. Dieses unerwartete Spektakel war ihre erste Gelegenheit, zu beobachten, wie ihre Gang neuer Kolleg/innen auf etwas anderes als ihre unerwünschte Gegenwart reagierte. Sie sah, wie Craig zu Lucy aufblickte, sah seinen Moment sofortigen Erkennens, dann sein automatisches Googeln. Dies war die neue Höflichkeit des IT-Profis – Visitenkarten oder gar Vorgestelltwerden erübrigten sich. Das berühmte Gesicht stimulierte die Suche: Websites, Wikiseiten, Twitterstreams, YouTube-Kanäle. Virtuelle Quasitatsachen stellten im Herzen der amerikanischen Ästhetik den Glauben wieder her, dass jede Person – sogar trotz Komplikationen wie Ruhm, Marketing und den Projektionen anderer – resümierbar ist.

Lucy hatte reine Haut, einen teuren Körper und gesundes Haar. Sie war verführerisch, lächelte leicht schief, hatte exzellente, nicht erkennbare plastische Chirurgie bemüht und war daher ein lebendes Beispiel von »sieht für ihr Alter fantastisch aus«. In den Sechzigern, optisch wie fünfzig. Nobel. O'Neill-mäßig. Die unechte Natürlichkeit und die natürliche Unechtheit einer wahrhaft Kultivierten. Sie alterte sich durch die Klassiker. Verkörperte die ganze Spannweite von Tschechows *Die Möwe*: Erst spielte sie die unschuldige Nina, dann die enttäuschte Mascha und schließlich die durch Narzissmus überlebende Grande Dame Irina Arkadina. Maggies Englisch-Abschluss aus Vassar war doch immer mal nützlich. Es schadete echt nicht, die Verweise auf den westlichen Kanon zu kennen, der um jede Ecke lugte, wo Macht herumschlich.

»Lucy braucht ja nicht vorgestellt zu werden«, begann Mike. »Sie war die Beste an der Yale School of Drama, brachte ihre ätherische Grandezza auf die Bühnen von New York, knackte das Kino mit Autorenfilmen auf höchstem Niveau, sie wurde der begehrte Star für alles, was von Bedeutung war, und als sie dann zu groß wurde, um noch was falsch machen zu können, verlieh sie selbst allem Bedeutung. Sie ist die Marke für Qualität und Meriten: Shakespeare, Musicals, neue Stücke, Promi-Biografien, Kostümdramen. Sie ist sogar schon fast nackt aufgetreten, ein Mal.« Alle lachten. »Und dann kam noch die strahlende Fernsehkarriere bei *Mister und Mrs.*, elf Staffeln hindurch. Seit jeher hat sich Lucy stets umsichtig für die gute Sache engagiert, Empfängnisverhütung, das Recht der Armen auf dies und jenes, Antirassismus.«

»Und Hillary natürlich«, warf Enid ein.

Maggie bemerkte alles. Sie sah Enids echtes Lächeln, das den ganzen Raum unbewusst und lautlos erleichtert aufseufzen ließ, wie wenn Mama endlich zufrieden ist. Offenbar war Enid die emotionale Moderatorin der Gruppe, und bei ihrer Zustimmung erglühte Mike vor lauter Freude daran, erfolgreich das Oberhaupt zu sein. Das war Enids Funktion: mit Zustimmung zu geizen. Um dann, wenn Mike alle Schranken überwunden hatte, schlussendlich spröde und sparsam zu liefern. Sie war eine von diesen knallharten älteren Damen, die niemals »gut gemacht« sagen, bis sie es wirklich ernst meinen, und Mike brauchte unbedingt einen Bullshitdetektor in seiner Nähe.

Maggie erkannte Lucy natürlich, hatte sie aber nur als eine Gestalt wahrgenommen, zu der man im Spätprogramm einschlafen konnte. Fernsehen war etwas aus ihrem vergangenen Leben, etwas zum ohne Begreifen hinstarren und davor einnicken, etwas, das die Welt zum Verschwinden brachte und durch nichts ersetzte, etwas, um sich mit Frances davorzukuscheln und nicht reden zu müssen. Wenn man stoned war, lieferte Fernsehen eine erbauliche Abfolge von Licht, Grafik und einer Wand aus zu viel Ton. Ein Ersatz für jede abwesende Person und Idee, und Lucy Horne war eine Säule dieses Apparats der Massensubstitution.

»Mike, ich danke Ihnen, dass Sie sich Zeit für mich nehmen.« Lucy übermittelte ihre Gefühle: echte Dankbarkeit,

Zuversicht, Vertrautheit aus Erfahrung. Ja, sie war eine Schau-spielerin, gewohnt, ihre Präsenz einzusetzen, um das kitschige und abgedroschene Improvisationsskript namens *Alltag* auf-zuwerten. »Ich bin so ... dankbar.« Diese Zeile war ein Kli-schee, aber wie die Lady es brachte, das war fein austariertes Understatement.

In all den Jahren, die sie als Kripoermittlerin gearbeitet hatte, lasen die Jungs bei der Truppe die *Post*, manchmal auch die *Daily News*, besonders wenn es eine Cop-Story oder einen Sportskandal gab. Von daher war sie vertraut mit Ikonen der Arbeiterklasse, korrupten Politikern, Päps-ten, Diplomaten, die mit Oben-ohne-Tänzerinnen erwischt wurden ... kurz, mit dem Abschaum der Gesellschaft, sowohl oben als auch unten, und all seinen zahlreichen Opfern. Julio las *El Diario*, aber über den Inhalt hatten sie nie gesprochen. Elf Jahre mit demselben Partner, und sie hatte nie seine Nachrichten geteilt. Es war eine Art Privatsphäre. Er wusste nicht, was sie sich da in die Nase zog, und sie wusste nicht, was er da las. Julios Schwiegereltern, Julios Nichten und Neffen, der Krebs von Julios Vater. Darüber redeten sie. Und über seinen Sohn Eddie. Wie Eddie unterging. Wie man ihn retten könnte. Und natürlich über die Verdächtigen. Die Menschen, die sie unter die Lupe nahmen, die meisten davon schuldig: die Verwirrten, die ohne Impulskontrolle, die Ver-zweifelten, die Vierzehnjährigen mit Grips, die Dummheiten machten, weil sie so scheiß angeödet waren, die Wütenden, die, um die sich niemand kümmerte, die Hungrigen, und am allermeisten die New Yorker, die keine Ahnung hatten, wie man Probleme löste. Das nämlich war die Ursache für alles Schlechte auf der Welt, was nicht vom Wetter verursacht wurde: Menschen, die nicht wussten, wie man Probleme löst. Kripoleute wissen, dass die Wahrheit in der Reihenfolge der Ereignisse liegt. Man kann nie den Kern einer Sache zu fas-sen kriegen, wenn man nicht die Reihenfolge der Ereignisse kennt. Es gibt auslösende Handlungen, und dann gibt es Folgehandlungen. Nichts passiert *einfach so*, und niemand ist *einfach* böse. Alle bei der Kripo wissen das: Menschen tun Dinge aus Gründen. Um die Fakten zusammenzukriegen, muss man zuhören und fragen. Und wenn man die Dienstmarke zeigt, sollten sie eigentlich antworten. Einen Mord begehen, ein Kind töten, Kinder vergewaltigen, alles klauen, das Haus niederbrennen, und oh ja, die Polizei rufen, jedes Mal, wenn irgendwer keine Lust hat, in den Spiegel zu schauen und sich ein kleines bisschen zu ändern. Nur einen Hauch. Zu solchen Fällen schickte man die Detectives Terry und Figueroa, elf Jahre lang immer und immer wieder. Zu Menschen mit Problemen.

Maggie erkannte plötzlich, während sie den Stoff von Lucy Hornes lässigem/ausgefallenem/sportlichem/einzigartigem/atemberaubendem/luftigem/sommerlichem Ensemble betrachtete, dass dieses Auto mit Julio darin ihr sicherer Hafen gewesen war, wo sie sich verstecken konnte. Was mochte Lucys Outfit kosten? Tausend Dollar? Die dreckigen Räume des Reviers, die grüne Wandfarbe, der Mangel an Komfort, der fettige Geruch. Die Arrestzellen, das miese Essen, die Umkleide, die jungen Frischlinge, die Dienstmarke. Und das Elend, in dem so viele New Yorker leben: enge Buden, Löcher in der Decke, Ratten en masse. Nichts funktioniert, nicht der Aufzug, nicht das Licht im Treppenhaus. Nicht die Badewanne noch die Fenster. Frances kam aus einer Arbeiterfamilie, und wenn sie sauer wurde, sagte sie gern, Maggie sei bloß eine Slumtouristin, aber tatsächlich war diese Welt der Ort, wo sie sich in aller Öffentlichkeit verstecken konnte, weit weg von denen, die sich keine Mühe gaben, sie zu durchschauen. Denn schließlich hatte Margaret Elisabeth Terry eine Herkunft mit Stammbaum. Wenn eine clevere kleine Angehörige der weißen Oberklasse mit Gärtnern, Dritte-Welt-Aristokraten, Eurotrash und den am besten abgesicherten Menschen auf dem Planeten aufwächst, dann sind am Ende andere Mitglieder der aufgeblasenen Klasse die Einzigen, die es tatsächlich mitkriegen könnten, wenn was sehr, sehr übel schiefgeht. Und genau das wollen Angehörige der weißen Oberklasse gar nicht wissen. Weil nämlich ohnehin schon so viel falsch ist: die Privilegien, die Arroganz, die Überlegenheit. Wenn normale Leute hinschauen, sehen sie nur das Symbol der Ungerechtigkeit. Wohingegen, die Tiefe der Seele eines Individuums? Vollkommen unsichtbar.

Als Polizistin in New York City zur Arbeit anzutreten, nachdem sie zum Mittagessen Drogen eingepfiffen hatte, war falsch. Maggie war das inzwischen völlig klar. Es war ihr nicht klar, als sie es tat, weil sie verblendet war. Es gibt eine Überschneidung zwischen Sucht und Arroganz. Warum sonst steckt sich jemand zum ersten Mal eine Nadel in den Arm? Man weiß doch, was passieren wird. Man weiß, dass Menschen süchtig werden und ihr Leben zur Hölle wird, aber man tut es trotzdem. Wäre sie nach drei Martinis oder Bloody Marys zum Frühstück aufs Revier gerauscht gekommen, hätten die Jungs es ihrer Religion zugeschrieben: konfessionslose weiße Oberklasse. Aber sich die schlimmsten Proletendrogen reinzuziehen, wenn man blond und blau-äugig war, das war jenseits von gesellschaftlich wahrnehmbaren Verfehlungen oder Grenzüberschreitungen. Es war zu dumm, um bemerkt zu werden.

»Michael.« Lucy schritt durch den Raum, intelligent, verführerisch, angemessen anspielungsreich und pragmatisch. Die Lady hatte ihren Auftritt im Griff.

»Lucy.« Er erglühte.

»Michael, Sie waren in all den vielen Jahren so wundervoll zu mir. All diese Testamente und Verträge und Scheidungen.« Sie schmunzelte, also lachte die Belegschaft. Sogar Enid. »Manchmal ging es wirklich hässlich zu, und Sie waren so großartig.«

Enid nickte. »Scheidung ist hässlich.« Sie erging sich in Mitgefühl mit einer Prominenten, dabei begrüßte sie jedes Scheidungsverfahren mit offenen Armen. »Ich habe Karten für Ihr Stück.«

»Lucy spielt im Moment am Broadway«, erläuterte Michael für Craig, Sandy und Maggie, von denen er annahm, dass sie nie in Broadway-Theater gingen.

In Maggies Fall lag er absolut richtig. Aber Craig hatte eine Familie, er hatte Schwiegereltern, er hatte Gäste von verschiedenen Universitäten anderer Städte und seine Bruderschaft, und Maggie spekulierte, dass er lieber Geld für Theaterkarten springen ließ, als sich an den Tisch setzen und Unterhaltungen führen zu müssen. Was Sandy anging, nun, sie schwieg, folglich musste sie etwas wissen. Ihr musste bewusst sein, wie wenig es bringen würde, Lucy Horne von all den Auftritten zu erzählen, die sie gesehen und genossen hatte, weil es sie bloß in die Kategorie der Speichellecker einreihen würde.

»Haben Sie heute schon Nachrichten gesehen?«, fragte Lucy, jetzt mit unheilschwangerem Unterton.

»Sie meinen Nelson Ashford?« Craig rührte kaum den Finger.

»Was ist mit ihm?«, entfuhr es Maggie.

»Der Justizminister mit seinen Klan-Sympathien hat sämtliche Anklagepunkte gegen seinen Mörder abgewiesen.«

Sie erstarrte. Eddie war frei.

»Entschuldige, Craig, aber das meint Lucy nicht.« Mike war ärgerlich. Hillary war ein nettes Polit-Thema fürs Büro, aber doch nicht realer Rassismus.

Hilfe! Eddie Figueroa kam ungeschoren davon. Oh mein Gott, was für ein Schreck. Sie sah Craig an, aber da er gerügt worden war, hatte er dichtgemacht.

»Die neuen Siedlungen im Westjordanland?«

Das kam von Sandy, die erwies sich als der schrägste Vogel hier, am ungewöhnlichsten und auch am trügerischsten.

»Nein.« Lucy bügelte aus, so glatt wie Gleitmittel für Damen. »Ich fürchte, es gab einen Mord.«

»Schauspielerin!«, brüllte Maggie. Und da war es, ordentlich in ihrer Erinnerungsschublade, Nick Stammas, heute Morgen erst, hinter der Verkaufstheke, er nahm die *New York Post* und legte sie neben ihren Apfel und den Tee. Endlich stellte sich eine neue Erfahrung ein. Und zwar eine, die nicht verdrängt zu werden brauchte. Ein Tag, an dem bisher keine Katastrophe geschehen war, außer dass Nelson Ashford grundlos tot und Officer Eddie Figueroa frei war, ohne sich auch nur rechtfertigen zu müssen, aber seine Familie würde so erleichtert sein. Julios Frau. Sie würde sich so … rehabilitiert fühlen. Also, die Schlagzeile: »Schauspielerin erdrosselt.«

»Ja.« Lucy blickte ihr direkt in die Augen. Noch eine blauäugige Blonde, genau wie sie. Blauäugige Blonde warfen sich ständig stumme Erkennungssignale zu. Besagend, wie rezessiv sie sind und deshalb ungerührt. »Könnte ich wohl einen Kaffee bekommen?«

Sandy sprang auf, denn dies war ihre versäumte Pflicht.

»Ich auch«, sagte Craig genervt, nutzte die Gunst des Augenblicks. Warum musste er immer warten, bis jemand anders Sandy Kaffee holen schickte, bevor sie ihm seinen brachte?

Sandy verließ den Raum, um zu Diensten zu sein, und Lucy deckte ihre Karten auf, so wie Erwachsene warten, bis das Kind ins Bett geht, bevor sie von einer Vergewaltigung erzählen.

»Dieses arme Mädchen, es steht in der Zeitung. Dieses süße, bezaubernde Ding war in meinem Stück. Dieses Mädchen. In meinem Stück. Ich möchte, dass Sie ihren Mörder dingfest machen.«

Mord. In der ständigen Lawine schier unerträglicher Erinnerungen und Assoziationen – Alina, Frances, Julio, Crack,

Dope, Courvoisier mit Cola und Koks – war *Mord* der einzig nützliche Bestandteil ihres Gedächtnisses. Maggie wusste eine Menge über den Tod. Er war ihr Beruf gewesen. Ausgeweidete, verwesende, enthauptete Leichen in Fahrstühlen, auf Toiletten, in Waschmaschinen, in Schwimmbädern, Müllsäcken, auf U-Bahn-Gleisen, in den Armen ihrer Mörder, Liebsten, Mütter, und die waren allesamt schuldig. Wie Julio immer sagte: »Wenn du jemanden erst gefickt hast, ist es einfacher, ihn zu töten.« Die Schranke ist überwunden. Der Übergriff ist so natürlich. Es ist leichter, einen Hals zu brechen, an dem man geleckt, gesaugt und geschwelgt hat. Overkill ist das stärkste Signal der Liebe. Warum sagen: »Ich bin gerade zu aufgewühlt, um über die Beziehung zu verhandeln«, wenn man jemandem das Licht ausblasen kann? Stimmt's? Pulverisieren statt kommunizieren. Mord ist was für Menschen, die nicht bremsen können. Das wissen alle Kripoleute. Also sucht man nach der Person, deren Verstand rast.

»Lucy, kennen Sie schon das neueste Mitglied unseres Teams?« Das war Mike, seine Hand warm auf Maggies Rücken, er versuchte schon wieder, sie zu retten. Armer Kerl. »Maggie Terry. Sie ist unsere neue Privatdetektivin. Maggie hat an der Columbia bei mir studiert, als sie ihren Abschluss in Kriminalwissenschaften machte. Eine meiner besten wissenschaftlichen Assistentinnen. Elf Jahre bei der New Yorker Polizei und eine loyale Freundin meiner Familie. Jetzt dauerhaft hier bei uns angestellt.«

Enid wand sich.

»Schön, Sie kennenzulernen.« Lucy lächelte und wartete darauf, dass Maggie die Hauptrolle übernahm.

»Wie hieß das Opfer?« Maggie ergriff einen Stift von einem Stapel in der Mitte des Tischs und zog sich einen gelben Notizblock heran, von Sandy vorsorglich bereitgelegt für solchen spontanen Bedarf.

»Jamie Wagner.«

Sandy kam mit Kaffee zurück und bediente Lucy von rechts, den Tassenhenkel ausgerichtet. Sie musste mal in einem Restaurant gearbeitet haben, bemerkte Maggie. Einem guten Restaurant. Und dann: Vielleicht tut sie das ja immer noch.

»Haben Sie … Entschuldigen Sie bitte …« Lucy war so reizend.

»Oh Entschuldigung, mein Name ist Sandy.«

»Sandy.« Warmes Lächeln. »Sandy, haben Sie Sojamilch da?«

»Nein, tut mir sehr leid.«

»Mandelmilch? Cashew? Kokos?«

»Wir haben Zweiprozentige.«

»Ich nehme Zweiprozentige.« Gigantisches Lächeln. »Danke, Sandy. Vielen Dank.«

Okay, Maggies Instinkt war geweckt. Nun zur Reihenfolge der Ereignisse.

Was machst du, wenn dein Kind weg ist?

Sie hatte sich mit dieser Art Bindung zuerst schwergetan. Sie und Frances waren noch nicht so lange ein Paar – okay, ein paar Jahre schon – aber manchmal ist es nie genug. Dann wurde Frances fünfunddreißig und entschied, dass sie es jetzt einfach machen würde. Da lebten sie längst zusammen.

»Besser du als ich«, hatte Maggie gesagt.

Später wurde ihr klar, dass Frances das Kind bekommen hatte, weil Maggie schon so tief ins Kaninchenloch abgestürzt war; es stellte eine Art Alternative dar. Eine Möglichkeit, ihre Eigenständigkeit zu behaupten, den Fehdehandschuh wegzulegen, damit Maggie irgendwie magisch genesen würde. Oder es war aus Feindseligkeit oder Ignoranz. Oder ein Solo-Fluchtplan. Aber was sie am meisten störte, war, dass Frances das alles kein Stück bewusst war. Sie glaubte, sie wolle *bloß ein Baby haben*. Manche Menschen glauben nicht an das Unbewusste. Die eigentliche Wahrheit war, Maggie wollte nicht, dass Frances ein Kind bekam, weil sie Angst vor Veränderung hatte. Aber das war ein Geheimnis, also hatte sie halbherzig mitgespielt, und so läuft Elternschaft nun mal nicht. Und dann kam sie zu spät und stockbesoffen ins Krankenhaus und verpasste die Geburt, musste Blickduelle mit Frances' Familienmitgliedern ausfechten, die *nicht fassen konnten*, dass sie schon wieder betrunken war. Und dann sah sie das kleine Ding, Alina, die schon jetzt um ihren Platz in der Welt kämpfte, und sie … *identifizierte* sich. Mit einem Schlag wurde ihr klar, was für eine Gelegenheit dies war, jemandem in die Welt zu helfen und für sie da zu sein. Vielleicht mal was richtig gut zu machen. Dieses kleine Mädchen, die Augen aufgerissen, groß und braun, mit fuchtelnden Fäusten, wild entschlossen. Sie verliebte sich auf Anhieb, und sie wollte sie. Und – jetzt kommt der kranke Teil – sie dachte, vielleicht würde diese kleine Person sie wirklich lieben, bedingungslos, und sie, Maggie Terry, könnte endlich erfahren, wie das war. Sie machte sich nicht klar, dass es andersrum gehörte. Woher sollte sie das auch wissen? Sie hatte nie einen guten Elternteil gehabt. Und Frances auch nicht, obwohl ihre wenigstens anwesend waren.

Was war ein guter Elternteil? Überall um sie herum hatten Leute, die im selben Boot saßen, falsche Entscheidungen getroffen. In ihren Einschätzungen steckte eine gewisse Arroganz. Sie hörte das immer und immer wieder bei NA- und AA-Meetings. Ihre Eltern hatten ihnen nichts von dem gegeben, was sie brauchten, also wollten sie ihrem Kind alles geben, was sie selbst nie hatten. Was bedauerlicherweise zu groß war, um es zu geben.

Polizist/innen kümmern sich um andere Menschen, das ist ihre gesellschaftliche Rolle. Sie betreten die Bildfläche, wenn die Dinge aus dem Ruder gelaufen sind, und bemühen sich, wieder ein Gefühl von Ordnung zu installieren. Sie stellen Fragen, sie versuchen, Menschen zur Verantwortung zu ziehen. Die Gesellschaft braucht das. Um da hinzukommen, musste sie lernen und sich zusammenreißen, Fähigkeiten entwickeln und Mut aufbringen. Sie musste Zeugin von unerträglichem Chaos und Schmerz sein. Und sie musste methodisch vorgehen lernen. Das alles hätte sie nur für sich selbst nie geschafft. Aber sie wollte nicht erleben, in zwanzig Jahren oder so, dass ihr Kind zum Parasiten wurde und sich nicht um sich selbst oder sonst jemanden kümmern konnte. Sie wollte nicht dafür verantwortlich sein, die nächste Manipulantin in die Welt zu setzen. Das war eine ihrer Ängste.

Frances machte sich nicht die Mühe, sie zu überzeugen. Es fand einfach statt. Es war scheißegal, wie Maggie empfand. Frances war ein netter Mensch mit Arbeitsethos. Sie entsprang nicht der verrottenden privilegierten Klasse. In ihrer Welt bekamen Frauen Kinder. Und basta. Sie hatte Geschwister, und alle hatten Kinder. Sie und Maggie brauchten sich an Feiertagen ja nur mit Frances' Familie zu treffen und konnten so tun, als ob Maggies Seite gar nicht existierte. Klang nach einem tollen Plan, aber sie vergaßen dabei eine Kleinigkeit. Maggie *entstammte* ihrer Familie, und selbst wenn sie nie wieder ein Wort mit ihnen redete, würde sich daran nie was ändern.

Und das alles hatte Frances vor Gericht gegen sie verwendet.

»Haben Sie Ihrer Partnerin gesagt, dass Sie nicht Mutter werden wollen?«

»Ja«, sagte sie, gerade frisch aus der Entgiftung gekrochen und außerstande, den Boden unter sich zu spüren oder ihre Schuhe zu erkennen.

»Haben Sie gesagt: ›Besser du als ich‹?«

»Ja.«

»Keine weiteren Fragen.«

Aber das Schlimmste zeichnete sich jetzt erst langsam ab. Kein Schwein hatte je versucht, die Gründe zu verstehen. Das war etwas, womit sie sich auch im Programm schwertat: den anderen nicht anzulasten, dass sie nicht nachgefragt hatten, dass sie sie nicht durch die Schlüsselfragen des Sich-selbst-Verstehens geführt hatten. Die meisten Menschen haben Ambivalenzen bezüglich ihrer Kinder, aber sehr wenige geben es zu. Frances die ganze Wahrheit zu sagen war ein Bemühen um Vertrautheit gewesen, um Ehrlichkeit. Sie hatte nicht angenommen, dass das vor Gericht ausgebreitet werden würde. Frances hatte gesagt, ja okay, und dabei beließen sie es dann. So viele Male hatten sie nur die Oberfläche von dem gestreift, was wirklich Bedeutung hatte, und Frances hatte es zugelassen. Aber das hieß ihr die Schuld an Maggies Charakterfehlern geben, und das durfte sie nicht. Sie sollte *Verständnis* aufbringen, so würde ihre fürsorgliche Sponsorin Rachel G. es ihr erklären, nicht über *Schuld* reden, sondern *verstehen* wollen.

»Verstehen, warum etwas passiert, ist das Gegenteil von Schuldzuweisung«, sagte Rachel zu ihr am Telefon, persönlich und beim Kaffee, Rachel, drei Jahrzehnte nüchtern und Sponsorin für die schlimmsten Fälle der Welt. »Leute machen Fehler und biegen falsch ab. Sterblich sein heißt verwundbar sein.«

Aber Maggie wusste, dass außerhalb der Meetings niemand das so sah. Alle anderen gingen die Straße lang und hielten sich für rein und fein. Sie kriegten es hin, weil sie besser waren, und Leute, die besser sind, haben die Aufgabe, mit dem Finger auf die zu zeigen, die schlechter sind, und sie abzustrafen. Die gesamte Gesellschaft war doch so organisiert. Wer konnte, bestrafte. Es war nur eine Frage der Gelegenheit. Wie bei dem Richter, der ihr ihr Kind wegnahm und kein Besuchsrecht verfügte. Es ging ihm gut dabei, sie so mies zu behandeln, und wenn er dann heimging, war er, egal wie viel Schmerz er verursacht hatte, besser als jemand anders. Nämlich besser als sie.

Nach der Selbstzerstörung ihrer Mutter kam die neue Ehefrau Julie des Wegs, immer einen Martini in der Linken. Maggie mochte erst acht sein, sie mochte verloren sein, sie mochte ständig darüber nachdenken, auf welche Art sie sterben wollte, nämlich nicht wie andere Mädchen. Sie mochte einsam sein und mit zu viel Schmerz leben, zu viel für ihren kleinen Körper. Aber es gab in ihrem schon so ramponierten kurzen Leben etwas, das wirklich was brachte, und zwar, stehen gelassene Cocktailreste auszutrinken, um davon besser einzuschlafen.

Erst die Mutter futsch, dann ihr Selbst, dann Frances, dann Alina, dann Alkohol, Xanax, Heroin, Kokain, Crack, Clonazepam und Gras. Das ist viel Entbehrung, viel, was fehlt. Ebenso beruflicher Erfolg, Einkommen, Status, das Vertrauen anderer und ihr guter Julio. Seine geduldige Gegenwart, Seite an Seite im Auto, auf dem Revier, im Deli, im Park. Der ganze Katalog ihrer Verluste. Und nun war auch noch alles ihre Schuld. Wenn die Person, die dir Unrecht tut, in Wahrheit du selbst bist, was hast du dann noch zu verlieren?

Sandy kam mit Zweiprozentmilch in den Konferenzraum zurück.

»Danke sehr, *Sandy*.« Lucy lächelte und blickte so weich, als ginge es um einen großen Gefallen, der niemals aufzuwiegen war.

Jetzt, wo sie ihre Mission erfüllt hatte, war Sandy vertrauenswürdig genug, dass Lucy Horne offen vor ihr sprechen konnte. Schließlich war sie eine gute Magd, loyal, irrelevant, gedächtnislos und unsichtbar.

»Ich habe der Polizei natürlich nichts erzählt«, versicherte Lucy den Anwesenden. Sie kannte sich aus im Leben und würde nie peinliche Fehler machen. Schließlich hatte Lucy Vorfälle gehandhabt, welche die Leute in diesem Raum sich gar nicht vorstellen konnten und auf die sie niemals kommen würden.

»Ich verstehe.« Michael machte sich Notizen.

»Ich habe nicht gelogen.«

»Natürlich.« Er machte sich noch mehr Notizen.

»Ich habe einen Vertrag für ein Disney-Musical. Sie wissen ja, wie die sind.« Jetzt flüsterte sie, damit sie ja nichts mitbekamen, die Götter, die Könige, diejenigen mit der Macht, ihr Furcht einzujagen. »*Die* tolerieren keinerlei Skandal.« Sie bebte. »Ich werde älter. Wenn ich weiter auf einem Niveau arbeiten will, das halbwegs … angemessen ist, wenn ich ein bedeutungsvolles Leben führen will, muss ich absolut blitzsauber sein. Kein Getuschel. Nichts Dubioses. Und *keine Skandale.*« Rund um den Tisch herrschte Stille, und allen ging auf, dass Lucy Horne zum ersten Mal an diesem Nachmittag nicht schauspielerte. »Sonst wäre alles vorbei. Einfach so.« *Schnips!* Und dann gewann sie ihr würdevolles Auftreten zurück. »Draußen regnet es, aber hier drinnen kann es nicht regnen. Ihr versteht mich.«

»McMaster!« Das war Sandy, die immer noch den Kaffee auftupfte, den sie auf Enids Untertasse geschwappt hatte.

»Ganz recht.« Lucy lächelte strahlend. Aber sie war irritiert. »John McMaster. Ich habe seine *Tulpen im Sommermond* am Taper Forum in LA gespielt.«

»Ich liebe seine Stücke«, sagte Sandy. Und dann beging sie das Missgeschick, zu rezitieren. »Draußen regnet es, aber hier drinnen kann es nicht regnen, Vater. Ihr versteht mich, oder?«

Okay, Sandy liest also Stücke. Bestimmt kann sie sich die Tickets für die Vorstellungen nicht leisten. Aber noch interessanter war das, was die Rezeptionistin damit über Lucy enthüllte. Sie verwendete Zeilen aus Stücken im normalen Alltagsgespräch. Mit anderen Worten, es gab immer ein Skript.

Sandy errötete und verließ den Raum, um wieder ihre Rolle als die Person einzunehmen, die niemand bemerken wollte.

Michael setzte seinen Rollstuhl zurück und stellte ihn anders an den Tisch, so wie ein nicht eingeschränkter Mann seine Beine übereinanderschlug, um eine Veränderung anzuzeigen oder die Notwendigkeit zur Veränderung. »Lucy, wir sind dein Rechtsberaterteam. Jeder hier unterliegt der Geheimhaltung, und dieses Gespräch ist vollkommen vertraulich.«

»Ich verstehe.«

»Lucy.« Jetzt war er gütig. Seine Stärke, *jetzt*. Verständnisvoll, in Anbetracht von allem. »Weißt du irgendetwas über den Mord an diesem jungen Mädchen?«

Lucy lächelte in sich hinein, mit Bedacht. Das hieß, entweder würde sie die Andeutung als absurd von sich weisen, oder … »Ich weiß, wer es war.«

Genau da kam Sandy mit einer frischen Serviette für Enid und einem Teller Kekse herein, die nur Craig essen würde. Sie stellte eine Tasse neben Maggies gelben Notizblock und flüsterte ihr ins Ohr: »Ich hab Ihnen Pfefferminztee gebracht.«

Woher wusste sie das? Maggie ging die Palette ihrer Fehltritte des Tages durch und landete gleich beim Reinkommen: Sie hatte den Einwegbecher aus dem Deli, die Hälfte schon auf ihrem Hemd, auf Sandys Tresen abgestellt und im Tohuwabohu des ambivalenten Willkommens taktlos dort stehen lassen. Sandy musste ihn in den Papierkorb werfen, musste hinter ihr herräumen. An ihrem *ersten Tag*. War dieser Pfefferminztee ein Akt der Einschüchterung oder der Fürsorge?

»Wer denn?« Michaels Stimme klang weich. Ein guter Mann am Krankenbett. »Wer ist der Mörder?«

»Das junge Mädchen hat sich mir anvertraut.« Lucy erschauerte und blickte kurz zum Fenster, wo es in einem Off-Broadway-Stück jetzt einen Blitz gegeben hätte und im Lincoln Center einen Wolkenbruch. Sie schlang sich die Arme so um den Oberkörper, dass es ihre Brüste betonte, und ließ sie dann resigniert wieder los. »Sie wurde gestalkt.«

Gestalkt. Schon wieder dieses Wort. Maggie schrieb es in Anführungszeichen auf ihren Block. Es war eins dieser Wörter, bei denen alles innehielt und abwartete, es sperrte sich gegen gewöhnliche Fragen, die dadurch selbst zu einem Akt der Aggression wurden. Es war ein Spielwandler, es änderte alles.

»Das war ihre Wortwahl. Gestalkt.«

»Von wem?« Michael beherrschte seine Dialogzeilen.

»Ein Fan?«, fragte Enid.

»Ein *Fan*? Jamie Wagner hatte doch keine Fans, das arme Ding. Sie spielte das Dienstmädchen. Brachte den Kaffee. Trug das Geschirr ab.«

Maggie hatte das Gefühl, dass das eine Anspielung auf Sandy war. Sie sah sich am Tisch um, aber es schien sonst niemandem aufzufallen.

»Nein«, antwortete Lucy schlicht. »Es war ein Exfreund.«

Alle nickten. Na klar, ein universeller Gemeinplatz: Exfreunde stalken. Polizistinnen, irische Anwältinnen, gehbehinderte Schießereiopfer, Geschiedene, schwarze IT-Genies, Dienstmädchen, Schauspielerinnen, Empfangsdamen und Drogenabhängige, alle akzeptierten diese Realität des modernen Lebens. Es war eine Binsenweisheit wie dass Freunde von Müttern die Töchter belästigen, dass Handwerker sich im Schulkeller entblößen, dass Priester Beutegreifer sind. Wer fernsah, kannte diese unwiderlegbaren Tatsachen. Exfreunde hatten immer viel zu erklären.

»Das Wichtigste ist –« Lucy stockte, als ihr bewusst wurde, dass das, worauf sie hinauswollte, strenggenommen *nicht* das Wichtigste war. »Was ich meine … Können Sie mich da raushalten? Können Sie den Mörder finden und dafür sorgen, dass sich das alles in Luft auflöst?«

»Natürlich.« Michael versprach, was versprochen gehörte.

»Ich hoffe, wir können das zum Abschluss bringen, bevor Disney und ich mit den Proben anfangen.«

»Was ist es für ein Stück?« Michael, immer aufs Stichwort.

»*Buffalo Bills Wilder Westen.* Ich spiele die Indianerkönigin, die anfangs als Kuriosität bei der Show ist, aber am Ende Bills Herz erobert und ihn so in gewisser Weise zivilisiert. Eine progressivere Wendung des alten Klischees mit der Frage, wer nun eigentlich *wirklich* primitiv ist.«

Craig, fiel Maggie auf, googelte so wild, dass er eigentlich schon nach Atem ringen müsste. War er der Typ, der was dazu sagen würde, wenn eine weiße Matrone eine indianische Frau spielte? Wohl eher nicht. Nicht nach Mikes Zurechtweisung dafür, dass er den Persilschein für den Killercop Eddie Figueroa bekrittelt hatte. Vielleicht zog er zu Hause mit seiner Familie über die Weißbrote und ihre blonden Indianerprinzessinnen her, aber hier würde Maggie wetten, dass er schwieg.

Sie sah ihn an.

Er starrte auf sein Gerät.

»Lucy«, fragte Enid, sichtlich bereit, den Fall vor Beginn der ersten Probe von *Buffalo Bill* zu knacken, und auch zu allem anderen, was die berühmte Schauspielerin und ihr Megaunternehmen sonst noch wollten. »Kennen Sie seinen Namen?«

»Steven Brinkley.«

Craig suchte.

»Das kommt mir bekannt vor.« Enid unterstrich es mehrmals auf ihrem Block.

»Hab's!« Nun konnte Craig seine ganze Erbostheit und Verkanntheit zu etwas Akzeptablem kanalisieren *und* damit das Nötige liefern. »Gewinner des National Book Award, Autor von *Nichts als die Zukunft*.«

Triumphierend streckte er Sandy seine Kaffeetasse zum Auffüllen hin. Sie sprang auf und griff nach der Kanne, aber die war leer. Erneut versagt. Sie huschte hinaus, um mehr zu machen, während Craig seine Tasse umgedreht auf die Untertasse stellte.

»Mein Gedächtnis ist auch nicht mehr, was es mal war. Das habe ich doch gerade mit meinem Buchclub gelesen.« Enid, immer auf dem Stand, griff in ihre Handtasche, zog ihren Kindle heraus und schwenkte ihn, kopfschüttelnd über ihr schwindendes Gedächtnis.

Mit wachem Blick für mögliche Werkzeuge der Täuschung vermerkte Maggie, dass man von einem Kindle alles behaupten konnte. Das war wie bei den Kochshows, die in der Reha permanent im Gemeinschaftsraum liefen. Die einzige Sendung dieser Art, die sie ertragen konnte, war *Chopped*, ein Wettbewerb mit echten Leuten, von denen viele fett oder queer oder braunhäutig oder Einwanderer oder eine Kombination von alldem waren, die Art Menschen, von denen die Welt voll ist, die aber im Fernsehen sonst nur auftauchen, wenn sie schwerer Verbrechen angeklagt sind oder ein Land regieren. Sie mussten Mahlzeiten für »prominente« Küchenchefs zubereiten, von denen sie noch nie gehört hatte, und zwar aus absurden Kombinationen wie Kaugummi, Schweinegedärm, Auberginen und Fischfond. Die Jury kostete vorsichtig, verkündete, wie salzig, matschig, fad oder ungar die Zutaten waren, und lobte die Köche für Hitze, Konsistenz und Geschmackskombination, wovon die Zuschauer nichts selbst erlebten. Maggie war sicher, dass die Juroren logen. Sie aßen diesen Fraß nicht wirklich. Die Zuschauer konnten nicht nachprüfen, was in Wahrheit auf dem Teller war und wie es tatsächlich schmeckte. Sie mussten blind vertrauen. Dasselbe galt für Enids Kindle. Er konnte mit Bondage-Pornos bestückt oder kaputt sein, die Anwesenden würden es nie erfahren. Womöglich hatte sie ihn sich in bester Absicht zugelegt, aber nie rausgekriegt, wie er funktionierte, und trug das leere Ding mit sich herum, um mit ihrer Hilfebedürftigkeit einen gut bepackten Ehemann Nummer drei zu ergattern; vielleicht war es ihre Männerfalle.

»Eine vollständige Suche nach Jamie Wagner«, meldete Craig, »ergibt bis auf ihre Ermordung und einen Kurzauftritt bei *Law and Order* so gut wie nichts von Belang. Sie hat mal in einer Produktion von George Bernard Shaws *Helden* beim Berkshire Theatre Festival mitgewirkt. Das war's.«

»Also, was sagt uns das?« Mike trank endlich seinen inzwischen kalten Kaffee.

»Tja, was ich schon gern wüsste«, Craig machte es spannend, zeigte sein erstes aufrichtiges Lächeln und verriet damit, dass er nur glücklich war, wenn er etwas wusste, worauf sonst niemand gekommen war. »Warum gibt sich ein berühmter, erfolgreicher Mann mit einer unbekannten Schauspielerin ab? Steven Brinkley hat fünfhunderttausend Treffer.«

»Ach, Männer.« Enid seufzte.

Craig ignorierte ihr Unterminieren seines Augenblicks des Ruhms und zeigte allen sein Handy. Sie reichten das

Foto herum, ein ziemlich durchschnittlicher intellektueller weißer Jemand, der irgendwas richtig machte und anständig behandelt wurde. Brinkley wirkte gesund auf eine Art, die sich als »gut aussehend« auslegen ließ, aber vielleicht auch nur besagte, dass er ausgeruht war, ein paar Gesichts-OPs hinter sich hatte, sein Idealgewicht hielt und manchmal Sonne bekam.

»Das ist der Mörder«, sagte Lucy nicht direkt bestürzt.

»Sind Sie ihm mal begegnet?«, fragte Mike. »Wenn er Jamie vom Theater abgeholt hat?«

»Ich habe keine Ahnung. Der Freund einer kleinen Nebenrolle ist niemand, mit dem ich mich länger abgeben würde, so läuft das einfach nicht. Nach der Show bin ich belagert von Fans, die Autogramme wollen, und dann bringt mich ein Wagen heim.«

»Also schön.« Mike sah auf die Uhr. Seine persönliche Trainingseinheit bei Equinox stand an. »Craig, das ist dein Fall.«

Craig strahlte.

»Lucy, ich werde natürlich jeden seiner Schritte im Auge behalten.«

»Was?« Craig konnte nicht glauben, dass ihm das schon wieder zustieß.

»Maggie wird dir assistieren.«

»Oh, komm schon!«, protestierte Craig, fing sich aber schnell wieder. Er wusste längst, dass Mike sich nie umentschied, es sei denn, es ging nicht anders. Mit Rücksicht auf die Gegenwart einer Klientin setzte er ein falsches Lächeln auf. »Ist gut.«

»Prima.« Michael verschob seinen Rollstuhl, um das Ende der Besprechung zu signalisieren.

»Lucy«, Enid erhob sich, »ich bringe Sie zu Ihrem Wagen.«

Lucy erhob sich, demonstrierte Dankbarkeit, Zuversicht und Erleichterung darüber, dass sich wieder einmal jemand anders um alles kümmern würde, was gehandhabt gehörte, damit sie sich um sich selbst kümmern konnte. »Danke Ihnen allen. Und Sie, *Liebes*.«

»Ja?«, antwortete Maggie, die ihre Notizen durchging.

»Rufen Sie meinen Assistenten an, er schickt Ihnen dann Tickets.«

»Wofür?«

»Für mein Stück.«

»Welches Stück?«

Der Rest des Teams erstarrte vor Entsetzen mitten in der Bewegung, in diversen Stadien von Aufbruch und Zugriff. Niemand füllte die Stille von Maggies zerstörter Gelegenheit, also wandten sich Enid und Lucy zum Gehen und überließen es der arbeitenden Truppe, sich um den Kleinkram zu kümmern.

»Sandy«, brüllte Mike und langte nach seiner Sporttasche. »Lauf runter und hol Maggie ein Exemplar von *Nichts als die Zukunft*.«

»Okay, gibt es eine Buchhandlung in der Nähe?«

»Das muss es, wir sind in New York City.«

Craig fing an zu googeln. »The Strand. Zwölfte Ecke Broadway.«

»Ja, danke.« Mike wollte nicht mit zu vielen Details belästigt werden. »Nehmt zwei Taxis, wir haben jetzt keine Zeit für Uber.« Und damit war er aus der Tür.

Craigs geistige Turnübungen zu der Frage, wie er Maggie am besten loswerden konnte, waren an seiner Stirnfurche ablesbar. Er drehte sich zu ihr um, grinste wie ein Plakat reinster Verärgerung und sagte in dem allernettesten *Du weißt ja, ich mach nur Spaß*-Ton, der sich im menschlichen Kontinuum verschleierter Drohungen fand: »Maggie.« Er bleckte die Zähne. »Ich werd dich mit Argusaugen beobachten.«

Früher Abend in Manhattan. Sommer.

New Yorker sind nett und gutmütig, weil sie Nase an Nase leben und einen Sinn für das Zerbrechliche menschlichen Miteinanders haben. New Yorker sind barsch und knallhart, weil sie das halbe Jahr in einem Backofen voller Leiber schwitzen, umgeben von Ungeziefer und stinkendem Müll, und die andere Hälfte frieren sie in Schuhkartons ohne anständige Heizung mit klappernden Fenstern und warten darauf, dass die Schneepflüge durchkommen. Es gibt zwar diese eine Woche, euphemistisch als »Frühling« bekannt, in der Fremde naiv denken könnten: Was für eine herrliche Stadt zum Leben. Kirschblüten füllen die Bäume, der Himmel ist blau und hell, Lächeln und Haut wecken sich gegenseitig. Jede Person ist sexy, Leute verlieben sich und haben tolle Ideen, denen andere Leute bereitwillig Erfolg wünschen. Es gibt Leben. Es ist ein bemerkenswerter Moment voller *ja, ja, ja.* Eine Erregung liegt in der Luft, man will leben und vergeben und neue Welten erschaffen inmitten dieser vergänglichen Schönheit, dieser illusorischen erholsamen Klarheit und dieses seltenen reinen Gefühls. Doch dann ist es plötzlich wieder heiß. Und alles erschlafft: Hoffnungen, Kragen und Willen.

In diesem Sommer riss Manhattan Cable die Straße auf, weil alle Festnetzleitungen in der Gegend tot waren. Die Linie 4 fuhr am Wochenende nicht und der B-Train fuhr auf der D-Strecke und der L-Train sollte für anderthalb Jahre stillgelegt werden. Der Gouverneur hatte angeregt, Leute aus Williamsburg sollten »das Auto nehmen«, um nach

Manhattan zu kommen, aber so lief das nicht. Welches Auto denn? Die häufigsten existenziellen Fragen, die man beim Warten an der Ampel zu hören bekam, waren: Würde der Orange wegen Amtsvergehen angeklagt werden? Würde er ein Land bombardieren, das von einem genauso Verrückten wie ihm regiert wurde, und das Ende der Welt auslösen? Ja, die krass Gestörten hatten vollständig das Sagen, es war die Borderline-Apokalypse, und Leute, die nicht differenzieren konnten, trafen impulsive Entscheidungen über das Schicksal aller anderen.

Maggie wusste, eigentlich sollte sie jetzt bei einem NA-Meeting sitzen und zuhören, was andere Leute für Schmerzen, Vorhaben, Schwierigkeiten und Wünsche hatten. Stattdessen stiefelte sie eilends hinter Craig Williams her, der ihr die ganze Achte Straße entlang immer einen halben Schritt voraus blieb. Eins der Versprechen, die sie sich selbst und ihrer Sponsorin Rachel gegeben hatte, war, Zwölf-Schritte-Meetings ebenso fest in ihr Leben einzubauen wie Frühstücken. Nur erwies sich beides als schwer umzusetzen. Sie hatte nicht damit gerechnet, am ersten Tag nach sechs noch zu arbeiten, aber Craig benahm sich, als gehöre so ein Feldeinsatz zu den erwartbaren Geländeübungen, also behielt sie ihre zunehmende Beklommenheit für sich. Ihr Gestolper nahm rasch wachsamere Züge an, als sie merkte, dass sie aufpassen musste, wo sie hinging, und zwar *buchstäblich*, weil sich so viel verändert hatte. Greenwich Village war auf einmal Deadwood. Leere Ladenfronten und noch mehr leere Ladenfronten. Wo war denn alles hin? Die Schuhläden, die sich hier einst auf beiden Seiten reihten, waren entweder dunkle Lücken oder alberne Lokale, die es nie schaffen würden. Wieso gab es in der Achten Straße ein Domino's Pizza? Wozu sollte irgendwer in Manhattan einen Ort brauchen, wo man miese Pizza kriegte? New Yorks ältester Headshop war aufgegeben worden, stand leer.

Achte Straße Ecke Sixth Avenue war immer ein beliebter Treffpunkt für Junkies gewesen. Geister hingen im Schatten der alten Nedick's-Filiale: Hier hatten sich seinerzeit Kiffer die sagenumwobenen Hot Dogs und Orangeade reingezogen, Seite an Seite mit Junkie-Beat-Poeten, abgelöst von Junkies der Warhol-Ära und dann all den nachfolgenden Junkies, denen es nur noch um Stoff ging und sonst gar nichts. Jetzt war es ein ehemaliger Barnes & Noble, der McDonald's des Buchhandels – echte Fleischfresser, diese beiden: Mr. Barnes und Mr. Nix-mit-nobel. Hatten so viele unabhängige Buchläden verdrängt, nur um dann selbst von Amazon plattgemacht zu werden, die wiederum hatten sich gerade Whole Foods einverleibt und zerstörten jede Illusion von gesunder oder Vollwertkost, ersetzt durch Homogenität.

Auf der anderen Straßenseite war die leerstehende Gray's Papaya-Filiale, ein paar Buchstaben waren von der Markise abgerissen, und ein Schild tat kund, dass hier stattdessen ein Emporium für kaltgepressten Saft hinkam. Alle Cops in New York City holten sich bei Gray's Papaya das »Rezessions-Special« für fünf Dollar: zwei große Hot Dogs mit Senf, Sauerkraut und Röstzwiebeln, dazu ein Papayapulver-Getränk. Kein Cop würde kaltgepressten Saft kaufen. Sie wüssten gar nicht, was das sein sollte, und konnten sich auch nicht leisten, es herauszufinden. In der ganzen Straße war keiner der alten Leuchttürme übrig, kein Ort mehr, wo man jemanden zum Reden, Anschnorren, Verhaften oder Ficken fand. Alles futsch.

Craig blieb abrupt stehen. Tappte ungeduldig mit dem Fuß, wartete, dass sie ihn einholte. »Was ist los?«

Sie war nicht sicher, ob er ihr wirklich eine Frage stellte oder ob es rhetorisch gemeint war oder als Ermahnung, schneller zu gehen. »Ich müsste eigentlich dringend zu einem Narcotics Anonymous-Meeting.«

»Heilige Scheiße«, sagte er erst zu sich selbst und dann zu ihr. »Vermassel es ja nicht auf meine Kosten.«

»Okay.«

Dann sah er sie offen und zugleich pragmatisch an. »Unser Termin mit Brinkley ist um halb acht. Wo ist das nächste Meeting?«

Sie schaute auf Rachels schon leicht zerknautschter Liste nach. »Saint Veronica Church in der Christopher Street. Um halb sieben.«

Die Uhr auf dem Turm der Jefferson Court Library zeigte Viertel vor sieben.

»Okay, ich geb dir dreißig Minuten.«

Während Craig draußen wartete und die Zeit mit den leeren Ladenfronten der Bleecker Street totschlug, tat sie, was man im Programm ›das Nächstbeste tun‹ nannte. Sie schlich sich zu spät in ein Meeting, zu dem sie pünktlich hätte kommen sollen, und hockte sich auf einen Klappstuhl, bereitgestellt von jemand anderem, der den Dienst verrichtet hatte, den sie hätte leisten sollen.

Wie die meisten Räume, wo Meetings stattfanden, war Saint Veronica altmodisch, uncool und ein bisschen altersschwach. Das Sitzen auf dem wackligen Klappstuhl spülte die Angst hoch, die sie den ganzen Nachmittag unterdrückt hatte. Ihr erster nüchterner Arbeitstag. Sie merkte, dass sie nicht atmen konnte. Es fühlte sich an, als hätte sie ein Blutgerinnsel in der Lunge, es fühlte sich an, als wären es zehn. Aber nein, das war bloß ein Gefühl. Normalerweise würde sie dagegen eine Xanax nehmen oder gleich fünf, oder vier Klonopin und einen Schnaps und später ein bisschen Dope und dann noch einen Drink. Jetzt, jetzt hatte sie nichts außer diesem Meeting. Die Drogen nahmen alles weg, und dann nahm man die Drogen weg. Bla, bla, bla.

Jemand war gerade dran und sagte irgendwas, was ihr das Leben retten oder sie dazu bringen könnte, sich nur noch nach Dröhnung zu sehnen. So bei vollem Bewusstsein war das reine Glückssache. Dämpfer oder Trigger. Ein bisschen wie im richtigen Leben. All diese Kellerräume voller mittelmäßiger Denker, kindischer Narzissten und Jammerlappen, und dann wurde unversehens jemand aufgerufen und brachte fünf Wörter zusammen, die ihr Herz erreichten und retteten, was noch blieb, damit es weiterschlug. Sie sah sich um. Manche Gesichter waren ihr schon vertraut. Aber es gab auch immer neue Gesichter. Heute Abend sah sie zum ersten Mal diesen maskulinen jungen Kerl, niedlich, beide Hände fest um den Oberschenkel einer dynamisch femininen jungen Frau geschlungen. Die beiden könnten Models sein.

»Meine Frau«, sagte er. »Meine Frau.«

Offensichtlich hielten sie sich aneinander fest, als ginge es ums liebe Leben. Sie folgte ihm um die ganze Welt, um ihn vor einem Rückfall zu bewahren, und … vielleicht funktionierte das ja sogar, wenn man so sehr geliebt wurde. Wer weiß. Es heißt, man kann andere Menschen nicht kontrollieren, aber viele Leute kontrollierten Maggie. Was, wenn die Person, die du liebst, bei dir bleibt, egal was passiert? Es war die Wahrheit, das kapierte sie jetzt ganz plötzlich, sie hätte Frances niemals sitzenlassen. Egal wie viel Frances meckerte, egal wie viele Vorhaltungen sie ihr machte, Maggie liebte sie, und Maggie war erzloyal. Sie liebte Alina von ganzem Herzen und war auch ihr gegenüber loyal. Sie hätte sie niemals verlassen, nie. Also im Sinne von »weggehen«. Emotional nicht ganz bei der Sache sein gehörte doch zum Konzept *Familie*. Aber sie würde ihnen nie wirklich den Rücken kehren. Sie musste sie zurückkriegen. Tatsache war doch, wäre es andersrum gelaufen, und das hätte leicht passieren können, dann wäre sie da, würde mit dem Arm um ihre Schultern neben Frances sitzen, während ihre Gefährtin sich den ganzen Schmerz ihres Lebens aus dem Leib brüllte. Sie hätte ihr beigestanden.

»Was ist los mit dir? Säufst du etwa?«, fragte Frances sie, als sie zum allerersten Mal clean sein sollte. Sie sah es noch vor sich, die Überraschung und den Schmerz in den Augen ihrer Liebsten. Frances hatte nicht erwartet, dass *es* jemals wieder vorkam. Sie hatte ernsthaft geglaubt, aufhören sei so einfach. Bisschen Therapie, ein paar Meetings, und schon glaubte sie, sie könnten ihr Leben wiederhaben. »Oh mein Gott, Maggie! Säufst du?« Es war wirklich eine ernst gemeinte Frage. Und sie musste etwas antworten. Damals wartete Frances nämlich noch, wartete auf ihre Beteuerung, dass es nicht so war.

»Krieg dich ein, Frances. Ich hab ein Glas Wein getrunken.« Dann lachte sie auf. »Und 'ne Flasche Wein.« Dann lachte sie richtig los. Das war grausam, aber es war auch, hach, so traurig. Es war schließlich echt ein Witz, diese Vorstellung, dass alles gut werden könnte. Dass sie nicht die Quelle allen Ärgers sein würde. Die Ursache des *Problems*. Das Problem war gar nicht das Problem, außer wenn alle anderen entschieden, dass es das war. Aber als sie vor Gericht stand und zusah, wie Frances ihr ihr Baby wegnahm ... Natürlich hatte Frances sich ebenfalls Drogen reingezogen. Sie hatte auch gekokst und alles. Aber Frances konnte es nehmen oder es lassen, und Maggie nahm es und blieb dabei. Machte das nun Maggie schlecht und Frances gut? Es waren die Gene oder so was, irgendwas außerhalb der eigenen Macht. Sie wusste, dass sie Strafe verdiente, aber das war total überzogen. Was passiert, wenn du zwar mitschuldig bist, aber als Einzige bestraft wirst? Es gab keine Möglichkeit, das anzufechten. Mit unverhältnismäßiger Bestrafung kann kein Mensch was anfangen. Du sollst gefälligst leiden, wenn du Drogen nimmst, obwohl du es nicht darfst, und genau das hatte sie getan, und dann kam es zur Katastrophe. Und jetzt dies: Katastrophe tonnenweise, stündlich.

»Meine Frau, meine Frau«, leierte der gutaussehende Süchtige. »Danke.« Und dann vergaß er, narzisstisch, wie er war, die nächste Person zum Sprechen aufzurufen, bis seine Frau ihm ins Ohr flüsterte. Er wählte aus all den hochgereckten

Händen vor ihm, die verzweifelt gehört werden wollten. Und sie fühlte sich so gut dabei. Seine Frau. Weil sie geholfen hatte. Sie war auf seiner Seite, egal was kam.

Es war genau wie bei Julio, der den Gedanken nicht ertragen konnte, dass sein Sohn ein schießwütiger Mobbercop war. Er konnte es nicht glauben. Die Zeitungen behaupteten, dass *sein Sohn* Eddie diesen Nelson Ashford einfach abgeknallt hatte, einen Schwarzen in der Bronx, nur weil der nach seinen Schlüsseln griff. Die Nachrichten waren voll davon, es gab Zeugen, und es gab ein Gerücht über Handyaufnahmen.

»Diese scheiß Handys«, sagte Julio. »Jeder kann irgendwas mit dem Handy aufnehmen und so tun, als ob es echt wäre.«

Es brach ihm einfach das Herz, seinen Sohn so verleumdet zu sehen. Seinen Namen auf der Titelseite der *Daily News* zu sehen.

POLIZIST UNTER MORDANKLAGE

Die Plakate der Leute von Black Lives Matter zu sehen.

SCHLUSS MIT POLIZEIGEWALT
GERECHTIGKEIT FÜR NELSON ASHFORD

Es machte Julio fertig. Er konnte es nicht ertragen.

»Wir müssen füreinander da sein«, sagte er und meinte die Familie, aber auch die Geschwister in Blau, das NYPD. »Wenn es keine Achtung vor der Polizei gibt, dann tobt hier doch das Chaos.«

Sie saß mit ihm in dem Zivilfahrzeug, das Kripoermittler immer fuhren, und erlebte Julios Qualen mit. Monate vergingen, Tag um Tag war Eddie weiter suspendiert, und noch immer bestand Familie Ashford darauf, dass es zur Anklage kam. Sie sah Julio weinen, sah ihn bitterlich schluchzen.

»Stehen wir alle auf und sprechen das Gelassenheitsgebet.«

Das schon wieder. Immer dieselbe Leier. Aufstehen und Händchen halten. Dann fingen alle einstimmig mit dem Wort *Gott* an. Aber Maggie sagte das nie. Sie glaubte nicht an Gott, und sie wollte nichts, was aufrichtig gemeint sein sollte, mit dem Wort *Gott* einleiten. Also schwieg sie immer, während alle anderen gemeinsam das erste Wort sprachen. Danach fiel sie dann mit ein.

War das ein Fehler von ihr? Nicht *Gott* zu sagen? Würde das das endgültige Scheitern ihres Programms herbeiführen, ein Zeichen ihrer Unfähigkeit, sich ihre Hilflosigkeit einzugestehen? Sie wusste, dass sie hilflos war, aber doch nicht Gott gegenüber. Sie war hilflos gegenüber Frances und Alina und gegenüber Richtern und Menschen, die sich für besser hielten als sie. Aber diese Menschen existierten nun mal, jedenfalls im Moment, und Gott existierte nicht. Wie sollte es mit ihr je besser werden, wenn sie nicht mal den dritten Schritt schaffte? »Den Entschluss fassen, seinen Willen und sein Leben der Sorge Gottes anzuvertrauen, wie Ihn jeder für sich versteht.« Aber sie verstand Ihn gar nicht. Und es gab keinen Ihn.

Plötzlich war sie draußen auf der Straße.

»Was machst du denn schon hier?« Craig stopfte sich vollends in den Mund, was sein zweites Stück Pizza sein musste. Sie merkte es daran, dass er es nicht mehr genoss, sondern nur noch vertilgte. Er sah auf seine Apple-Armbanduhr. »Du hast doch noch drei Minuten.« Die hatte er wohl zum Verdauen einkalkuliert.

»Ich konnte mir das heute nicht geben.«

»Was denn geben?«

»Die Zerrüttung.«

»Wie du meinst.« Er verlor das Interesse.

Netter Typ eigentlich, erkannte Maggie. Und sie schätzte sich glücklich, dass er sie auf seine verschrobene Art zu unterstützen versuchte. Und dann wurde ihr ganz elend; es war alles soooo verstörend.

»Okay, also dann.« Er wischte sich den Mund ab. »Dann gehen wir jetzt mal zu …«

»… dem *Stalker*.«

Und gemeinsam intonierten sie das allseits bekannte Thema drohenden Verhängnisses: *Dam, da-dam, dam …*

Doch die flüchtige Kameradschaft, zu der ihnen Craigs Verständnis verholfen hatte, welkte bald dahin, nachdem sie zwanzig Minuten vergebens darauf gewartet hatten, dass Steven Brinkley endlich am Treppchen seines Townhauses auftauchte, in der Perry Street, fast direkt neben dem, das zum Dreh von *Sex and the City* benutzt wurde. Craig starrte hauptsächlich auf sein Handy, während Maggie Legionen junger Frauen beobachtete, die für Selfies vor dem Haus posierten, bevor sie zum gemeinsamen Cocktailschlürfen aufbrachen. Sie wollte auch einen. Sie wollte zwei. Sie wollte diesen kranken Brausepulver-Geruch schnuppern, wenn ein Cosmo lausig gemacht war, und die Art, wie eine Prise Koks das alles ausbügelte. Und diese Illusion von Reinigung, die sich einstellte, wenn ein Cosmo richtig gut gemixt war, mit frischem Ingwer und Blutorangensaft, der dem Gift, dem Glück, der Dröhnung beigemischt wurde. Der erste Schluck und dann der Moment, wenn alles wirkte. Die Befreiung.

»Wo steckt dieses Arschloch?« Craig war bedient. »Scheiß Promis. Er ist schon eine halbe Stunde zu spät. Meine Tochter braucht …«

»Was braucht sie?«

»Sie braucht meine Hilfe beim Schreiben eines Referats.« Gebrochenes Herz.

Würde so gern zeigen, wie kostbar … würde sich so gerne bedanken können … wünschte, sie hätte noch die Autorität, die ihr die Welt einst anvertraut … vermisste Alina mehr als alles andere, natürlich bekam sie jetzt *Hausaufgaben*. Wie konnte Maggie nur so egoistisch sein, dass ihr das entfallen war. Alina würde bald Erstklässlerin sein. Sie hatte Freundinnen. Sie hatte Schwärmereien und Streit. Sie hatte eine ganze Realität, in der Maggie nicht mal ein Staubkorn war.

»Geh nach Hause, Craig.« Sie wagte sich in Gefilde außerhalb ihrer Liga.

»Na klar. Mieser Witz!«

»Im Ernst. Geh nach Haus zu deiner Familie. Du kannst noch zum Ende des Abendbrots da sein. Deine Kinder warten auf dich. Brinkley taucht vielleicht gar nicht auf, und das weißt du auch.«

Es war das *und das weißt du auch*, was ihn ja sagen ließ. Als ob sie gemeinsam der Tatsache ins Auge sähen, dass dieser Termin ausfiel, so dass er ihr ohne Gewissensbisse die Bürde überlassen konnte. Dafür sind Assistentinnen schließlich da. Oder?

»Okay.«

Sie wusste, das hieß danke.

»Wir sehen uns morgen um neun im Büro.« Er klang streng, als bräuchte sie eine Ermahnung, obwohl sie gar nichts falsch gemacht hatte. Er sah auf sein Handy. »Ach du Scheiße.«

»Was ist los?«

»Die Nordkoreaner haben eine ballistische Rakete getestet.«

»Moment mal«, fiel ihr ein. »Ich hab um acht ein AA-Meeting.«

»Okay, dann hol ich dich um neun da ab.«

»Super, es ist in der griechisch-orthodoxen Kirche in der Sechzehnten Straße, zwischen Sixth und Fifth Avenue.«

»Hör mal«, sagte er und schulterte seine Tasche. »Ruf mich an, egal wann … falls sich irgendwas tut.«

»Mach ich.« Sie fühlte sich besser. Jemand ließ sie etwas entscheiden.

»Ich meine, *egal was*. Auch wenn du nur denkst, dass sich was tun *könnte*, dir aber nicht sicher bist.«

»Okay.« Ihr Nacken spürte eine heiße Brise. Sie konnte etwas fühlen.

»Ich will alles wissen, was du rauskriegst.«

»Verstanden.«

»Und, Maggie, wenn sich bei mir irgendetwas tut, schreibe ich dir eine SMS. Wie ist deine Handynummer?«

»Ich hab keins. Meine Wohnung hat Festnetz, aber die Leitungen sind tot. Wenn du anrufst, kriegst du nur die Mailbox.«

»Und wie willst du deine Mailbox abhören, wenn du kein Handy hast?«

Sie hatte das nicht bedacht. »Telefonzelle?«

»Wann hast du zuletzt eine Telefonzelle gesehen?« War doch klar, dass er ihr nicht vertraute, sie hatte absolut keinen Durchblick. Craig sah sie an, sie las seine Gedanken. Sie war eine Belastung für seine Arbeit. Sie war ein scheiß Fiasko.

»Bring das in Ordnung«, sagte er abschließend, weil er nach Hause wollte, nicht weil er das für möglich hielt.

»Okay.«

Sie sah zu, wie er wegging, und lehnte sich wieder an Brinkleys schmiedeeisernes Treppengeländer. Jetzt konnte sie abhauen und sich betrinken. Sie holte das Exemplar von *Nichts als die Zukunft* raus und begann einen Lektüreversuch, während Craig zur U-Bahn heimwärts eilte.

Die ersten Worte des Romans drangen nicht zu ihr durch. Sie versuchte es noch mal.

Bevor die junge Frau sich ihm näherte, hatte er sie bereits abgelehnt.

Sie verstand es nicht. Warum andere Menschen ablehnen? Vielleicht brauchen sie dich. Aber halt, vielleicht kam ja noch eine Überraschung. Vielleicht war es einer von diesen unzuverlässigen Erzählern, der die wichtigste Lektion von allen lernte: dass andere Menschen echt sind und unsere Nachsicht brauchen. Sie hatte seit Jahren kein ganzes Buch mehr gelesen, vielleicht seit Jahrzehnten. Papierkram, ja. Aber einen Roman, von Anfang bis Ende? Allenfalls noch *Das Blaue Buch* oder *Mut zur Unabhängigkeit,* oder *Wege zur Selbstfindung und inneren Heilung.* Sie hatte keinen Platz für so was. Sie versuchte es erneut.

Ihre Wunden glühten wie Verlangen.

Warum Menschen ablehnen, die verwundet sind? Das war doch genau das Problem, oder? Jetzt bereute sie es, nicht noch die drei Minuten länger beim Meeting geblieben zu sein. Wo sonst wurde mit Illusionen eigener Unfehlbarkeit so schnell aufgeräumt?

Sie erleuchteten all die Leben, die sie schon ruiniert hatte, bevor sie seins bemerkte, quer durch den Raum.

Sie schlug das Buch zu, sah sich das Autorenfoto hinten auf dem Cover an. Braungebrannt, auf einem Segelboot, lachend. Wahrscheinlich ein Arschloch. Ermittlerin zu sein erinnerte sie immer daran, dass manche Menschen einen überraschen können, aber nicht alle. Das war schließlich das Problem, vorschnelle Schlussfolgerungen ohne Beweise führten in nicht mal 25 Prozent der Fälle irgendwie weiter. Wenn sie eine blitzartige Entscheidung treffen musste, weil ein Haus in Flammen stand, dann war es sinnvoll, davon auszugehen, dass der große muskulöse Feuerwehrmann sie tragen konnte und der schmächtige dürre Kerl nicht. Aber vielleicht fand sie später heraus, dass das Muskelwunder sich mit Steroiden überdosiert hatte und seine Arme implodierten, reine Show. Der kleine Kerl hingegen war Tai-Chi-Meister und konnte böse Buben mit dem kleinen Finger enthaupten. Trotzdem, reiche Männer, die mit ihren Booten angaben und zu spät zum Termin mit den Ermittlern kamen, die den Mord an

ihrer Freundin untersuchten, waren bestimmt nicht die net-
testen und fürsorglichsten Typen.

»Hey«, rief jemand. »Sind Sie Maggie Terry?«

Ist das mein Dealer?, war ihr erster Gedanke. Dann erinnerte sie sich, dass sie genau wie Mutter und Tochter und
Geliebte auch ihren Dealer eingebüßt hatte. Alles, was sie
hatte, war dieser Augenblick, das Buch in ihrer Hand, das sie
nicht lesen wollte, dieser Job, für den sie nicht bereit war, und
der unsympathische Mann, der da kam. Das war ihr wirkli-
ches Leben. Für heute.

Steven Brinkley kam angerannt, als wäre er zwei Wochen lang gelaufen, über Bäche gesprungen, Kugeln ausgewichen, vor berittener Polizei geflüchtet, alles nur um sein Versprechen zu halten und sich Maggie zu Füßen zu werfen. Das sollte sie überzeugen, dass seiner galant zur Schau gestellten Integrität zum Trotz böse fremde Mächte konspiriert hatten, damit Brinkley eine Stunde zu spät kam. Er hatte so eine *Ich kann nichts dafür*-Art an sich, noch betont von der beeindruckenden Fähigkeit, in seinem mittleren Alter zu rennen, ohne groß ins Schwitzen zu kommen. Erst einen Tag wieder in der realen Welt, hatte Maggie schon gelernt – indem sie Craig mit Mike verglich –, wie man einen Mann mit Personal Trainer erkennt, der nie ein Training auslässt, auf einen Sandsack eindrischt, für Marathons trainiert und Hanteln stemmt, wobei ihn gedungene junge Männer anderer Hautfarbe anfeuern. Perfektion war ein aktueller Trend, so wie das bittere, algenreiche, schlackeverkrustete Quellwasser, das sie sich vorstellte, wenn sie das Wort *kaltgepresst* sah. Oder *Gyrotonic*, wovon sie spontan angenommen hatte, es sei eine neue Art griechisches Fleisch vom Drehspieß mit rohen Zwiebeln. Und bei Werbung für Spurenelemente dachte sie an einen verkappten Aufruf an die gefräßigen Amerikaner, einfach mal mit dem haltlosen Essen aufzuhören.

»Es tut mir leid, dass ich Sie habe warten lassen.«

Er hüpfte leichtfüßig die Treppe herauf, lächelte, zeigte noch mal, wie toll er in Form war und dass er mit Ende vierzig immer noch volle Kontrolle über seine Muskeln hatte sowie über seine Nervenzellen, Haarfollikel, Gehör, Hautfarbe, Sehkraft, Lymphsystem und Schließmuskel.

Brinkley, ganz Gentleman, bedeutete ihr vorauszugehen, und so trat sie ladylike auf den imposanten Eingang zu. Seine Haustür war aus handgeschnitztem dunklem Holz. Sie stammte wahrscheinlich noch aus den Tagen von Edith Wharton. Dass sie intakt und unbehelligt geblieben war in dieser malerischen Seitenstraße voller Reichtum und Komfort, glich einem Wunder, von daher war klar, dass in den dichten Bäumen, die den Bürgersteig beschatteten, eine Überwachungskamera lauern musste. Sie strich mit der Hand über die geschnitzten Ranken, Trauben und Blätter. Brinkley zog Schlüssel aus der Tasche seiner maßgeschneiderten Jacke, öffnete die Tür, hielt sie ihr auf wie der Gentleman-Schreiberling, den er eindeutig darzustellen gedachte. »Nach Ihnen.«

Sie trat ein. »Danke.«

»Miss Terry.«

Das war die ausgeworfene Angel des Gentlemans, um herauszufinden, ob sie verheiratet war, und um sie wissen zu lassen, dass er es herausfinden wollte.

»Maggie.«

»Ich will gern tun, was ich kann, um zu helfen.« Dann schloss sich die Tür hinter ihnen.

Es war nicht dieses Angebot, das sie sprachlos machte, die meisten Leute in seiner Position sagten so was in der Art. Oft meinten sie es beinahe aufrichtig. Aber *wobei* helfen? Zwischenmenschliche Beziehungen waren kompliziert, und dabei musste noch nicht mal böse Absicht im Spiel sein. Wollte er ihr helfen, den Mörder zu finden? Ja, sofern er das nicht war. Wollte er ihr helfen, die Dinge auf seine Weise zu sehen? Vielleicht auch das. Manchmal ging es um mehr als um Leben und Tod.

Mal angenommen, dies war ein unschuldiger Mann, dessen nicht zu ihm passende, zu junge Freundin gerade ermordet worden war. Wie sollte er sich verhalten? Manche Menschen gehen daran kaputt, wenn ein Mord in ihr Leben tritt. Sie können ihrem normalen Alltag nicht mehr nachgehen. Sie verharren im Schockzustand, sind besessen von Gerechtigkeit, oder fühlen sich aus Identifikation oder Projektion überwältigend gefährdet. Nichts davon traf in diesem Fall zu.

Wenn Steven Brinkley tatsächlich selbst der Tat schuldig war, tja, also Mörder, die glaubten, sie könnten damit durchkommen, zeigten normalerweise übertriebene Theatralik oder aber den Kontrast dazu, tiefe Gefühlskälte. Gemütsruhe. Aber die meisten Mörder *überlegten* nicht. Sie wurden von dem Drang gepackt und beherrscht, planten die Vertuschung erst im Nachhinein, wenn es zu spät war, um sich zu verstecken. Steven Brinkley war eine Berühmtheit. Seine sozialen Fähigkeiten lagen weit über denen eines Durchschnittsbürgers. Er befasste sich tagtäglich mit Fans, mit Kollegen, mit den Medien, und das seit mindestens zwei Jahrzehnten. Er wusste, wie man Interesse zeigt, wie man verbindlich wirkt und wie man das schwierige Kunststück vollbringt, dass andere Menschen sich unbefangen fühlen. Entsprechend besaß er ein natürliches öffentliches Gesicht, bestimmt für die Wahrnehmung anderer. Und die Tatsache, dass er es ebenso lässig tragen konnte wie seine antike Uhr und seinen handgearbeiteten Gürtel, sagte ihr nur das und sonst nichts.

Sie betraten sein Arbeitszimmer, auf Anhieb behaglich und vertraut wie ein Seminarraum in der alten Vassar-Bibliothek. Welcher wiederum den privaten Büros mancher Väter von manchen in Vassar studierenden Mädchen ähnelte. Sie war eins dieser Mädchen gewesen. Das Arbeitszimmer enthielt Bücher, die Möglichkeit schufen, die Chance, dass man sie lesen könnte oder sie schreiben oder zu ihrem Gegenstand werden. Immerhin arbeitete hier ein Schriftsteller. Er schrieb *diese* Bücher und las *jene* Bücher; sie waren keine Fassade.

Sie waren Erlebnisse, keine Objekte. Und da das Zimmer gemütlich und beschwingt wirkte und deutlich in Gebrauch, wenn auch exklusiv, war es letztlich ungeheuer funktional. Es war ein Ort, um Literatur zu konsumieren mit dem Zweck, sie zu produzieren.

»Danke, dass Sie mein Buch lesen.«

»Ich hab nur zwei Sätze gelesen.«

»Danke, dass Sie die Wahrheit sagen.«

Sie blickte auf und fing unwillkürlich an, die Regale durchzugehen. Es war eine herrliche Bibliothek, die zum sofortigen Stöbern einlud, noch mehr von diesem schön anzufassenden geschnitzten Holz, feine Ausgaben in liebevoll gepflegtem Zustand. Sie ging daran entlang, inhalierte die Buchrücken mehr, als sie zu lesen. Hart Crane. Carson McCullers. Claudia Rankine. Rabih Alameddine. Sie öffnete ein Exemplar von Tennessee Williams' *Memoiren*. Natürlich signiert. *Für Buffie Johnson. In Liebe, Tom.*

»Wer ist Buffie Johnson?«

»Eine wenig bekannte, große ikonoklastische Künstlerin des 20. Jahrhunderts. Inzwischen verstorben. Sie hatte zwei Ehemänner und zwei Liebhaberinnen und wurde vierundneunzig. Ich habe sie in Yaddo kennengelernt, als sie schon blind war, aber noch malte. Sie malte Kugeln. Ihr Freund war ein alter schrulliger Minimalist, Clayton Sowieso. Anscheinend hatte sie auch mal eine Beziehung mit Patricia Highsmith. Einer ihrer Ehemänner starb an AIDS.«

Das kann er unendlich lange durchhalten, dachte sie. Mondäne Anekdötchen erzählen, halb Tratsch, halb historische Fakten.

»Entschuldigen Sie mich.« Er lächelte. »Ich bin gleich wieder da.« Brinkley stand schweigend auf, ließ ihr Platz, ging raus und verschwand irgendwo im Haus.

Hatte er mitbekommen, dass sie queer war? Steckte das hinter dem Geplauder über Liebhaberinnen und AIDS?

Normalerweise wiesen Heteros nicht auf die Freundinnen anderer Leute hin, aber die Welt war ja jetzt anders. Man will alles auf einmal. Der Maßstab für coole Männlichkeit stieg immer weiter.

Allein gelassen mit Klassikern des Herzens wie des Geschmacks, war dieser Raum eine sehr spezielle Art von Zuflucht, und anders als die meisten aus ihrer Vergangenheit vertrauten Dinge wirkte er tröstlich. Sie wusste das zu schätzen. Sie glitt ein Stückchen weiter und erspähte sich in einem antiken Spiegel, der unauffällig zwischen seinen Büchern stand. Sie erlaubte sich hineinzustarren und erkannte, wie unscheinbar und erschöpft sie aussah. Nun sah sie endlich, was alle anderen sahen. Eine, die all ihre Möglichkeiten und Talente vergeudet hatte und deren Leben gelaufen war. Oder fast gelaufen. Oder noch schlimmer, in diesem Ausschuss-Zustand einfach immer weitergehen würde. Ihre Augen füllten sich mit Tränen. Wie hielt sie die bloß zurück? Sie musste. Ihr Herz attackierte ihre Gefasstheit. Es war ein innerer Kampf, Hitze und Angst überkamen sie und sie fing an zu schwitzen. Sie stand einfach still. Es gab keinen Ausweg aus alledem. Dies war, wer sie war, und das war ihr Leben. Sie hatte alles verkackt.

Sie drehte sich von dem Spiegel weg, als Brinkleys Schritte zielstrebig den Flur entlangkamen. Er trug ein Tablett, natürlich Silber, mit Abendtee und ein paar zierlich geformten Keksen, erworben von jemandem, der noch von Hand buk.

»Es ist ein Detektivroman«, sagte er und stellte das Tablett auf den Kaffeetisch, der tatsächlich in Gebrauch war und perfekt erreichbar in der geselligen Gruppierung aus einladendem Sofa und entspannenden Sesseln stand. Bisher war alles Schöne in diesem Haus auch funktional und sichtlich in Benutzung.

»Was?« Sie wischte sich mit dem Handrücken das Gesicht ab.

»Mein Roman. Den Sie nicht gelesen haben.«

Wach auf, sagte sie sich. Du bist beim Arbeiten. Mach zu und verschwende keine Zeit. »Verzeihen Sie die Frage, aber schreiben Sie öfters über Ermittler?«

»Keineswegs«, er lächelte und erkannte an, dass sie ja hier die Ermittlerin war, wirkte jedoch vollkommen uneingeschüchtert von dem Gedanken, dass Maggie mehr darüber wissen könnte als er und dass er manches sehr, sehr falsch verstanden haben könnte. Er schien irgendwie nett zu sein, und er wirkte froh, jemanden zum Reden zu haben. Immerhin war ja gerade seine Liebste ermordet worden.

Maggie ließ sich in das weiche Ledersofa sinken. Es war perfekt. Sie hätte sich zu einem kleinen Ball zusammenrollen und unter einem großen Federbett weinen und dann friedlich schlafen können, bis jemand mit hausgemachter Suppe und einem gehauchten Kuss sie wecken kam – ein Szenario, das weit, weit jenseits des Erreichbaren lag. Kein Kuss, kein Nickerchen, keine jemand, kein Federbett, kein Trost, keine Suppe, aber *heute* brachte eine Person ihr Tee auf einem Tablett mit kleinen hübschen Keksen. Das war doch schon was.

»Mein erstes Buch war ein Krimi, und darauf bin ich jetzt zurückgekommen, so viele Jahre später, so viel besser als Schriftsteller, so viel kenntnisreicher.« Er goss den dampfenden Ingwertee in einen handgetöpferten Becher, vermutlich ein sentimentales Geschenk von einer Freundin. »Sie kennen ja den Tropus – eine Person, der Ermittler, will verstehen. Die andere, die schuldige Person will nicht bestraft werden. Aber warum der oder die Schuldige die Übertretung begangen hat und inwiefern es sich tatsächlich um eine Übertretung handelt und ob eine Bestrafung überhaupt angemessen ist, das zu entdecken und zu entscheiden ist letztlich Sache der Lesenden. Der Ermittler hat selbst so seine Bürden und Konflikte, und manchmal passen die der illegalen Handlung, gegen die er zu ermitteln hat, zu seinen eigenen Dämonen, und manchmal passen sie nur allzu genau.«

»Was ist das Verbrechen?« Sie nippte an dem Tee, hell, wahrscheinlich bio, frisch und belebend.

»Eine Drogensache.« Brinkley trank seinen Tee. »Sie wissen ja, was das bedeutet, als Vertreterin des Gesetzes. Wir sind alle von irgendwas abhängig, aber sobald Illegalität ins Spiel kommt, hat man zusätzliche Probleme.«

Sie war natürlich keine Vertreterin des Gesetzes mehr. »Zum Beispiel?«

»Na ja, man muss sich verstecken, was bedeutet, dass man lügen muss. Man muss gute Menschenkenntnis haben, weil man von jedem, dem man über den Weg läuft, etwas will. Und man muss gewillt sein, manche Menschen abzuschreiben, denn wenn man von früh bis spät Kohle braucht, gibt es …«

»Verluste?«

»Na ja, ich dachte mehr an den Begriff *Kollateralschäden*. Das ist unvermeidlich. Wie wenn Trump versucht, die Methan-Regulierungen der Umweltbehörde rückgängig zu machen, und die Gerichte, Gott segne sie, versuchen ihn aufzuhalten. Aber Himmel, wir wollen uns jetzt nicht in diesen bodenlosen Sumpf begeben.«

»Die Gerichte sind wichtig.« Maggie griff nach einem Keks. Wie würde er schmecken? Würde sie ihn mögen? »Befürwortet Ihr Buch die Legalisierung von Drogen?« Sie biss hinein. Er war zäh, klebte an ihren Zähnen. Vielleicht mochte sie keine Kekse.

»Unbedingt. Viel zu viele Leute sind im Gefängnis, und Trump … Sie wirken verstört.«

Männer und queere Frauen waren schon immer nett zu Maggie gewesen. Sie waren anfällig für ihr Aussehen. Sie respektierten ihre Schönheit, aus den beschissensten Gründen. Frances stieg ihr wegen ihrer schönen blauen Augen nach.

Julio war der Einzige, der sie wirklich für ihren Verstand liebte, als der noch funktionierte.

»Tut mir leid«, sie weinte fast. »Ich hatte einen harten Tag ... Monat ... Jahr.« Sie bemerkte die gerahmten Fotos an den getäfelten Wänden, signierte Hochglanzabzüge von Marilyn Monroe, Vivien Leigh, Jean Harlow.

»Geht mir ganz genauso«, er lachte fast. Es war ein ganz unverstellter Moment ehrlichen Bekennens, dass es kaum noch schlimmer kommen konnte, und dass es weder einen Grund noch die Möglichkeit gab, so zu tun, als wäre es anders. »Maggie, meine Probleme kennen Sie ja. Möchten Sie mir nicht sagen, was *Sie* bedrückt? Ich bin ein guter Zuhörer. Es passiert doch jedem mal.«

Der Schock holte sie zurück in die Wirklichkeit. Steven Brinkley hatte gerade verraten, dass er ein richtiger Scheißkerl war. Er hatte es einen Schritt zu weit getrieben und sich bloßgestellt. Er war ein Manipulator. Und jemand, der andere benutzte. Jetzt sah sie es ausgebreitet vor sich an den Eichenwänden. Wenn er nämlich echt wäre, würde ihn nur eins beschäftigen: der Tod seiner Geliebten Jamie Wagner. Nicht etwa, bei einer Fremden zu landen. Und nicht, sich bei ihr einzuschleimen, indem er sie ermutigte, sich gehen zu lassen, während sie doch den Fall lösen sollte. Das entlarvte ihn als besonders raffinierte Art von Blender. Er gestattete anderen, etwas zu tun, wozu sie nicht das Recht hatten. Das lenkte die Aufmerksamkeit auf sie, brachte sie in seine Schuld, machte sie zu Komplizen, und dann lieferten sie ihm relevante Informationen, ließen ihn vom Haken. Er war gefährlich.

Sie deutete auf die Fotos. »Sie haben eine Schwäche für kaputte Schönheiten.«

»Ich schätze, man könnte wohl sagen, dass diese Beschreibung auf Jamie passte.«

Er nahm es gut auf, ihr Ausweichmanöver. Brinkley konnte sein Spiel aus jedem Winkel durchziehen und verstand sich instinktiv darauf, zurück zur Sache zu kommen, nämlich die Frage seiner möglichen Schuld. Es war eine ganz typische Masche, sich über die Tangente zu nähern, um Vorwürfe zu vermeiden. »Sie hätte eines Tages eine große Schauspielerin sein können.«

»Warum?«

»Weil der einzige Ort, wo sie sich wirklich gestattete zu fühlen, die Bühne war. Da glaubte sie zu wissen, wie die Geschichte enden würde. Mit Applaus, nicht mit Mord. Sie hatte das Gefühl, Kontrolle zu haben. Das Leben ist natürlich unvorhersehbar. Von daher konnte sie nur auf der Bühne in Sicherheit sein. Schauspieler haben einen Wiederholungszwang, wissen Sie. Sie spielen immer die gleiche kontrollierte Rolle auf die gleiche kontrollierte und doch offene Art. Immer und immer wieder. Und jedes Mal lehnen sich Menschen, die im wirklichen Leben vielleicht ausweichen und verstoßen und verurteilen, einfach zurück und applaudieren. Manchmal stehen sie sogar auf.« Er zog komplizenhaft eine Braue hoch. Mr. Brinkley fühlte Maggie auf den Zahn, während sie ihn gleichzeitig durchschaute. Es war ein doppelköpfiger Fick. »Diese Art von Übertragung nennen Theaterleute auch *emotionale Transparenz*.« Seine Finger tippten auf dem Tisch. Er dachte nach.

»Was ist damit gemeint?«

»Dass sie erst wirklich lebendig werden, wenn sie schauspielern, und diese Explosion von Gefühl überträgt sich dann. Wie wenn jemand in den Ketten seines fragilen Gefühlslebens gefangen ist und urplötzlich frei auf einer Wiese voller Gänseblümchen herumspringt. Die Welt liebt es, verwundete Schönheiten zu betrachten. Ich habe hier noch echt handgemachtes Karamell, eine Freundin hat es mir mitgebracht.«

»Nein danke.«

»Als ich erst verstand, wie viel Schmerz Jamie in sich hatte, habe ich sie genau so akzeptiert, wie sie war. Mit allen Macken.

Jedes noch so seltsame Verhalten.« Er erholte sich problemlos von ihrer Ablehnung seiner Süßigkeiten.

»Tja, das war nett von Ihnen.«

»Tja, es hat nicht funktioniert.«

»Wieso nicht?« Sie fühlte sich ausgelaugt.

Er antwortete nicht, sondern wickelte stattdessen ein Karamell aus und steckte es sich in den Mund. Sie merkte, es ärgerte ihn, dass sie keins wollte, er konnte es nicht verbergen.

»Wissen Sie, Maggie, manche Menschen lieben einen für das, was man für sie tun kann. Ich bin so nicht. Ich liebe jemanden, weil ich so empfinde. Ich kann alles verzeihen und würde die Person immer zurückwollen.«

»Ungewöhnlich.« *Kommt mir bekannt vor.*

»Mit Jamie wurde das zu einer gefährlichen Toleranz. Denn es hat mich davon abgehalten, zu erkennen, dass da etwas ganz, ganz falsch lief.«

»Was lief falsch?«

»Also …« Er zögerte, als suchte er nach den richtigen Worten, um ein Prinzip auszudrücken, das er schon lange im Herzen trug, aber nie in Sprache gefasst hatte. Aber sie wusste, dass das nicht sein konnte. Er war Schriftsteller, er würde notfalls die Welt anhalten, um den richtigen Ausdruck zu finden. Sie sah ganz deutlich, dass Steven Brinkley log. Schon wieder.

»Wollen Sie –«

»Jedes Mal«, fiel er ihr ins Wort. »Jedes Mal, wenn wir eine neue Ebene der Vertrautheit erreichten, hat sie …« Wieder hielt er inne, sicher, dass sie ihre Lektion gelernt hatte und warten würde. Sie begriff, dass er ganz genau wusste, was er sagen wollte. Mehr noch, dass er es schon mal gesagt hatte. Und dass diese Darbietung mit dem Zögern auch bloß ein Trick war, um fingierte Intimität zwischen ihnen herzustellen.

»Sie hat, ich weiß nicht … sie hat sich aufgeführt.«

»Sich aufgeführt?«

Etwas stimmte nicht mit Jamie Wagner, emotional. Das versuchte Brinkley rüberzubringen, ohne es direkt auszusprechen. Er wollte es andeuten, er wollte, dass es klar im Raum stand. Und er mochte damit sogar recht haben. Er hatte wahrscheinlich recht. Nur: Was hatte das damit zu tun, dass sie erwürgt worden war?

»Ja«, sagte er und lehnte sich bedeutungsschwer zurück, damit sie beide darüber nachdenken konnten. Gemeinsam. Das arme tote Mädchen, das »sich aufgeführt« hat, und nun guck mal. Jetzt sieh nur, was passiert ist.

Der Ingwer machte irgendwas mit ihr, ihr System war so clean, dass solche Dinge tatsächlich Wirkung hatten. Und der Zucker in dem Keks wirkte auch. Sie fühlte sich leicht benommen.

Sich aufgeführt?
Sich aufgeführt.
Sich aufgeführt?

Steven ging raus, um noch mehr Tee zu machen, und sie blieb sitzen, entnervt, müde, getrieben. Ein Mädchen mit Problemen und Talent war tot. Und es hatte was mit sich aufführen zu tun, ein Zustand und ein Vorwurf, mit dem sie sich bestens auskannte.

Der Laden war früher eine typische Eckkneipe in Chelsea gewesen, der ursprüngliche Georgie hatte sie in den 1950ern eröffnet, als Zwischenstopp für seine Kumpels, die Hafenarbeiter, wenn sie von den Piers in der West Street nach Hause wankten. Dann, in den Sechzigern, gab es reichlich Baustellen und viel weniger Schifffahrt, also hielten die Bauarbeiter Einzug, und das war ein beinharter Job, da hatte man sich ein paar kalte Bierchen redlich verdient. Die Stadt zog überall diese kastenförmigen Wohnprojekte hoch, und die Baustellen nahmen »nur Gewerkschaftler«, was unterm Strich weiß bedeutete. Die Bewohner des Viertels waren immer gemischt gewesen, schon vor den Wohnprojekten, vor allem Puertoricaner, die in den Dreißigern hergekommen waren, denn ein paar Blocks weiter nördlich in Hell's Kitchen, einem hässlichen irischen Ghetto, wurden sie nicht geduldet. In den Siebzigern rollten die schwulen Disco-Jungs zu Tausenden in Greyhoundbussen an, und die liebten Chelsea, und sie liebten das Trinken. Aber jede Gruppe in diesem Viertel koexistierte mit den anderen, die Leute blieben weitgehend unter sich und erfassten intuitiv, dass Respekt vor Territorien für die Gesundheit einer Großstadt notwendig war.

Zu der Zeit, als Frances und Maggie Georgie's entdeckten, war der alte Mann im Heim, und George junior versuchte den Laden auf Zack zu bringen. Er nahm moderne Biersorten rein, so was wie Corona, und bot Guinness vom Fass an. Er legte sich ein paar Schnäpse zu wie Stoli und Absolut. Damals fingen Schwule und Lesben an, die Label Ketel One und Grey Goose nachzufragen, also beschaffte er sich die auch. Der Fernseher dröhnte immer noch, aber George sorgte für Kabelanschluss. So konnten Gäste, die die Bar als Zuhause und andere Trinker als Familie nutzten, Sport gucken und die Oscarverleihung und das Finale von Prestigeserien wie *Sopranos* oder *Breaking Bad*. Es war der angesagte gemischte queer-straighte Laden, wo Leute nach der Arbeit hingingen, wenn sie sich im Arbeiterklasse-Umfeld wohl fühlten und Arbeiterklasse-Preise zahlen wollten. Und diese Art Läden zog immer Leute an, die gern viel tranken und sich nicht sonderlich fürs Dekor interessierten. Es war ein Laden, wo man frei sein konnte, frei von den Regeln auf der Arbeit, frei von der Überwachung durch Kollegen und frei von sich selbst. *Zuhause* bedeutet für die meisten Menschen Ruhe, mit einer Küche, einem Fernseher, einem Bett mit einem warmen Körper. Aber für Süchtige bedeuten diese vier Wände Anspannung und Nachdenken über die davon widerhallenden eigenen Fehltritte. Bei Georgie's war Maggie in Sicherheit ... wovor? Vor Bloßstellung.

Mit Julio war es ein ziemlicher Schlauch, schon seit Nelson Ashford in seine Tasche gegriffen und Eddie gedacht hatte, er wolle eine Waffe ziehen. Oder jedenfalls war das die Version, die er erzählte. Was suchte Eddie dort überhaupt? Es war zwar sein Bezirk, aber eigentlich nicht seine Streife. Maggie ging davon aus, dass da etwas faul war; es sah jedenfalls sehr danach aus. Eddie war auf der Hohen Suche nach etwas, bei dessen Erwerb kein Polizist gesehen werden durfte. Und aus irgendeinem Grund war Nelson Ashford ihm dabei in den Weg geraten. Es war spät, und Ashford hatte einen langen Tag bei UPS hinter sich. Er hatte auf dem Heimweg von der

U-Bahn einen Joint geraucht. Sowohl Maggie als auch Julio wussten, dass das vor Gericht gegen seinen Leichnam verwendet werden würde. Eine Person, die von einem Polizisten getötet wird, darf noch nie was Falsches getan haben. So jemand darf in der Schule nicht sitzengeblieben sein, darf kein Mädchen geküsst haben, das sich nicht ganz sicher war, und darf ganz bestimmt niemals irgendwelche Drogen genommen haben, schon gar nicht in der Nacht des Getötetwerdens. Darüber hatte Julio sich jetzt schon den ganzen Tag ausgelassen.

»Der Mann war high, er kann kein gutes Urteilsvermögen gehabt haben. Niemand, der nüchtern ist, würde je einen Polizisten bedrohen.«

Sie saßen im Funkwagen. Ihr war klar, dass sie sich ranhalten musste, denn heute war Ausgeh-Abend mit Frances, aber Julio ging alle Hinweise einzeln durch.

»Hat er Eddie denn bedroht? Sagt Eddie das jetzt?«

»Nicht mit Worten.«

Julio griff nach Strohhalmen, sie wusste es. Er litt solche Qualen. Sein bester Sohn, Polizist in dritter Generation auf diesem Revier.

»Eddie hätte nie jemanden erschossen, der sich nicht komplett irre aufführt. Das weiß ich genau.«

Vielleicht hatte es damit zu tun, dass Julio in seinem ganzen Leben nie einen Blunt geraucht hatte. Sie hingegen wusste, dass zwischen den fraglichen Vorfällen keinerlei Zusammenhang bestand. Aber sie sagte nichts. Ihr Freund litt, nur das zählte. Loyalität. Aber als sie sich schließlich gute Nacht sagten, war sie aufgewühlt, sowohl Julios wegen als auch vor Anspannung, weil es da was gab, worüber sie nicht offen mit ihm reden konnte. Seinen Sohn. Also war sie verdammt spät dran für das, was eigentlich ein romantisches Abendessen zweier Liebender hätte werden sollen. Wer immer sich den wöchentlichen *Ausgeh-Abend* für Langzeitpaare ausgedacht hatte, gehörte auf der Stelle erschossen. Da ging es doch bloß darum, Druck zu erzeugen und dann all die Unzulänglichkeiten ans Licht zu zerren. Man stand unter Druck, zu beweisen, dass man liebenswert war, unter Druck, artig zum Gespräch beizutragen, echtes Interesse zu demonstrieren, genau die richtigen Fragen zu stellen, die scheiß Diskussion irgendwie in eine Richtung zu lenken, die sie einander näherbrachte. Ja nicht in alte Fallen ungelöster Konflikte tappen oder sich in Probleme verbeißen, die nie weggingen, nein, das war nicht der Sinn des *Ausgeh-Abends*. Sie sollten vielmehr ein köstliches neues Menü entdecken, in einem erschwinglichen Lokal, wo man sich gegenseitig denken hören konnte. Gab es so was überhaupt noch? Und während des ganzen Abendessens wussten beide, dass sie zu Hause unbedingt ficken mussten, oder jedenfalls irgendwie kommen, um was zu zeigen, was wirklich von Herzen kam, etwas, das sie beide liebten und dem sie sich verpflichtet hatten, und von dem sie vergessen hatten, wie man es nannte.

Sie holte ihr supersexy Kleid aus der Reinigung ab und zog es auf dem Klo bei Georgie's an. Es war eng, weiß, ein Schnitt, bei dem man sich einen Brazilian vorstellte und rosa Brustwarzen, offene Geheimnisse. Eigentlich sollte sie sich mit Frances bei dem neuen Mexikaner an der Eighth Avenue treffen und Margaritas trinken und Spaß haben, aber da sie gerade bei Georgie's war und sich umzog, gönnte sie sich mit einem der Gabelstaplerfahrer rasch noch eine Line Koks. Wenn sie schon charmant sein sollte, dann würde sie scheiß megacharmant sein. Und wenn sie gleich noch eine Line durchzog, dann würde sie es sogar lieben, charmant zu sein, statt es zu hassen. Armer Julio.

Nach zwei Drinks, um dem Koks die Spitze zu nehmen, das etwas speedmäßig war, sah sie der Realität ins Auge, dass sie zu spät kommen würde, also simste sie Frances, sie sollte sie in der Bar abholen. Vielleicht konnten sie ja hinten in der Ecke noch ein bisschen rummachen und Frances zum Abendessen ein wenig Erregung unterm Gürtel bescheren. Dann wären diese Margaritas bestimmt viel lustiger. Wie der verführerische Flirt, auf den Frances eigentlich scharf war, und die Hure, die Frances insgeheim war. Wenn Frances geil war, würde das den Druck lindern. Sie sah sie schon vor sich, wie sie auf dem Barhocker herumrutschte. Das war heiß. Das entsprach Maggies Vorstellung von Spaß haben. Angetörnt in der Öffentlichkeit, keine Chance zur Intimität.

Sie konnte einfach keine Beklemmung ertragen. Nicht heute Abend. Nicht wenn Julio so fertig war, und Eddies Prozess würde garantiert eine einzige Schlammschlacht werden, es sei denn, ihr Vorgesetzter schaffte es, den Fall einfach zu begraben, aber es gab diese Handyaufnahmen. Irgendwer hatte ein Handy mit zu viel Material darauf, als dass die Weißhemden es ignorieren konnten. Beklommen. Bammel. Ihr Seelenklempner sagte, sie habe diese ständigen Beklemmungen, weil sie ein Problem mit »der Toleranz von Andersheit« habe, aber wie zur Hölle konnte das sein? Sie war doch davon umgeben. Weit und breit gab es in ihrem Leben niemanden wie sie. Der wusste doch gar nicht, wovon er redete. »Manches macht Ihnen Mühe und anderen nicht, das liegt an Ihrem Vater. Wenn jemand etwas anders sieht als Sie, fühlen Sie sich, als würden Sie gleich ausgelöscht. Aber, Maggie, mit Achtsamkeit kann man das in den Griff kriegen.«

Nachdem Frances sich auch für Spaß entschieden und ihren zweiten Maker's Manhattan intus hatte – davon war vor Gericht natürlich nie die Rede, von *ihrem* Suff. An allem war nur Maggie schuld. Bei den Heteros kamen Mütter mit allem durch, und bei Lesben ist es dann eben die leibliche Mutter, die alle automatisch als Heldin sehen. Immerhin tut sie ja wohl, was sich gehört, auch wenn sie queer ist: Sie hat ein Kind bekommen! Nach Frances' zweitem Drink war sie angetörnt von Maggies Hand auf ihrem Schenkel und dem Spiel im Fernsehen. Sie fing an, die Yankees anzufeuern, und dann kamen Nachrichten und alles drehte sich um die Gerüchte von den Handyaufnahmen, die ein Nachbar angeblich davon hatte, wie Eddie Figueroa Nelson Ashford erschoss, und es sah ganz, ganz übel für Julio aus. Eddie kam rüber wie ein Rassist, wie ein Irrer, wie jemand, dem ein Menschenleben scheißegal ist.

»Verdammt. Weißt du noch, die Party, als er seinen Abschluss gemacht hat?« Frances schüttelte den Kopf. »Seine Eltern waren so stolz.«

»Er ist voll am Arsch.«

»Na komm, Süße.« Frances tätschelte ihren Hintern. »Gehen wir nach Hause und treiben es.«

»Na los, George. Noch einen letzten Cosmo.«

»Ich geh eine rauchen«, sagte George, zu clever, um zwischen Maggie und Frances zu geraten. »Johnny macht solange die Bar.«

»Komm schon, Schätzchen. Wir müssen mal los.«

»Ich hab gesagt, *nur noch einen*, Frances. Los jetzt, Johnny, lass mal ein bisschen Service sehen.«

Johnny war Georges nutzloser Neffe, ein freundlicher Depp, der von der Aviation High School geflogen war und richtig blöde Tattoos hatte, aber die neue Sorte. Die Art, die völlig sinnlos war. Wer will schon ein Wort am Hals und das andere auf den Fingerknöcheln? Was für ein Vollpfosten tut so was seiner Zukunft an?

Johnny hob die Brauen in Frances' Richtung, dann wandte er sich mächtig umständlich Maggie zu. »Ich hab dich schon die letzten vier Male gehört.«

»Frances hat mir gar nichts zu sagen«, knurrte sie. »Stimmt's nicht, Baby?« Sie leckte Frances übers Gesicht.

Jetzt war Frances am Schmollen. Sie saßen ein Weilchen da und guckten Nachrichten, aber sie spürte immer noch Frances' Körper, überall, und sie war immer noch scharf, obwohl sie sauer war. Da kam George vom Rauchen zurück und übernahm wieder die Bar.

Sie wusste, dass Frances gerade in eine Art Loch fiel. Der Spaß war vorbei, aber sie war immer noch geil. Sie war schon blau, aber wenn sie noch einen trank, dann nur, um ruhig zu bleiben. Sonst würde nämlich alles aus ihr rausgequollen kommen. Wie falsch alles lief. Nicht dass Frances nicht wollte, dass es besser lief, das schon. Aber Maggie konnte nicht nachgeben, und Frances hatte nun mal beschlossen, dass Maggie das Problem war.

Sie wusste nur, wie sie den Konflikt abschalten konnte, indem sie den Alkpegel in die Höhe trieb, bis es der anderen egal war, wer die Kontrolle hatte. Denn wenn Frances sagte: »Maggie, die scheiß Art, wie wir leben, macht mich echt fertig«, dann wusste sie schon, dass Maggie sagen würde: »Sprich nicht so mit mir.« Und sie würden nie vernünftig reden können.

»Willkommen zurück, Georgie. Reich mal meinen Drink rüber.«

Zu diesem Zeitpunkt musste sie wohl besoffener sein, als sie gemerkt hatte, musste irgendwie gelallt haben oder getorkelt sein oder so, weil sie nämlich in Georges Blick erkannte, was jetzt kam. Er würde sich an der Verschwörung beteiligen, sie auszubremsen.

»Okay, Schatz«, murmelte Frances auf diese Art, die alles noch schlimmer machte, weil sie so scheiß herablassend war. Irgendwann hatte sie den Trugschluss verinnerlicht, wenn sie ganz leise sprach und etwas Liebe zeigte, würde Maggie auf sie hören. Aber das war eine lausige Theorie, denn diese Besänftigungsnummer machte sie bloß wütend. Wie konnte Frances es wagen, sie zu lieben, wenn Maggie doch gerade was aufgezwungen werden sollte, was sie nicht wollte. Das ist doch keine Liebe. Liebe ist, wenn man tut, was man will, auch wenn man in einer Beziehung ist. Kontrolle war keine Liebe.

Sie explodierte. Sie wusste es vorher. Sie tat es immer. Und Frances wusste genau, was kam, sobald sie anfing, ihr zu widersprechen. Also warum widersprach sie ihr? Was erwartete sie denn? Es war so oder so fürn Arsch.

»Sag mir nicht, was ich tun soll.«

»Komm schon, Mags.«

»Wer zur Hölle bist du?«

Frances wurde an diesem Punkt immer richtig spießig. Wenn der Spaß vorbei war. »Komm schon, Maggie. Wir haben genug zu trinken zu Hause.«

»Ich will nicht nach Hause.«

Darum ging's. Sie sollte tun können, was sie wollte, alles andere war übergriffig. Schließlich versuchte Frances immer, sie zu kontrollieren.

»Wir haben ein kleines Mädchen zu Hause mit einem Babysitter, der dich genauso hasst wie ich gerade.«

»Ach, du hasst mich?«

»Ich hasse dich nicht, Maggie, und das weißt du auch. Ich hasse einfach nur diese Scheiße.« Frances deutete auf ihr Herz.

»Wenn du es hasst, mit mir zusammen zu sein, dann hasst du mich.«

»Maggie, ich hasse dich nicht. Ich kann es bloß nicht ertragen, wie du dich aufführst.«

»Das ist Scheiße noch mal dasselbe.« Sie wusste, dass sie schwierig war, aber *scheiß drauf*. Dann krabbelte sie auf den Tresen, zeigte allen ihren Tanga und maunzte den Barkeeper an. »Komm schon, Johnny.« Sie fauchte und bog den Rücken durch, tat so, als würde sie Kratzer in die Luft machen.

»HÖR AUF, DICH SO AUFZUFÜHREN.« Das war Frances, jetzt am Ende ihrer Geduld. Aber sie war auch betrunken. Das war es nämlich, wovon das Gericht nie auch nur einen Piep zu hören bekam. Frances gab sich auch die Kante. »HÖR AUF, DICH SO AUFZUFÜHREN. Wann lernst du's endlich?«

»Alles in Ordnung?«

Sie sah auf. Steven Brinkley war besorgt. Er demonstrierte Besorgnis, seine Stimme klang beschwichtigend, er hielt den perfekten Abstand, seine Aufmerksamkeit war deutlich.

»Sorry, ich war kurz in Gedanken.«

»Das kann den Besten von uns passieren.« Er lachte und lehnte sich im Sessel zurück. Er wollte wohl wissen, ob er sich bei seiner Nummer, bei dieser Ermittlungsrunde erfolgreich geschlagen hatte.

»Schön.« Sie griff nach einem weiteren Keks, den sie nicht wollte. »Sie hat sich also aufgeführt. Jamie.«

»Ja.«

»Verstehe.« Sie hatte die Kontrolle verloren, war abgedriftet, und das war ganz schlechter Stil. Sie musste wieder die Oberhand gewinnen, aber zum Glück wusste sie, wie das ging. Sie wartete einfach. Sie lächelte nicht. Sie rührte sich nicht. Sie machte die Luft schwer mit der Erwartung, dass er sich erklären würde. Erzählen würde, was er wusste. Über Jamie. Was sie getan hatte. Die tote junge Frau. Die sich aufgeführt hatte und von jemandem erwürgt wurde. Nicht von dem Mann, der wusste, dass etwas nicht stimmte.

»Eines Nachts haben wir zusammen geschlafen. Bei ihr.«

»Wo hat sie gewohnt?«

»Zweiundachtzigste Straße. Ganz im Osten. In einem Schuhkartonstudio ohne Tageslicht und mit einer Klappcouch und ohne Luft, über einer Frau, die mit ihrem gestörten erwachsenen Sohn zusammenlebt. Sie zanken sich die ganze Zeit. Wir hörten durch die Dielen, wie sie sich anbrüllten. Das machte alles noch unangenehmer.«

»War Jamie jemals hier?«

»Na klar. Aber wir hatten eine Abmachung. Ich wollte nicht, dass sie hier einzieht, ehe sie finanziell besser dasteht. Sie verstehen. Das hätte niemandem geholfen. Zu viel Abhängigkeit.«

Sie nickte. Na so was, er hatte eine Zukunft geplant. Das war eine Überraschung. Er steckte Grenzen ab. Er glaubte, dass sie es schaffen konnte. Er dachte, sie könnten *ernst* machen. Das war vernünftig. Erwachsen. Sie staunte. Sie hatte nicht mit richtigen Plänen gerechnet, mit richtiger Liebe. Sie hatte nicht angenommen, dass er sich so viele Gedanken machte. Sie hatte nicht geglaubt, dass er wirklich beteiligt war, aber es sah ganz danach aus.

»Also.« Brinkley seufzte. Grübelte. Gefühle. Seine Stimme brach. Er hielt inne. Sprach dann weiter. »Also, wir haben geschlafen. Es klingelt an der Tür. Mitten in der Nacht.«

Sie wartete.

»Das Seltsame war, dass sie aus dem Bett sprang und sofort auf den Türöffner drückte. Sie hat nicht mal gefragt, wer da ist.«

»Und wer war es?«

»Ihr Vater.« Brinkleys Tonfall klang erschöpft und ungläubig. Offenbar kein willkommener Vater. Sie hörte nun auch etwas Schmerz heraus. »Der Mann betrat ihre Wohnung, als wäre es ganz normal, um drei Uhr früh bei seiner Tochter reinzuplatzen.«

»War er betrunken?«

»Nein, schlimmer.« Zum ersten Mal dachte sie, gleich würde er weinen. »Und sie hat nicht mal einen Bademantel übergezogen.«

»Sie saß nackt vor ihrem Vater?«

»Nein, nein, nein. Aber in so einem dürftigen Fetzen. Und sie dachte sich überhaupt nichts dabei.«

»War ihm das peinlich?«

»Nein, zwischen den beiden ging es eher konspirativ zu. So führten sie wohl normalerweise ihr Leben. Eine solche Zumutung. Er saß da, saß auf unserer Bettkante und murmelte unzusammenhängendes Zeug – eigentlich war es ein reiner Monolog – über alle möglichen kranken Themen. Er merkte kaum, dass ich auch da war, in Unterhose, die Decke hochgezogen bis zur Brust.«

»Worüber haben sie gesprochen?«

»Obskurer philosophischer Kram. Bizarre und extrem unangemessene sexuelle Theorien. Tagore. Er schwafelte ohne Ende über den indischen Schriftsteller Tagore. Und über Tschechow und Sex. Große Themen, aber keine substanziellen Beiträge. Dinge, die kein Vater zu seiner Tochter sagt, schon gar nicht, wenn sie mit einem nackten Mann im Bett liegt. Er ist wirklich ein völlig gestörter Typ. Jeder würde das so empfinden. Es war eindeutig.«

»Außer Jamie.«

Er zeigte auf Maggie. »Da haben Sie recht.«

Dies war eine ganz neue Wendung. Steven liebte Jamie. Steven war am Boden zerstört. Steven war erzürnt. Er war in Trauer. Er war verstört. Er gab sich die Schuld. Er wollte gehört werden. Sie sah jetzt alles. Jetzt, wo es real wurde.

Er nahm noch einen Keks und aß ihn bedächtig. Es war die Sorte mit einem Klecks Marmelade in der Mitte. Er aß den schlichten Teig an den Rändern und hob sich die Marmeladenmitte bis zum Schluss auf. Er mochte diese Kekse. Er hatte sie für sich gekauft. Sie kam jetzt allmählich dahinter. Brinkley kümmerte sich um sich und um andere. Kekse für ihn und für sie. Er hatte einen Sinn für die Bedürfnisse anderer.

»Also, was haben Sie gemacht?«

»Ich habe darauf gewartet, dass Jamie etwas sagt, erklärt, Einwände erhebt, etwas unternimmt. Aber da sie das nicht tat, wurde mir klar, dass dies ein normaler Teil ihres Lebens war.«

»Ihr Vater platzt mitten in der Nacht bei ihr rein.«

»Genau. Also bat ich ihn zu gehen. Er wirkte überrascht, ging aber ganz ruhig. Ich nehme an, die Leute werfen ihn ständig raus.«

»Nur nicht seine Tochter.«

»Genau.« Die Erinnerung an Jamies Reaktion verstörte ihn immer noch. »Ich sah sie an, nachdem sich die Tür geschlossen hatte, und sie war betäubt. Affektstarr. Ihre Unterlippe schlaff. Dann wirkte sie verwirrt. Wir fingen an zu reden, und ich merkte ganz schnell, dass sie keine Ahnung hatte, dass diese Beziehung zu ihrem Vater …«

»Was hat sie gesagt?«

»Jamie hat gesagt …« Er würgte an den Worten. Er war immer noch schockiert. Seine Stimme zitterte. Er erzählte es nach, die Wahrheit. »Sie hat gesagt: ›Was soll ich denn machen? Empörung heucheln? *Es ist doch schon mein ganzes Leben so.*« Er klang erstickt. »Sie war daran gewöhnt.«

Sie sah zu, wie Brinkley viele Jahre verlor und viele Jahre gewann. Es war die Rückbesinnung darauf, wie traumatisch das Leben des Menschen war, den du wirklich liebst. Das Drama, den Schmerz einer verschwundenen Person zu erkennen, lange nachdem sie weg ist.

»Ich war total zugewandt«, sagte er. »Ich bin ruhig geblieben. Ich wollte ihr helfen, und mein Tonfall wurde wohl … etwas lehrerhaft. Ich sagte, dass er sie beschädigt, und sie …«

»Bekam einen Wutanfall.«

»Ja. Woher wissen Sie das?«

»Nichts erfüllt Menschen so mit Hass wie die Wahrheit, die ihr Leben retten könnte«, flüsterte sie.

»Außer sie wollen sie wissen.« Er verhandelte noch immer, bis ins Grab.

»Wollte sie sie wissen?«

»Nein. Es war furchtbar, ein völliger Fehlschlag. Sie warf mir die wahnsinnigsten Vorhaltungen an den Kopf. Ich hätte Schuld an ihrem gesamten Schmerz.«

Sie rührte sich nicht. Brinkley lebte in Gegenwart und Vergangenheit, und genau so ging es ihr auch. Er durchlebte wieder und wieder den verhängnisvollen Augenblick, dem die Hölle folgte, die nun sein Leben war, und genau so ging es ihr auch.

Brinkley sprach weiter, aber sie hörte nicht hin. Sie lag wieder zu Hause mit ihrer Liebsten im Bett, und Frances versuchte, ganz ruhig zu bleiben, versuchte sich Gehör zu verschaffen.

»Maggie«, sagte Frances. »Ich liebe dich. Du tust mir weh.«

»Sag mir nicht, was ich zu tun habe«, fauchte sie. Sie war fuchsteufelswild. Sie wollte Frances umbringen. So sprach keine Liebende mit einer, die sie liebt, niemals. ›Du tust mir weh‹ sagen – das ist doch nicht Liebe.

»Du bist ja gestört.« Frances war tief enttäuscht.

Wie konnte sie es wagen, enttäuscht zu sein, wenn sie sie liebte? Keine, die geliebt wurde, konnte je enttäuschen! »Geh mir von der Pelle, Frances! Du bist doch hier die Trinkerin.« Als könnte es nur eine geben. »Hau ab.«

»Du machst alles kaputt«, sagte Frances.

Keine, die liebte, sagte ›du machst alles kaputt‹. Das war nicht Liebe.

»Mir egal«, sagte sie.

»Das kann dir nicht egal sein. Wir sind zusammen. Wir haben ein Kind.«

Nun sah sie Steven Brinkley in einer anderen Lebenszeit beim Weinen zu, und es fiel ihr so schwer, sich zu erinnern, was wirklich in ihr vorgegangen war. Sie hatte gewollt, dass Frances aufhörte, sich zu beklagen. War es das? Dass sie sagte, etwas ganz Falsches ginge eigentlich in Ordnung. Sie wollte, dass Frances die Klappe hielt und zu Al-Anon ging oder so, damit sie aufhörte, Maggie wegen der Trinkerei zu nerven. Tatsächlich schien jetzt, zwei Jahre später, ihr Bedürfnis ganz klar: Frances sollte die Klappe halten, damit sie saufen konnte und alles andere schnurz war. Aber schrägerweise war es ihr, uneingestanden und verleugnet, in genau dem Moment zugleich nicht schnurz gewesen, es hatte ihr was bedeutet. Das war die Krankheit. Jetzt konnte sie das erkennen. Sie war nur einfach unfähig, die Chance zur Veränderung zu ergreifen, unfähig, im Unrecht zu sein. Unfähig, nicht zu explodieren, nicht mit Vorwürfen zu antworten, sich nicht als Opfer von Missbrauch zu gerieren, weil ihre Liebste verlangte, dass sie zuverlässig war. Dass sie fair war. Sie hatte immer alles mit Feuer beantwortet. Und jetzt hatte sie Asche.

Obwohl sie zwei Seelen in ihrer Brust hatte: Wenn sie zurückblickte auf diesen entscheidenden Moment in ihrem Bett, zusammen, in ihrer braunen Bettwäsche, in ihrem Schlafzimmer, in ihrem gemeinsamen Leben mit ihrem wunderbaren Kind, kam Maggie Terry einfach nicht dahinter, wie man es schaffte, verlässlich zu sein und weiterzuleben.

Maggie schwitzte und Steven war bleich. Es gab da ein unsynchronisiertes Leiden, dessen Umrisse ganz klar schienen. Steven Brinkley war auch eine Frances.

»Ja?« Er war erschöpft.

»Was haben Sie gemacht?«

»Wann?«

»Als Sie gemerkt haben, dass die Frau, die Sie liebten, die junge vielversprechende Schauspielerin, von der Sie glaubten, sie würde eines Tages Erfolg und finanzielle Sicherheit haben, so dass Sie beide zusammenziehen könnten. Die Frau, bei der Sie sich bemühten, keine Abhängigkeiten zu erzeugen, aber als ihr Vater sie benutzte, standen Sie für sie ein, und sie ließ Sie dafür bluten. Diese Frau. Als Sie gemerkt haben, dass sie schwer gestört ist …«

»Nun ja …« Brinkley war blockiert oder zögerlich oder verwirrt. »Ich habe große …«

»Schuldgefühle?« Warum konnte Frances keine Schuldgefühle haben? Sie war auch ein bisschen schuldig, und das ist nicht dasselbe wie unschuldig.

»Ich habe große Lust, eine Zigarette zu rauchen.«

»Es ist doch Ihr schönes Townhaus.«

Insgeheim bezweifelte sie, dass er tatsächlich rauchen würde. Es roch hier nicht nach Zigaretten. Es gab keine Aschenbecher, Streichhölzer oder Feuerzeuge. Dann fragte sie sich, ob sie eine Zigarette wollte. Hatte sie jemals wirklich eine gewollt? Oder war das immer nur ein Zeittotschläger zwischen Rausch und Rausch gewesen? Sie versuchte sich Rauchen vorzustellen.

»Ich habe Lust dazu, aber ich werde es nicht tun. Was hätte das für einen Zweck?«

Sie hatte also recht gehabt, aber das war jetzt eine interessante Bemerkung, rauchen für einen *Zweck*. Der zweckbetonte Mann.

Er stand auf und ging zur Stereoanlage. Er besaß noch Schallplatten. Trennte sich dieser Mann je von irgendwas? Statt sich von den Dingen und Menschen abzuwenden, die die Welt hinter sich ließ, kümmerte er sich um sie. Erfreute sich daran. Gab ihnen Wert. Sie sah zu, wie er mit diesen vielgeliebten Platten umging, in exzellentem Zustand, und mit dem makellosen, vielgeliebten Plattenspieler.

»Nichts klingt so gut wie eine Schallplatte.«

»Stimmt das wirklich?«

»Nein.« Er lachte, dem Bockmistreden stets abgeneigt. »Wenn Sie teure Geräte und Kopfhörer haben, sind die neuen Technologien besser. Aber wenn man Musik auf dem iPhone hört ...«

»Was kostet so was?«

»Ein Plattenspieler?«

»Nein, ein iPhone.«

Er hielt das für einen Scherz. »Sehr witzig.« Und dann legte er John Coltranes *Blue Train* auf, na klar. Genau das, was ein reicher weißer einfühlsamer Mann mittleren Alters mit tadellosem Geschmack und Gefühlstiefe auflegen würde. »Ich vermute mal ...«, er stockte. Die Musik setzte ein. Sie war zu laut. Er drehte sie runter. Sie war zu leise. »Es ist sehr schwer zu akzeptieren ...«

»Dass sie tot ist?«

Steven begann einen Seufzer, der zum Wimmern wurde und zum Klagegeschrei hätte anschwellen können, wenn er sich nicht um ihretwillen zurückgehalten hätte.

»Das auch. Aber ehrlich gesagt, da bin ich noch gar nicht. Ich meinte die Tatsache, dass sie psychisch krank war. Dass sie … Konflikte … emotionale Konflikte hatte und die ihr Leben schwer beeinträchtigt haben. Ich meine, wir haben alle emotionale Konflikte. Ich will damit nichts über meine eigene Überlegenheit oder Reinheit andeuten oder so.«

»Ich verstehe.«

»Es ist nur so, dass ich sah, wie sie litt, und ich liebte sie und wollte sie ermutigen, das zu bearbeiten, um sich wohler zu fühlen.«

»Manchmal kann man es nicht reparieren.«

»Na ja, das sagen sie einem immer, aber« – noch ein Keks – »in Wirklichkeit machen Menschen sich ständig gegenseitig das Leben besser, wenn wir sie nur lassen.« Er kaute den Keks, als äße er Stroh.

»Und, was war also Ihr Plan?«

»Zunächst mal, Jamie in eine richtige Therapie zu bekommen und möglichst weit weg von diesem Aas.«

»Ihrem Vater?«

Er lachte auf. »Ich merke schon, Sie wissen noch gar nichts von Florence.« Steven ging zu seinem riesigen Schreibtisch aus geschnitztem dunklem Holz, reichlich Platz für zwei Computer und einen großen Stapel Bücher. »Hier.« Er überreichte ihr eine Visitenkarte.

Dr. Florence Black
Heilung durch Wünschen

»Sie ist eine Quacksalberin, Jamies ›Energieberaterin‹. Natürlich eine gescheiterte Schauspielerin. Ich habe ihr klar und deutlich gesagt, dass sie eine richtige Therapie braucht, wegen sexuellen Missbrauchs und Depressionen, und Jamies Reaktion war –«

»Dass sie Sie fallen ließ.«

»Wie, ja genau.« Er sah überrascht aus.

Warum war er überrascht? Niemand mag sich sagen lassen,

dass das eigene Leiden gar nicht von den Leuten verursacht wird, denen man die Schuld daran gibt.

»Jamie ging nicht mehr ran, wenn ich anrief. Ich versuchte es wieder und wieder, und schließlich nahm sie ab und schrie: ›Du bist gestört. Ich ruf die Polizei!‹ Sie verhielt sich, als wollte ich ihr wehtun, aber die bittere Wahrheit ist« – Brinkley war so bitter, seine Lippen schienen einzutrocknen und aufzuplatzen –, »dass Jamie *wirklich* schikaniert wurde. Nur eben nicht von mir. Von ihrem schizophrenen Vater, dieser wandelnden Katastrophe. Nicht von mir!« Er beharrte darauf. Es hatte ihn verletzt, diese Anschuldigung. »Florence sah sich das an und tat gar nichts. Sie ließ zu, dass Jamie mir den Schmerz anhängte, den ich nicht verursacht hatte. Und jetzt ist mein armes Mädchen tot.«

Die Türklingel läutete.

»Entschuldigen Sie, das ist meine Vollwertkost-Lieferung.« Sie sah auf die Uhr. »Kann ich mal Ihr Telefon benutzen?«

»Natürlich.«

Als er aus dem Raum war, ging Maggie zu dem altmodischen Festnetzanschluss, einem scheckheftgepflegten Drucktastentelefon, und wählte. Sie erwartete eine Sprechzeitenansage und war überrascht, als eine leibhaftige Person ranging. »Hallo?«

»Oh, tut mir leid, dass ich so spät anrufe. Ich habe mit Ihrem Anrufbeantworter gerechnet.«

»Nein, Sie haben mich erwischt. Kann ich Ihnen helfen?«

»Ja, ich würde gern einen Termin vereinbaren.«

Zehn Minuten später kam Steven mit zwei Flaschen von etwas zurück, das er als Grünkohlsaft bezeichnete, und hielt ihr eine hin, als wäre es ein Heineken.

»Grünkohlsaft. Sieht man ja überall«, sagte sie.

»Karottensaft ist doch nur Zucker. Tamari-Mandeln?«

Sie nahm eine Mandel. Sie war salzig und süß. Wenn sie mehr davon aß, würde sie Grünkohlsaft trinken, um sie herunterzuspülen. Wollte sie das wirklich? Es war sehr spät. Zeit, nach Hause zu gehen, zu duschen und heißes Wasser zu trinken, wie sie es jeden Abend tat und weiterhin tun würde, bis sie endlich daran dachte, ein paar Teebeutel zu kaufen.

»Ich bin müde.« Sie reichte ihm die Visitenkarte zurück.

»Brauchen Sie die nicht für Ihre Ermittlungen?«

»Okay, danke.« Sie steckte sie bedeutungsvoll in ihre Tasche.

»Hätten Sie noch Lust auf ein spätes Abendessen irgendwo?«

Das kam so aus dem Nichts. Er hatte versucht, die Einladung ganz beiläufig auszusprechen, als wäre es nicht wichtig und bedeutete nichts und wäre ganz folgenlos. Bloß was essen. Aber diese beiden menschlichen Schatten hier waren so gefährdet, dass zwischen ihnen nichts ohne Nebenbedeutung stattfinden konnte.

Sie verstand. Er konnte ihre Einsamkeit riechen. Oder er war einfach selbst zu einsam, um sich darum zu scheren. Es waren die blonden Haare. Es waren immer die blonden Haare, die alle sahen, aber dieser Typ lechzte auch nach der Beschädigung.

»Es tut mir sehr leid. Ich muss los.« Sie sah die Traurigkeit in seinem Gesicht, die matte Scham darüber, dass sein einziger Rettungsplan durch die Laune einer anderen Person vereitelt wurde. Es hatte keinen Sinn, ihre Homosexualität als Ausrede heranzuziehen. Sie wusste nicht, welche Rolle das in ihrer gegenwärtigen kahlen Existenz spielte, aber sie kannte die Geschichte ihres Herzens. »Hören Sie«, sagte sie mitleidig. »Sie wollen nicht mit mir ausgehen. Das wäre einfach nur noch mehr vom Gleichen. Sie müssen sich auf einen neuen Typ umstellen. Suchen Sie sich jemanden, der das Leben gebacken kriegt. Sie wissen schon, jemand Gleichgroßes.«

In der dankenswerterweise klimatisierten Bahn nach Hause waren die Leute müde. Sie waren nachsichtig. Sie waren in Gedanken versunken. Sie erinnerten sich und waren erschöpft von der Erinnerung. Sie schlurften und hatten Wünsche. Der Zug schaukelte, die Lichter waren hell. Die Sitze boten eine Atempause. Gemeinsam allein. Sie alle waren am Ende und am Anfang des Tages. Sie teilten das.

Sie und Julio hatten mit vielen Verbrechen zu tun gehabt, die in der U-Bahn stattfanden. Eine arabische Frau wurde auf Linie 7 vor den Zug gestoßen. Ihre Familie weinte und weinte. Waren sie dafür den ganzen Weg nach Amerika gekommen? In etwa jede Woche oder so sprang jemand. Die Springer hatten eine interessante Psychologie. Sie betrachteten die U-Bahn als Teil der Mechanik der Stadt. Sie sahen nicht die müden, hart arbeitenden, unterbezahlten Menschen, die verstümmelte Rümpfe und abgetrennte Köpfe wegputzen mussten, während sich die Ratten an ihrem kochenden Blut labten. In ihrem Schmerz entpersonalisierten sie ihre Mit-New Yorker und machten den A-Train zu einem umherziehenden Hospiz, dessen einziger Zweck es war, ihrem Leiden zu dienen. U-Bahnen waren auch für Messerstechereien gut. Erschießungen bei Raubüberfällen oder Mord zwischen Freunden. Jede Menge Überdosisopfer. Die Leute drückten, weil sie keine Arbeit hatten, weil sie zu viel Arbeit hatten, weil sie dabei waren, sich Arbeit zu suchen, oder weil sie Arbeit hassten. Und dann fiel ihr noch der Zugführer ein, der von Station zu Station aus dem Fenster des Führerhauses kleine Tütchen mit Dope verkaufte.

Sie schleppte ihren eigenen Kadaver die Treppe von der Bahnstation hoch und betrat den Betongehweg, zu dem diese Treppe immer führte. Es regnete leicht, nichts Bedrohliches. Keine Notwendigkeit zu reagieren. Sie trottete heimwärts, verloren in ihrer pochenden Traurigkeit, und stellte fest, dass ihr Körper sie irgendwohin führte. Wohin ging sie? Plötzlich blickte sie auf und sah eine unvertraute Reihe von Holzbrettern, die über zerbrochene Glasscheiben genagelt waren. Es war verwirrend ... Was? Sie kam nicht dahinter.

Und dann wurde ihr klar ... dass Georgies Bar futsch war. Sie war dichtgemacht worden, kürzlich erst. Und an der Stelle hockte ein weiteres dunkles leeres Schaufenster. Ihr Unterbewusstsein hatte sie zu einem Drink geführt, der nicht mehr verfügbar war.

Sie betrat das neue teure asiatisch-elsässische Fusion-Restaurant mit unaussprechlichem Namen im Nebenhaus. Laute Popmusik, die sie nicht erkannte, die Beleuchtung zu gedämpft. Nicht sehen, nicht hören, nicht denken, kommunizieren oder fühlen. Die Bedienung wartete, Speisekarte in der Hand.

»Hallo, entschuldigen Sie.«

»Nur eine Person? Ich kann Sie an der Bar unterbringen.«

»Ich habe eine Frage. Was ist mit Georgie's nebenan passiert?«

»Haben den Pachtvertrag verloren. Die Miete ist gestiegen.«

Sehr hübsch, diese junge Frau. Sehr korrekt, eine hochgebildete schwarze Frau, ernst, zu gut für diesen Job.

»Traurig.«

»Ja, schon, allerdings waren die ohnehin mehr ein Ärgernis.« Jay-Z kam übers Soundsystem. »Keins der Geschäfte hier in der Gegend weint ihnen nach. Falsche Zielgruppe. Kann ich Ihnen einen Platz anweisen?« Wahrscheinlich studierte sie tagsüber Betriebswirtschaft.

Sie sah zur Bar hinüber. Es war einladend. Die Barhocker

hatten Rückenlehnen, die Drinks waren stattlich. Es gab lange exotische Schlangen hinter getöntem Glas. Kentucky Bourbons aus kleinen Holzfass-Chargen, die nach Rotulme und Eiche schmeckten und die Seele belebten. Aber was war das da im Fernsehen? Trump in einer Wrestling-Arena, er stieg in den Ring. Einer der Kämpfer war eine Comicfigur und hatte ein CNN-Logo auf dem Schädel kleben. Trump boxte ihm wiederholt an den Kopf. Was war das? Der Präsident der Vereinigten Staaten von Amerika hatte dies der Welt getwittert. Die Welt war verwirrt. Die Welt brauchte einen Drink. Wann hatte sie das letzte Mal richtig guten Alkohol genippt, nur des Geschmacks wegen, statt sich die Kante zu geben? Vielleicht schon Jahrzehnte nicht mehr. Würde Trump sie zum Trinken bringen? Niemand würde davon wissen.

»Danke«, sagte sie und ging auf die Bar zu, als wäre es der einfachste und natürlichste Schritt der Welt. Glitt auf den Hocker. Die schimmernden Flaschen, ihre wundervollen Größen, die Farben des Glases. Wie warm der Bourbon und wie kühl der Tequila aussah. Die lieblichen Ladys mit ihren tief ausgeschnittenen Kleidern, und sie fing den Blick des Barkeepers ein – und dann geriet sie in Panik, wirbelte herum und stürzte zur Tür, zurück auf die Straße, wo es jetzt ernstlich schüttete. Sie hatte keinen Schutz.

Das war gar nicht so knapp, beruhigte sie sich und trat in die schmuddelige Nacht hinaus. Das war völlig im Rahmen, log sie sich vor, wieder auf dem Gehweg, der zwischen ihr und der Sicherheit lag.

Die Gegend war langweilig geworden. Es gab immer noch vereinzelt arme Leute und ein paar Arbeiter, aber zum größten Teil waren es typische junge Reiche und die schlimmste Sorte schwule Männer. Diese Fadheit hatte was Beruhigendes. Cool zu sein war unmöglich. Diese Leute nahmen Drogen zu Hause in ihren Apartments. Sie schickten ihrem Händler eine SMS, und der Türsteher ließ ihn rein. Weniger Versuchung.

Weniger Gelegenheit. Weniger Gefahr. Menschen, Orte und Dinge. Halt dich fern von Menschen, Orten und Dingen, wenn du nüchtern bleiben willst. Das sagen sie im Programm. *Bleib weg davon.* Sie war so weit weg. Sie war verloren. Wie viel weiter weg konnte eine Person noch sein?

Ihre Haare trieften jetzt. Sie sah aus wie eine Irre. Sie bog um die Ecke in ihre Straße ein und bemerkte einen Mann, der allein im Eingang zur teuren Erdgeschosswohnung von jemand anders stand. Er hatte sich vor dem Regen untergestellt. Auch er sah elend aus. Sein Blick traf ihren; es war ihm egal, wer es mitbekam. Er zündete seine Pfeife an. Sie sah es glühen. Er glotzte. Es gab keinen sicheren Ort. Weder drinnen noch draußen. Sie hastete an ihm vorbei, stampfte durch die Pfützen, hielt sorgfältig den Atem an.

Endlich erreichte sie ihre Haustür und betrat den Hausflur mit ihrem Schlüssel, wie sich das gehörte. Alles war ein einziger Hohn, ihre ruinierten Schuhe. Es gab da irgendwas, das sie noch machen sollte, bevor sie den Fahrstuhlknopf drückte. Was tun Leute, wenn sie von der Arbeit heimkommen und in ihrem Hausflur stehen? Da fehlte doch was. Ach ja, die Post rausholen.

Sie erwartete nichts, sie hatte keine Abonnements, und Briefe existierten nicht mehr. Aber sie besaß einen Briefkastenschlüssel, und es konnte ja eine Rechnung oder eine Notiz über Klempnerarbeiten oder so was gekommen sein. Sie fand den zu ihrer Wohnung gehörenden Briefkasten, drehte den Schlüssel im winzigen Schloss und öffnete die kleine Tür. Nichts. Dann platschte sie zum Fahrstuhl und drückte den Knopf. Angespannt, ängstlich, verzweifelt wartete sie, beobachtete das Licht, das fünf Stockwerke herabkam zu ihrer nassen, ertrunkenen, hoffnungslosen Leere. Sie musste immer wieder an den Mann denken, der seine Pfeife anzündete. Seinen völligen Mangel an Scham. Ob er noch da war? Ob sie was schnorren konnte? Es gab einen Moment der Stille, dann atmete sie tief ein, hier drinnen, wo alles in der Schwebe war. Hielt die Luft an. Bis eine Hand auf ihrer Schulter landete und sie schrie.

Finger klammerten sich an ihr Skelett und ließen dann los.

»Es tut mir leid«, murmelte eine Männerstimme voller Bedauern über sein Verhalten. Aber es war zu spät.

Sie verlor die Kontrolle über ihre Angst. Sie sprang zurück, krachte gegen die Wand, drehte sich zu ihrem Angreifer um und griff nach der fehlenden Waffe, die sie nicht mehr tragen oder besitzen durfte. Griff erneut ins Leere und wusste, dass sie geliefert war. Sie würde verlieren. Wappnete sich für den Schuss, den Stich, das Seil um ihren Hals, den Penis in ihrer Kehle, sah auf und starrte ins Gesicht von Steven Brinkley, der ebenfalls regentropfend vor ihr im Hausflur ihres Wohngebäudes stand. Er war der Mann, der ihr nach Hause gefolgt war.

Nicht nur war sie entsetzt angesichts der Bedrohung, die vor ihr stand, sondern sie erkannte auch, dass ihr professioneller Instinkt schwer gestört war. Sie hatte sich in Bezug auf ihn gründlich vertan. Ganz böse vertan. Das hier war kein netter Kerl. Er war gefährlich. Er war ein Lügner und ein Mörder. Jamie hatte recht; er war ein Stalker.

»Es tut mir so leid, ich musste einfach mit Ihnen reden.«

Der Fahrstuhl kam.

»Rufen Sie mich doch im Büro an, woher haben Sie diese Adresse?«

Die Fahrstuhltür öffnete sich.

»Maggie, ich muss mit Ihnen reden, ich fühle mich so schuldig. Ich fühle mich so schuldig. Ich hätte mir viel mehr Mühe geben müssen.«

Sie trat rückwärts in den Fahrstuhl.

»Ich hätte mir viel mehr Mühe geben müssen«, weinte er. »Bitte helfen Sie mir.«

Sie drückte auf die Drei.

Er schluchzte jetzt haltlos, wischte seine Not hoffnungslos mit den Händen weg. »Warum habe ich mich von Jamie kränken lassen? Sie ist krank. Warum konnte ich das nicht verstehen?«

Die Tür schloss sich. Sie sah sein gequältes Gesicht durchs Fenster, verzerrt vor Schmerz.

»Warum?«, schluchzte er. »Warum?«

Der Fahrstuhl fuhr los. Sie war wie betäubt. Jeder konnte sie aufspüren. Sie konnte sich nicht verstecken; sie konnte sich nicht schützen. Sie war jederzeit in Gefahr. Sie war schwach und dumm und … Der Aufzug hielt im Dritten.

Sie trat hinaus und rannte zum Treppenhaus. Spähte den Gang entlang, lauschte sorgfältig, um ganz sicher zu sein, dass niemand kam, und lief dann lautlos zwei weitere Stockwerke nach oben, vergewisserte sich, dass ihre Fußabdrücke keine Nässe mehr hinterließen. Im fünften Stock verließ sie das Treppenhaus und rief den Aufzug. Er kam leer bei ihr an. Sie fuhr eine Etage abwärts in den Vierten, beugte sich aus der Tür. Leer. Langsam ging sie den Flur entlang, schlüpfte dann in ihr kahles Zimmer. Ein bisschen wie Jamie Wagners Zimmer, nur ohne Klappcouch.

Sie zitterte im Dunkeln. Sie ließ das Licht aus, trat leise ans Fenster und spähte durch einen Riss in den Zeitungen, die Rachel auf die Scheiben geklebt hatte anstelle der Vorhänge, die sie sich anschaffen sollte, um für sich selbst zu sorgen. Die Straße war voller Regen, und sie sah niemanden. Er schien weg zu sein, aber man konnte nie wissen. Sie zerrte ein paar der noch immer unausgepackten Kartons hinüber, um die Tür zu verrammeln.

Es war so viel Trauer in ihrem Herzen, sie bestand nur noch aus Trauer. Allein, weil sie dumm war, und in Gefahr, weil sie allein war, und dumm, weil sie sie war. Es gab einfach niemanden zum Reden. Keinen Ort, wo sie die Realität ihres dummen, dummen Schicksals mit irgendwem hätte teilen können. Sie fiel zu Boden, weil sie irgendwohin musste. Es war verheerend, nicht zu wissen, wie man aus diesem Abgrund des Schreckens herausfand. Sie wünschte, sie wünschte, sie merkte, dass sie sich nur eines wünschte. Sie brauchte nur das eine. Wenn sie alles haben könnte, nur wählen müsste, eine einzige Sache in der gesamten Vergangenheit oder Zukunft, sie wusste, was sie nehmen würde. Maggie Terry setzte all ihre Träume auf den tiefsten Traum, den sie in ihrem Herzen finden konnte, den Wunsch, ein Bier zu trinken.

Tag zwei

Donnerstag, 6. Juli 2017

Als die morgendlichen Kirchenglocken sieben Uhr läuteten, lag sie immer noch auf dem Boden in ihren feuchten, jetzt müffelnden Klamotten. Sie riss sich alles vom Leib und warf die Sachen in eine Ecke, duschte, immer noch ohne Duschvorhang, und trocknete sich dann mit der zusammengeknüllten, stinkigen nassen Schmutzwäsche ab. Sie zog etwas zu Feminines an, das Rachel besorgt und in ihren Schrank gehängt hatte. Dann rannte sie zu Nick's Deli.

»Maggie, du siehst toll aus!« Er klatschte Beifall. »Warst du trainieren? Du hast richtig Farbe!«

»Noch nicht. Hi, Joe.« Sie winkte Nicks Helfer zu, der Regale auffüllte.

»Guten Morgen.« Er winkte. Sein Englisch machte Fortschritte.

Dies würde wohl ihre beständigste Beziehung werden. Die Person, die Tag für Tag wusste, was sie als Nächstes tun sollte, eine winzige Chance auf Zurechnungsfähigkeit.

»Schieb's nicht vor dir her. Du endest sonst so dürr wie ich.« Er tätschelte seinen gewaltigen Bauch, mit Mühe in Schach gehalten von einer mit Eiersalat bekleckerten Schürze. »Hör mal, die *Times* solltest du dir heute nicht geben, die Nachrichten sind echt gruselig. Diese Typen in Washington, die sind übergeschnappt. Das macht bloß übelst Bauchweh.«

»Danke für die Warnung. Ein Pfefferminztee, ein Apfel und ein Boulevardblatt bitte.«

»Braves Mädchen.« Er hielt die *Daily News* hoch. Die Schlagzeile mit einem schrillen Foto von Orange brüllte ICH BIN PRÄSIDENT UND IHR NICHT!

»Ähm.« Sie empfand Beklemmung. »Muss das sein?«

»Gute Entscheidung, ich geb dir die *Post*. Die tun am liebsten so, als wäre gar nichts los.«

Sie umklammerte den Becher und fragte sich, ob sie Pfefferminztee mochte. Oder spielte das überhaupt eine Rolle? Musste sie mögen, was sie jeden Morgen trank, um eine Art von Existenz zu verankern? Oder war das gar, wie Steven Brinkley sagen würde, der *Zweck*? Wichtiger war doch, eine gewisse Stabilität zu erzeugen, egal wie es sich anfühlte. Also war etwas zu trinken, von dem sie nicht recht wusste, ob sie es mochte, solange es nur zum Ritual wurde, doch der richtige Weg, um all die schlechten Gewohnheiten zu ersetzen. Neue Gewohnheiten anstelle der alten. Und dann wurde ihr bewusst, dass sie schon wieder neu anfing, weil es ein neuer Tag war, und sie fühlte sich leichter. Und dann fiel ihr ein, dass Brinkley wusste, wo sie wohnte, und sie schauderte.

Draußen spähte sie alle Straßen entlang und blickte über die Schulter, aber er beschattete sie nicht. Sie schaffte es zum Meeting, ziemlich sicher, dass er ihr nicht auf den Fersen war. Vielleicht schlief er sich aus. Vielleicht schrieb er ein Buch darüber. Sie stieg die Kirchentreppe hoch und merkte, dass sie weder den Tee probiert noch in den Apfel gebissen hatte und auch kein Verlangen danach verspürte. Also packte sie ihre zwei Ersatzkrücken fester, trat in Saint Peter's griechisch-orthodoxe Kirche, tappte durch den stillen dunklen Gang und nahm dann die Innentreppe abwärts zum Kellergeschoss.

Es war das Spielzimmer des griechischen Kindergartens. Von acht bis neun bekamen die Kinder ihr Frühstück in der Kirchenküche, so dass die Erwachsenen hier jammern und stöhnen, Anklagen vorbringen und Forschritte machen konnten. Die Wände waren bedeckt mit griechischen Flaggen, Fingerfarbebildern, einem Kruzifix. Blöcke mit aufgedruckten englischen und griechischen Buchstaben, Kinderbücher in beiden Sprachen. Eine wagemutige junge Lehrkraft hatte Fotos von griechischer Armut abwechselnd mit antiken Ruinen aufgehängt, das Parthenon neben der gegenwärtigen Chaoslandschaft, wütende Demonstranten, verfallende Städte, arbeitslose Menschen ohne was zu tun, von schäbigen Schiffen fallende Auswanderer, Flüchtlingscamps, alles Seite an Seite mit dem berückenden blauen Juwel der Ägäis. Die Welt für Vierjährige. Maggie starrte einen Käfig mit Rennmäusen an, die sich in ihren quietschenden Laufrädern abrackerten. Wie passend.

Zeitig genug dran, um Dienst zu tun, nahm sie Klappstühle von dem Stapel, den der Küster für die Süchtigen bereitgestellt hatte, und baute sie im Kreis auf. Das war die einzige körperliche Arbeit, die sie den Tag über verrichtete, billige Stühle anheben, ausklappen, später wieder zusammenklappen. Weitere Menschen trafen in unterschiedlichen Gefühlslagen ein, die meisten in Bürokluft oder auf dem Weg zu irgendeinem Aushilfsjob. Wer sonst sollte auch zu einem Meeting um acht Uhr früh kommen? Höchstens noch jemand, der die ganze Nacht wach gewesen war und seinen Arsch hierher schaffte, bevor die Versuchung der mittags öffnenden Bars einsetzte. Die meisten Arbeitslosen würden definitiv ausschlafen. Wenn es nichts zu tun gab, waren Möglichkeiten, die Zeit totzuschlagen, ein kostbares Gut, und endlose Langschläferei war die einfachste Art, sich von Drogen fernzuhalten. Da konnte man von Drogen träumen. Das war vielleicht besser, als wach zu sein.

Während die Moderatorin des Tages die Standardplädoyers verlas und die zwölf Schritte herumgereicht wurden, vollzog Maggie noch mal all ihre Bewegungen des letzten Abends nach. Brinkley musste ihr die Perry Street runter zur U-Bahn-Linie 1 gefolgt sein.

1. Wir gaben zu, dass wir dem Alkohol gegenüber machtlos
waren und unser Leben nicht mehr meistern konnten.

Er musste sich im Hintergrund gehalten und seine MetroCard
erst im letzten Moment durchgezogen haben

2. Wir kamen zu dem Glauben, dass eine Macht, größer als
wir selbst, unsere geistige Gesundheit wiederherstellen
kann.

und dann schnell in den gleichen U-Bahn-Wagen wie sie
gesprungen sein

3. Wir trafen eine Entscheidung, unseren Willen und unser
Leben der Fürsorge Gottes, so wie wir Ihn verstanden,
anzuvertrauen.

und sich am anderen Ende versteckt haben.

4. Wir machten eine gründliche und furchtlose Inventur in
unserem Leben.

Er musste an ihrer Station ausgestiegen sein, sich irgendwo
auf dem Bahnsteig auf die Lauer gelegt haben,

5. Wir gestanden Gott, uns selbst und einem anderen Men-
schen gegenüber die genaue Art unserer Fehler ein.

ihr dann zum Ausgang und die Treppen rauf gefolgt sein.

6. Wir waren vorbehaltlos bereit, all diese Charakterfehler
von Gott beseitigen zu lassen.

Und er musste ihr im Regen hinterhergelaufen sein.

7. Demütig baten wir Ihn, uns von diesen Mängeln zu befreien.

Auch er hatte keinen Schirm dabei.

8. Wir machten eine Liste aller Personen, denen wir Schaden zugefügt hatten, und wurden willig, ihn bei allen wiedergutzumachen.

In sicherem Abstand hatte er sie auf ihrem gescheiterten Kneipengang zu Georgie's Leiche begleitet und gesehen, wie sie sich in dem Schickimickilokal beinahe niederließ und überlegte, welchen Kleine-Charge-Bourbon sie sich dann doch nicht zu Gemüte führen würde.

9. Wir machten bei diesen Menschen alles wieder gut – wo immer es möglich war –, es sei denn, wir hätten dadurch sie oder andere verletzt.

Eindeutig hatte er gesehen, wie sie sehnsüchtige Blicke auf den Mann warf, der auf der Straße Crack rauchte.

10. Wir setzten die Inventur bei uns fort, und wenn wir unrecht hatten, gaben wir es sofort zu.

Er musste bemerkt haben, welches ihr Briefkasten war.

»Du bist dran.«

»Was?«

Die Frau neben ihr reichte Maggie die plastiklaminierte Liste der zwölf Schritte.

»Oh, tut mir leid.«

»Elf«, flüsterte sie.

Sie sah hin, dann las sie laut vor: »Elf. Wir suchten durch Gebet und Besinnung die bewusste Verbindung zu Gott, wie wir Ihn verstanden, zu vertiefen. Wir baten Ihn nur, uns Seinen Willen erkennbar werden zu lassen und uns die Kraft zu geben, ihn auszuführen.« Sie reichte das Dokument an den Mann links neben sich weiter.

Was für ein mieser Witz. Vom elften Schritt war sie etwa so weit entfernt wie davon, mit den Flügeln zu schlagen und zum Mond zu fliegen. *Besinnung?* Sie hörte ja nicht mal bei dem Meeting zu. Warum kam sie überhaupt her, wenn sie zuließ, dass die Kakophonie der Wiederholung in ihrem Gedächtnis sie von der Besserung abhielt? *Zuließ?* Es ging nicht darum, dass sie es *zuließ.* Sie *benutzte* es regelrecht, um sich nicht selbst konfrontieren zu müssen.

»Zwölf.« Der magere Mann neben ihr, der nach Tabak stank, las mit rauchig-heiserer Trauer vor. »Nachdem wir durch diese Schritte ein spirituelles Erwachen erlebt hatten, versuchten wir, diese Botschaft an Alkoholiker weiterzugeben und unser tägliches Leben nach diesen Grundsätzen auszurichten.«

Aber als sie dann bei der Vorstellungsrunde angekommen waren und sie sagte: »Ich heiße Maggie, ich bin süchtig und Alkoholikerin«, und alle anderen begrüßten sie: »Hi, Maggie«, wie ein erhabener gregorianischer Gesang, da wusste sie mit Gewissheit, dass Steven Brinkley zwar ein Ekel war, und dass er auch ein Taktiker war, ein Schnüffler, ein Lügner, ein Beutegreifer und ein Manipulator, aber absolut kein Mörder, denn sie lebte noch. Am Ende, nachdem er sich all die Mühe gemacht hatte, ließ er sie entwischen. Und jemand, der eine junge Frau erwürgen konnte, konnte auch eine mittelalte erwürgen.

Andrew H., ein weißer Geschäftsmann, hielt seine Ansprache. Seine Mutter bla, bla, bla, die Verwirrung, das Saufen schon mit zwölf etc., etc., etc., die Lügen, die Selbstzerstörung, das Ausweichen. All die Autos, die er zu Schrott gefahren hatte, all die Menschen, die er verarscht und ruiniert hatte, aber *jetzt* kam er klar. Darauf kam es an. Darum ging es manchmal bei diesen Ansprachen. Man konnte Leute ruinieren und trotzdem am Ende fein raus sein. Man konnte Andrew H. sein, mit Ehering und tollem Maßanzug. Sie sah sich in der Runde um. Wie viele von diesen Leuten hier hatten anderen schlimme Dinge angetan, anderen, die längst darüber hinwegsahen oder ganz vergessen hatten, was für ausgeklügelte Gemeinheiten sie sich in der Hinterhältigkeit ihrer Sucht geleistet hatten? Wenn man einfach so Besserung erfährt, geht es dann auch den Leuten besser, denen man wehgetan hat?

Dann war Martha L. dran, eine schwarze Frau in den Vierzigern mit natürlicher ergrauender Kurzhaarfrisur in elegantem Businessoutfit. Perfekt faltenfrei gebügelt. Marthas Leben mochte ein qualvoller Trümmerhaufen sein, aber sie sah fantastisch aus. Sie verstand sich aufs Shoppen und darauf, ihre Kleidung in Schuss zu halten, sogar während sie sie trug. Sie wusste, wie sie ihre Sachen davor bewahrte, bei den Banalitäten des täglichen Lebens befleckt oder gar geknautscht zu werden. Sie war eine Perfektionistin. Martha könnte jede nur denkbare Position in einem beliebigen Büro innehaben, von Empfangsdame bis Geschäftsführerin, sie wäre immer die bestangezogene Person in der Firma. Der nächste Sprecher war Ramón, ein Latino-Gebäudewart Anfang vierzig in seinem Firmenoverall mit Logo, *Freeways*, das Motiv ein fröhlich einen Mopp schwingender Fisch. Sein Wirkungsfeld war nicht näher definiert: Aquarium, Klempnerbetrieb, Hafturlaub? Was auch immer er reinigte und hinter wem er auch herputzte, Ramón trug seine Arbeitskleidung auf der Straße als Identitätsnachweis. Er kam so weit klar, *heute*. Es ging immer ums Heute.

Der Raucher links von ihr entpuppte sich als Bashar. Und er hatte Probleme, die größer waren als sein Jieper.

»Ich bin aus Katar. Ich mach mir Sorgen, furchtbar Sorgen. Meine Familie. Es bleiben noch achtundvierzig Stunden. Ich hab solche Angst. Danke.«

Dann Susannah, eine weiße Mutti, eine Großbuchstaben-MAMA, sie versuchte an eine Maklerlizenz zu kommen. Sie wollte eine gesellschaftliche Aufgabe außerhalb von Muttiland und schien ihren Gatten zu hassen und ihre Kinder abzulehnen. Ihr Tagtraum war, dass sie es mit ihrem »Kommunikationstalent« oder so was in der Art schaffen würde, in New Yorker Immobilienkreisen »groß rauszukommen«. Die ganze Stadt war ein Bankschließfach für die Reichsten der Welt, das wussten alle. Geldwäscher – darunter möglicherweise der Präsident – kauften Apartments für viele Millionen und zahlten bar. Wie wollte diese Tussi *groß rauskommen*? *Hart runterkommen* war da noch wahrscheinlicher, nämlich wenn sie merkte, dass es aus dem Hass auf ihre Familie keinen Ausweg gab. Sie würde sie entweder lieben oder den völligen Bruch herbeiführen müssen. Aber vielleicht wollte sie ja scheitern, erkannte Maggie. Vielleicht hatte sie sich deshalb ein unmögliches Ziel gesteckt, damit sie letztlich noch ein Kind kriegen und sich weiter vor den Problemen drücken konnte, die sie so schlecht drauf brachten. Angeblich, wenn das Programm gut lief, konnte man sich am Ende selbst lieben, egal wovon man lebte oder mit wem man Beziehungen hatte. Die ganze Familie profitierte, so prahlte das Programm. Aber auf Kosten wovon? Der Gerechtigkeit?

Als Nächster war Ronald dran, ein Student, einer von diesen durchtrainierten asiatisch-spießigen durch-und-durch-amerikanischen Typen, die Shorts über einer Jogginghose trugen. Er hatte einen Reisekaffeebecher mit dem Logo der New Yorker Uni bei sich. Er wollte nur trocken bleiben. Dann kam Scott, ein junger weißer Geschäftsmann, Omar, ein mittelalter arabischer Typ in sauberen, gut sitzenden Jeans – möglicherweise schwul. Charles, noch ein weißer Geschäftsmann, sprach als Nächster – er mochte seit dreißig Jahren trocken sein, aber der Alkoholismus hatte seinen Tribut eingetrieben. Er leckte sich ununterbrochen die Lippen, warf gehetzte Blicke in die Runde und sah unbehaglich in der Welt aus. Neben ihm Carlos, ein älterer Latino Typ Führungskraft, Steven, ein verwitterter schwarzer Mann, der absolut kreuzunglücklich wirkte, Monica, eine verbrauchte Versagerin, die high wirkte, Katrina, ein russisches Model oder Möchtegernmodel, das blieb unklar. Und Sheila, eine italoamerikanische Sekretärin in mittleren Jahren mit einem Schnurrbart, die es kaum aus dem Bett geschafft hatte. Und so weiter.

»Und jetzt bin ich hier«, beendete Joseph seinen dreiminütigen Beitrag. »Heute im Triumph. Danke euch allen.« Einer von *denen*. Sie verdrehte die Augen und schämte sich dann. Wie konnte sie sich ein Urteil erlauben?

Alle klatschten, manche voller Enthusiasmus und Hoffnung, dass sie eines Tages den oder die Gefährtin oder den guten Job haben oder einfach nur die Liebe, die schon da war, auch spüren würden. Sie alle gaben ihr Bestes, und Maggie nicht. Das war deutlich, und sie musste zugeben, dass sie sie inspirierten. Sie hob die Hand, und in einem wundersamen Akt der Gnade rief Joseph sie auf.

»Ich heiße Maggie, und ich bin Alkoholikerin und süchtig.«

»Hi, Maggie.«

»Hi, ihr alle. Danke für euren Beitrag.«

Das sagte sie immer, denn irgendwie beeindruckte sie dieser Aspekt der Ansprachen bei den Meetings am meisten: dass anderen Leuten die Wahrheit zu erzählen ein »Beitrag« war. Nirgendwo sonst auf der Welt war das der Fall. Für die meisten Menschen war das Aussprechen der Wahrheit noch schlimmer als die schreckliche Wahrheit selbst.

»Heute ist mein zweiter nüchterner Arbeitstag. Jemals. Ich hab Entgiftung und Reha hinter mir, war vor Gericht, in der offenen Reha, und versuche seit einer Woche allein zu leben. Ich hab … mein Kind verloren.«

Dies war der Moment, wo sie sagen sollte, wie sie sich fühlte. Wie machte man das? Sag es schlicht und einfach, so lautete der Slogan. Erzähl keine lange Geschichte dazu. Als Kripo-ermittlerin wusste sie, dass die Wahrheit in den Einzelheiten steckte. Sie konnte es Julio immer und immer wieder sagen hören. Was ist in welcher Reihenfolge passiert? Was war die ursprünglich zugrunde liegende Tat? Was genau hat jede der beteiligten Personen getan und warum? Was haben sie sich davon jeweils erhofft? Und das Wichtigste, *was genau ist tat-sächlich dabei herausgekommen*? Aber hier, im Land der zwölf Schritte, sollte das irgendwie alles keine Bedeutung haben. Die Detailgenauigkeit, in der die Wahrheit steckte, war nicht wesentlich. Schlichtheit war gefragt, der Blick hinter den Spiegel. Denn im Programm ging es nicht darum, herauszufinden, wer bestraft werden sollte.

Wie fühle ich mich?

Sie empfand Angst. Sie hatte keine Angst vor Steven Brink-ley. Aber diese Angelegenheit konnte sie nicht in einem Dreiminutenbeitrag erklären. Nein, er würde ihr nichts tun, das stand fest. Was ihr Angst machte, war, dass sie so leicht zu erschüttern gewesen war. Dass sie, nüchtern, wie sie war, gar keine Fassung besaß, die sie verlieren konnte. Die war futsch, futsch all das närrische Draufgängertum, das Gefühl von Unberührbarkeit. Was sollte sie tun? Sollte sie eine Methode suchen, sich mit Pfefferminztee Wagemut anzutrinken, oder sollte sie eine Methode suchen, mit dem ständigen Entsetzen irgendwie klarzukommen? Bei Enthaltsamkeit ging es um enttäuschende Wahlmöglichkeiten zwischen mangelhaften Optionen. Konnte das wirklich … das Leben sein?

»Ich hab Angst.«

Einige Anwesende nickten. Sie waren auf Identifizieren aus. Wenn es anderen mies ging, machte das manchmal Hoffnung, dass es ihnen selbst irgendwann besser gehen könnte. Sie alle waren auf Vergebung aus.

»Das ist alles, was ich zu sagen habe. Danke.«

Hände schossen in die Höhe. Sie verlor sich in einer Spirale aus Schmerz. Alle starrten sie an. War sie wirklich so eine Monstrosität? Der ganze Raum glotzte nur auf sie, alle voll verzweifelter Bedürftigkeit und mit den Händen über dem Kopf. Was hatte sie nur gesagt, was so widerspruchsbedürftig und dringend war?

»Du bist dran mit Aufrufen«, murmelte Bashar, der einsame junge Student aus Katar. Er hatte seinen Beitrag damit vergeudet, wie sehr er sich wünschte, sein Land würde nicht bombardiert, nur weil ein gieriger unbesonnener Ignorant Präsident der Vereinigten Staaten war. Das würde ihm nicht nüchtern bleiben helfen.

Es war gar kein Gruppenwinken. Es war ihre Aufgabe, den nächsten Beitrag aufzurufen. Sie wählte die mausgraue Monica, die bedröhnt wirkte.

Als das Meeting vorbei war, griff sie nach ihrem inzwischen kalten Pfefferminztee und nippte daran. Sie konnte immer noch nicht sagen, ob ihr das schmeckte. War er bitter? War das schlecht? Sie hatte den Apfel in der Hand. Er war so unansehnlich und hatte nichts zu geben. Das Rot sah unecht aus, und er fühlte sich mehlig an. Sie nahm ihre Tasche, steckte den Apfel hinein, umklammerte den Tee so fest, als wäre es der Antriebshebel eines Raketenrucksacks, und brach zur Arbeit auf.

Am oberen Ende der Treppe und des dunklen Ganges, der sich jetzt mit quietschenden griechischen Kindern füllte, die alle ganz genau wussten, dass sie *sooo* ein Glück hatten, in Amerika zu sein statt zu Hause, wo es nichts zu essen gab, stand Omar, Rucksack über einer Schulter, wartete auf sie und hielt ihr zuvorkommend die Tür auf.

»Ich hab das auch hinter mir und weiß, wie schwer es ist«, sagte er leise. Schwacher Akzent. »Du bist es wert. Komm einfach immer wieder.«

»Danke. Omar, richtig?«

»Yeah. Hast du einen Sponsor? Das hilft wirklich.«

»Yeah.« Er wollte ihr nur einen Dienst erweisen. »Rachel. Sie ist eine Lebensretterin.«

»Gut. Du darfst nicht nachlassen.«

»Ich bin so allein.« Da, sie hatte es endlich gesagt. »Mit mir.«

Er lächelte sehr warm, wirkte dabei wie ein entspannter Profi. Vielleicht Collegeprofessor. »Bleib einfach noch eine Weile beim Programm dabei. Das macht eine Menge aus.«

»Ich wünschte, trockene Leute würden in Bars gehen.«

»Es gibt heute Abend eine Nüchternen-Tanzveranstaltung in Saint Luke's.«

»Tanzen? Ich hab noch nie nüchtern getanzt. Das kann ich mir nicht mal vorstellen.« Beim Tanzen geht es doch um Sex, und beim Sex geht es um …

Er lächelte. Sie hielt nach einem Ehering Ausschau. Er musste schwul sein. Der Ring, den sie von Frances hatte, schlackerte an ihrem Finger. Ihre Beziehung war schon lange zu Ende, und Frances hatte eine andere geheiratet, aber sie hatte ihn nie abgenommen. Bisher. Und ihr Finger war jetzt schmaler oder dünner, oder der Ring versuchte ebenfalls von ihr wegzukommen. Heutzutage trugen Schwule und Lesben Eheringe. Frances trug auch einen, als sie sie zuletzt sah, nämlich vor Gericht. Sie schaute auf ihren Ring. Drehte ihn mit der rechten Hand. Nein, sie konnte ihn nicht abnehmen. Dieser Ring bedeutete Alina.

»Ich weiß, dass du's kannst«, sagte Omar.

Craig wartete vor der Kirche auf sie, wie er es versprochen hatte. Jetzt, wo sie zusammen draußen unterwegs waren, stachen sein Mangel an Körpergröße und der Umfang seiner Leibesmitte deutlich mehr ins Auge. Offenbar war er verlässlich, trotz seiner ständigen demonstrativen Gereiztheit. Er tigerte auf und ab, murmelte vor sich hin, zeigte auf jede erdenkliche Weise seine verzweifelte Ungeduld, endlich alles anzupacken. Er war der Typ, der die Treppe hochstieg und dabei schon genau festlegte, was er tun würde, wenn er oben ankam. Ich gehe nach links, checke mein Handy auf Nachrichten, glätte meine Krawatte und gehe dann nach rechts. So bekam alles einen Sinn. Er brauchte Klarheit darüber, was als Nächstes anstand, und wenn die Straße frei vor ihm lag, und nur dann, konnte er voranschreiten. Sie erkannte: Egal wie gehetzt und überlastet er immerzu wirkte, Craig kam nie, niemals zu spät. Auch das trug zu seiner generellen Vergnatztheit bei, die wie ein Hündchen vor ihm herhoppelte. Menschen, die *immer* pünktlich sind, sehen darin ein Zeichen von Anstand, getreu dem Prinzip, Wort zu halten. »Ich komme um neun« ist ein Versprechen, etwas, worauf das Gegenüber sich verlassen kann, das ermöglicht ihm im Gegenzug, selbst Versprechungen zu machen und zu halten, auf Basis der Berechnung, dass alle sich berechenbar verhalten. Ich kann den Termin um 9:10 Uhr einhalten, weil ich mich mit Craig um 9:00 Uhr treffe, das war der imaginierte Dominoeffekt, den er ersehnte und von dem er mit solchem Stolz ein Teil sein wollte.

»Es ist zehn nach neun«, fauchte er.

Er war tief gekränkt, sie sah es deutlich. Ihre Verspätung

sagte ihm, dass sie keine Rücksicht auf ihn nahm, wohingegen er sie vollständig auf dem Zettel gehabt hatte.

»Tut mir leid.«

Er war beleidigt, fühlte sich schon jetzt ausgenutzt, und es war noch nicht mal 9:15 Uhr. »Du hättest mir simsen sollen.«

»Es tut mir leid«, sagte sie. »Es tut mir leid, dass ich zehn Minuten zu spät komme, und es tut mir leid, dass ich nicht dran gedacht hab, dir zu simsen, und es tut mir leid, dass, selbst wenn ich auf die Idee gekommen wäre, ich es nicht gekonnt hätte, weil ich immer noch kein Handy hab, und ich hab nicht mal geprüft, ob das Festnetz funktioniert, weil ich es, tut mir echt leid, einfach vergessen habe.« War sie ganz aufrichtig? War das in diesem Moment entscheidend? Lieber gleich daran gewöhnen, vielleicht würde Verantwortung übernehmen zu ihrem neuen Leben gehören.

Er starrte sie an.

»Es tut mir echt sehr, sehr leid, Craig, und es ist allein meine Schuld.«

Vielleicht bewirkte das Programm etwas. Sie musste sich nicht in einer Flasche verstecken. Sie konnte es einfach sagen.

»Hier.«

Er reichte ihr eine zerknautschte Plastiktüte, die Sorte, von der Ökologen wissen, dass sie Vögel tötet, aber die Leute benutzen sie aus irgendeinem unbestimmbaren Grund trotzdem.

»Ist das Müll?«

»Guck rein.«

»Jetzt sofort?«

»JA, JETZT SOFORT!« Er schlug sich mit der Handfläche an die Stirn und blickte gen Himmel. Sie sah seinen Mund lautlos das Wort *Allmächtiger* formen.

In der Tüte war ein kleines rotes Klapphandy, wie das einer Elfjährigen, oder vielleicht eine Art Einweghandy? Es war nicht originalverpackt, also hatte es wahrscheinlich wirklich einem seiner Kinder gehört, das jetzt im Besitz von deutlich ausgefeilterer Technologie war.

»Ich hab meine Nummer eingespeichert.«

»Danke, Craig. Das ist sehr, sehr lieb.« Ihre Höhere Macht hatte sich mit einem Kontrollfreak zusammengetan, um sie ansatzweise funktionsfähig zu machen. Und ihr wurde klar: Für den Rest ihrer Anstellung bei Fitzgerald & Robbins, die eine Frage von Minuten sein konnte, wenn sie nicht eines wundersamen Morgens als perfekter Mensch erwachte, würde Craig Williams sie korrigieren und an ihr herumbasteln. Er würde ihr Feuer unterm Arsch machen.

Doch sie kannte sich gut genug aus, um zu erkennen, dass er das für sich tat. Er wollte sie nur erreichen können. Es war nicht lieb, es war einfach pragmatisch. Vermutlich war er mit einem desorganisierten Elternteil aufgewachsen und hatte seine Handtücher selbst waschen müssen, noch ehe er alt genug war, um allein U-Bahn zu fahren. Er brauchte Kontrolle, um zu überleben, und klar, vor diesem Hintergrund wirkte ihre Haltlosigkeit gleich doppelt so erbärmlich. Aber wenn sie nicht mal imstande war, sich Teebeutel zu kaufen, wie sollte sie jemals rauskriegen, wie sie an ein Telefon kam? Also war es, obwohl das alles ziemlich gestört aussah, doch gut, dass er sie kontrollierte. Es half.

Craig marschierte los in Richtung Büro. »Und, wie ist es gelaufen?«

Sie rannte ein Stück, um in Hörweite zu bleiben. »Ach, das Übliche. Schmerz, Abwehr, Selbstbetrug, Strapazen.«

»Nein, ich meine den Fall!« Craig seufzte. Er hatte es satt.

Sollte sie den langen, qualvollen Abend mit Steven Brinkley wiedergeben? Sag es schlicht und einfach.

»Ich hab eine Spur. Jamies Therapeutin. Ich hab uns für heute Vormittag einen Termin besorgt. Hier ist ihre Karte.«

Craig nahm sie und tippte die Adresse in sein Handy. »Sieben Blocks nach Süden«, meldete er.

Sie sah hoch. Auf dem Straßenschild stand Sechzehnte. »Tja, ihr Büro ist Neunte Straße, also kommt das wohl hin.«

Craig zuckte nicht mal, so egal war sie ihm.

»Was denn für Strapazen?«, fragte er unvermittelt.

»Um teilzunehmen.«

»Woran?«

»An der Welt.«

»Verstehe.«

Er wirkte interessiert. Im Grunde war er auf seine überkritische Art doch ganz wohlmeinend. Vielleicht lag sie ja richtig mit seinen Eltern, ein Teil schwer gestört und der andere immer um Ausgleich bemüht.

»Ich hab heute einen Beitrag geleistet.«

»Was bedeutet das?«

»Ich hab ihnen von meinen Problemen erzählt.«

Sie überquerten den Styx, auch bekannt als Vierzehnte Straße – immun gegen jeden Schick, dafür Schikane und Tricks –, und sanken in die Ruhe des Greenwich Village. Hier hatte die Fünfzigerjahre-Bourgeoisie das neunzehnte Jahrhundert vor den drohenden Klauen des Jackie Bouvier-Stils mit seinen weißen Backsteinklötzen bewahrt, das gewährleistete friedlichere Seitenstraßen für die sehr zurückgezogenen Reichen, auch wenn es kein Krankenhaus mehr gab oder Waschsalons oder Schuster oder Lokale, wo man einen Burger unter zwanzig Dollar bekam. Für jemanden, der in einem Fünfzehn-Millionen-Dollar-Reihenhaus wohnt, mag das bedeutungslos sein, aber sogar diese Leute mischen sich ab und zu gern auf einen Spaziergang unters gemeine Volk.

»Das läuft da drin also ab?«

»Yeah, Craig, Anstrengung und Hoffnungen.«

»Und das hilft dir nüchtern bleiben?«

»Bisher.«

Machte er sich insgeheim lustig, oder meinte er es ehrlich?

»Wenn ich mir Tag für Tag anderer Leute Probleme anhören müsste, würde ich einen Drink brauchen.«

»Das sagen alle.«

»Liegt wohl auf der Hand.«

»Yeah, nur brauch ich auch einen Drink, wenn ich niemandem zuhöre.« Sie holte auf, schob sich neben ihn. »Das ist der Unterschied.«

Sie informierte ihn über Florence, die Quacksalbertherapeutin, dampfte ihren Bericht auf Brinkleys Beschreibung ein, ohne groß auf Brinkley selbst einzugehen. Warum schützte sie ihn? Sie verließen die Sixth Avenue, bogen in die Neunte Straße ein.

»Kaum zu glauben, dass das hier mal billig war.«

»Yeah.« Craig nickte. »Kaum zu glauben, dass diese ganze Stadt mal Hand und Fuß hatte.«

Sie dachte zurück an die Zeit vor ihrer Zeit, als unverheiratete Dichterinnen und Jungvolk mit Akustikgitarren hier ihr Ding machten. Menschen *liefen sich über den Weg* und entfachten einen kollektiven Vorwärtsschub. Jetzt war alles voller Leute, mit denen niemand im Fahrstuhl feststecken wollte.

»Hier«, er folgte seinem Handy.

Sie empfand eine vertraute Irritation, sah auf und erschrak vor der Fassade. Sie hatte nicht erwartet, so bald wieder diese Adresse aufzusuchen. Oder überhaupt jemals.

»Das Psychohaus.« Sie war mit Frances hier gewesen. In zwei Anläufen.

»Wenn du meinst.«

»Der ganze Schuppen ist voller Beratungspraxen.«

Sie hatten es mit Paartherapie versucht, bei einer strohdummen Lesbe, die keine Ahnung hatte, wie sie auch nur mit einer von ihnen reden konnte. Sie warf bloß alles zurück, und sie wussten gar nicht, was sie damit anfangen sollten. Es half kein Stück. Sie brauchten mehr Anleitung. Sie brauchten eine Therapeutin, die den Ton angab. Ihr Scheiß war zu heftig, sie brauchten Anweisungen, wie damit umzugehen war. Dann packte Frances die Verzweiflung, und sie wollte nicht mehr bloß warten, bis sich ein Durchbruch einstellte; stattdessen zog sie andere Saiten auf. Sie schien irgendwoher Ratschläge zu bekommen, deren Quelle Maggie nicht kannte. Seltsame Ausdrücke kamen aus ihrem Mund, Worte, die Maggie noch nie gehört hatte wie *visuelle Wahrnehmung* oder *nein, nein, nein* mit mahnend wackelndem Zeigefinger. Eine fremde Stimme schlich sich in Frances' Kopf. Plötzlich kam Frances zur Sitzung und sagte: »Ich will, dass wir beide aufhören, uns hinter diesen ewigen Wiederholungsgeschichten zu verschanzen. Nein, nein, nein.« Sie wackelte mit dem Finger. »Wir sollten unsere visuelle Wahrnehmung nutzen, um uns da durch zu helfen, seht doch mal hin! Wir sind beide die reinsten Wracks. Wir müssen zu einem neuen Konsens kommen, sonst stirbt jemand.«

»Stirbt?«, wiederholte die Therapeutin, nervös, ob es etwa sie treffen könnte.

»Maggie ist Kripoermittlerin. Sie geht betrunken zur Arbeit. Dabei könnte was Furchtbares passieren.«

Moment mal, das war jetzt echt dreckig. Was sollte sie denn darauf sagen? Das war ja ein ganz neuer Schachzug: Wenn Frances nicht ihren Willen bekam, würde es Tote geben.

»Was schlagen Sie vor?«, fragte die Therapeutin, die immer bloß alles zurückwarf.

»Wir müssen beide mit Saufen aufhören, damit wir das in den Griff kriegen«, und dann starrte Frances zu Boden, weil es *soooo* offensichtlich war, wie sie sich alles schön zurechtbog.

»Das läuft nicht«, sagte Maggie.

»Versuch's doch bloß mal.« Frances flehte. Jetzt, im Nachhinein, war natürlich klar, dass Frances gelogen hatte. Heute wusste sie, Frances hatte einen Plan B gehabt, einen Plan B namens Maritza. Aber damals wusste sie das nicht. Letztlich diente ihr angeblicher *Lösungsversuch* als Nebelwand, um eine Drohung zu verschleiern. »Wir sind doch zusammen, Baby. Wir können uns darauf einstellen.«

Ihre Verzweiflung machte Maggie solches Unbehagen, und sie wollte sich nicht unbehaglich fühlen. Es war Beschiss mit dem Zweck, Maggie zum eigentlichen Problem zu erklären. Wenn sie jetzt nur einen Zoll nachgab, dann würde auf einmal alles allein ihre Schuld sein. So liefen diese Spielchen nämlich. Also blockte Maggie ab.

Schließlich, nach ein paar sehr teuren Monaten, waren sie beide so erschöpft von ihrem zähen Ringen, dass sie lockerließen und über vieles hinwegsahen. Beide hofften, wenn es das nächste Mal zur Krise kam, würde jede von ihnen anders damit umgehen. Aber ein paar Jahre später wurde es wieder ganz übel, und irgendwer empfahl ihnen eine grauhaarige jüdische Ärztin, die, wie dann rauskam, exakt im selben Gebäude praktizierte.

Seelenklempnerin Nummer zwei war die Vollkatastrophe. Frances versuchte Dr. Edith Rosenblatt zu erklären, dass Maggie drogensüchtig war. Also erklärte Maggie Dr. Edith Rosenblatt, dass Frances drogensüchtig war. Da die sinnlose Strategie der Ärztin lautete, nicht Partei zu ergreifen, simplifizierte sie das Problem mit: »Bitte keine Anschuldigungen«, statt genau hinzuhören und zu merken, dass Maggie wirklich süchtig war und Frances nicht. Beschissene Ärztin.

Craig überflog die Namen auf den Klingelschildern. »Hier ist es. Florence Black, Energieberaterin.« Er drückte auf den Knopf. »Okay, los geht's.«

»Hey, Craig, warst du schon mal beim Seelenklempner?«

»Nein.«

»Gut, sei einfach ganz du selbst.«

Florence' Wartezimmer war ein vollgestopfter deprimierender Flur ohne Fenster mit sperrigen Korbstühlen, die nie bequem gewesen und eben deshalb billig verramscht worden waren, vor Jahrzehnten. Florence gehörte wohl zu den Leuten, die miese Möbel nicht ersetzen können, solange sie nicht kaputt sind. In ihrem Zeitschriftenregal gab es das *Yoga-Journal* und eine uralte Ausgabe von *Us Weekly*, aufgeschlagen auf der Seite mit dem Horoskop.

Sie suchte Alinas Sternzeichen, Fische. *Ein Konflikt lässt sich nicht vor dem nächsten Geburtstag lösen.* Heute war der 6. Juli. Noch viele Monate hin bis zum 22. Februar. Dann sah sie sich Frances an, Löwe. *Lassen Sie sich nicht von den Absichten anderer ausbremsen.* Dann sah sie sich ihr eigenes Sternzeichen an, Löwe. *Lassen Sie sich nicht von den Absichten anderer ausbremsen.*

»Craig, was ist dein Sternzeichen?«

»Skorpion.«

»Familienmitglieder stehen ins Haus.«

»Ich weiß.«

An der Wand hing ein gerahmtes Foto von nackten weißen Kindern, die am Strand spielten. Sie starrten es beide an.

»Soll vielleicht dazu anregen, das eigene Selbst als unschuldig zu denken«, sinnierte sie.

»Abstoßend«, meinte Craig.

Irgendwas faszinierte sie an Craig, jenseits seiner Missbilligung von allem und jedem. Was mochte er eigentlich?

»Was magst du?«

»Chris Rock.«

»Soll das ein Witz sein?«

»So schlecht ist er doch gar nicht. Egal. Was soll ich denn sonst sagen? Wer ist die neueste politisch korrekte schwarze Person, die zu sein wir uns alle wünschen sollen? Vermutlich Obama, aber das wäre Nostalgie nach einer überholten Utopie.«

»Spielst du manchmal mit dem Gedanken, deine eigene Firma zu gründen?«

Er nickte sechsmal. »Jeden Tag von früh bis spät.«

Irgendwas an diesem Wartezimmer machte so gelangweilt, dass man davon ganz desorientiert wurde. Es provozierte ein verzweifeltes Bedürfnis nach Ablenkung. Über der Zeitschriftenablage, die an die Wand geklebt war, hing eine kleine gerahmte Postkarte mit einem Spruch drauf, aber die Buchstaben waren zu klein zum Lesen. Sie stand auf, ging rüber und las laut vor: »Das Wichtigste ist, wie du dich selbst siehst.«

»Also das ist falsch.« Craig ging hier alles gegen den Strich. »Tatsächlich ist genau diese Einstellung das Problem. Die Leute denken nur an sich selbst, nicht daran, wie sich ihr Handeln auf andere auswirkt.«

»Ziemlich tiefschürfend.«

»Ich hab Familie«, sagte Craig beiläufig, als ob das alles erklärte, rechtfertigte, gestaltete und beseelte.

Und sie war am Boden zerstört.

Als Florence ihre Tür öffnete und ihr einheitlich braun gefärbtes, an den Wurzeln graues Haar zurückwarf – sie trug eine bauschige olivgrüne Bluse und eine ekelhafte Halskette aus etwas, das nach getrockneten Kuhohren aussah, sich aber als Muscheln erwies –, fand sie eine niedergedrückte Maggie vor und einen genervten, zornigen Craig. Ein typisches Paar. Sie lächelte, befriedigt von dieser Vertrautheit, und winkte sie schweigend in ihr Büro.

Dessen Einrichtung zentrierte sich um einen kleinen elektrischen Wasserfall, der endlos in ein Becken plätscherte. Ein müder Motor pumpte das Wasser durch ein Plastikrohr hoch, so dass es erneut herabfließen konnte, und so immer weiter. Das Getriebe schnarrte und schrie nach Wartung.

»Bitte.« Sie deutete auf eine ramponierte Couch unter einer großen rosa Muschelschale, die an der schmuddelweißen Wand angebracht war. »Nehmen Sie Platz.«

Maggie setzte sich zuerst. Die Couch war schon zu lange zu weich, und als Craig es ihr nachtat, zwangen die durchgesessenen Polster ihnen eine intime Nähe auf.

»Ich kann Ihnen mit Ihrer Ehe helfen.« Florence zündete zwei weiße Kerzen an und führte die Hand ans Herz. »Wenn Sie das wünschen.«

Craig stöhnte auf, aber Maggie tat Leute so schnell nicht gänzlich ab. Wenn Florence es geschafft hatte, mit dieser dürftigen Ausstattung so lange im Geschäft zu bleiben, musste sie was zu sagen haben, das auf andere Menschen bedeutsam wirkte. Es mussten ja nicht gleich *viele* andere Menschen sein, bloß genug, um die hier offenbar gedeckelte Miete zu zahlen. Maggies Aufgabe bestand darin, genau hinzuhören und rauszukriegen, was sich für die arme Jamie Wagner so überzeugend angefühlt hatte. Was brauchte Jamie, was Florence ihr geben konnte? Oder vielleicht eher: Was sprach Florence nie aus, weshalb Jamie immer wieder herkam? Denn, das hatte sie in der Reha schließlich gelernt, Therapeut/innen richten die Therapie danach aus, was die Leute ihrer Ansicht nach akzeptieren können, nicht danach, was ihrer Ansicht nach der Wahrheit entspricht. Um zu helfen, müssen sie eine Umgebung schaffen, vor der Patienten nicht zurückscheuen. Und manche Menschen, die sehr, sehr verletzt sind, flüchten schon beim ersten Anzeichen einer Tatsache. Bisher stimmte Maggie bei einem wichtigen Faktor mit Florence überein: Jeder Konflikt lässt sich lösen, sofern alle Beteiligten ihn gelöst sehen wollen. Wenn Frances diese verfahrene Sorgerecht-Situation klären wollte, könnte sie es.

Aber das Problem war, dass sie *Rache* wollte. Sie wollte es Maggie immer und immer wieder heimzahlen, Tag für Tag, wollte ihr heimzahlen, wie viel Zeit sie vergeudet hatte, um Maggie dazu zu bringen, sich wirklich zu binden, wirklich zu lieben. Und deshalb würde sie auch nicht nachgeben. Beim Sorgerecht.

»Prima«, sagte Craig. »Denn meine Frau Maggie hier, die quält sich. Sie ist deprimiert, sie macht dicht, sie kann die einfachsten Aufgaben nicht bewältigen und ist insgesamt neben der Spur.«

Florence streckte die Arme aus und nahm ihrer beider Hände. »Sie können nicht miteinander kommunizieren, aber Sie können durch mich kommunizieren.«

Sie stellte sich Frances am anderen Ende dieser menschlichen Kontaktkette vor. Wenn jemand das mit ihnen gemacht hätte, hätte es geholfen.

»Maggie, ist das wahr, was Craig gerade gesagt hat?«

»Nein«, antwortete sie. Genau wie sie vor langer Zeit Dr. Edith Rosenberg, Rosen*blatt*, wie auch immer, geantwortet hatte. »Nein, Craig ist hier derjenige, der gestört ist.«

Florence drückte leicht ihre Hand, wie um sie zu erinnern, sie daran zu erinnern, dass sie das so nicht durchziehen musste. Sie hatte Wahlmöglichkeiten, viele Wahlmöglichkeiten. Sie hatte die Möglichkeit, eine Person mit Fehlern zu sein, in einer Welt, wo viele andere in genau demselben Boot saßen. Sie musste nicht recht haben, und sie musste nicht beschuldigen, und sie musste nicht bestrafen. Sie konnte stattdessen heilen.

»Schatz.« Craig ging ganz in seiner Rolle auf. »Ich bin doch auf deiner Seite.« Es wirkte, als hätte er so ein Spiel schon mal mitgemacht, irgendwann, irgendwo, die Spiele, die Menschen spielen, um krank zu bleiben, wenn sie die Chance haben, gesund zu werden. Wenn sie es geschafft haben, zur Paartherapie zu kommen, und dann ist bloß die eine Person bereit zu verhandeln, bereit nachzugeben und auch von der anderen ein Nachgeben zu erfahren, während die andere jede Gelegenheit zur Besserung verzockt. »Maggie, dein Vater ist sexuell zudringlich«, sagte er. »Das mache ich nicht dir zum Vorwurf. Ich mache es ihm zum Vorwurf.«

Craig war richtig gut. Er hatte Instinkt. Er war nicht bloß ein Technikfreak, er konnte Verletzungen wittern.

»Nein«, sagte sie, als wäre dies ein klarer und klassischer Fall von Gaslighting: wieder so ein Mann, der seine Frau zum Schweigen bringen will, indem er sie für unzurechnungsfähig erklärt. »Es liegt an *dir*, Craig.« Frances. »Du bist die Ursache des Problems. Es ist deine Schuld.«

Craig warf die Hände in die Luft, um seine Hilflosigkeit zu demonstrieren. Ja, jetzt war sie sich sicher. Er war definitiv schon mal in der Situation gewesen.

»Da sehen Sie es, Doc ...«

»Was denn, Craig?«

»Sehen Sie denn nicht, Florence, dass ich einfach nicht weiß, was ich noch machen soll?«

»Ja.«

Florence schloss die Augen. Sie führte die Hände an die Lippen. Sie betete nicht direkt, wartete bloß.

»Maggie«, sagte sie schließlich. »Was wünschen Sie sich?«

»Ich wünsch mir, dass Craig mal aufhört, Sachen zu sagen, die mich runterziehen.« Es war die Wahrheit. Diese Wahrheit galt für Craig, galt für Frances, galt für alle verdammten Ärzt/innen, Polizist/innen und Sozialarbeiter/innen, die sie je dabei gestört hatten, ihr Selbstbild unverändert beizubehalten.

»Wie kann die Welt Sie in Ruhe lassen, wenn Sie doch in ihr sind?«

Ahhhhhhh.

»Sie, Maggie.« Florence sprach in eintönigem Singsang. Sie bot keine Ablenkung. »Wollen Sie, dass Craig aufhört, diese Sachen zu *denken* und zu *empfinden*? Wollen Sie sein Innenleben verändern? Oder wollen Sie nur, dass er nicht ausspricht, was er fühlt und denkt, sieht und begreift? Wollen Sie, dass er nach der Pfeife Ihrer Schwächen tanzt? Oder wollen Sie, dass er echt ist?«

»Er soll sich selbst in den Griff kriegen«, sagte Maggie. Das war es doch, oder? Alle suchten die Schuld bei ihr und niemand bei sich. Aber sie tat doch all diese schlimmen Dinge nicht allein. Das wäre ihr gar nicht möglich. Was war zum Beispiel mit der Spirituosenindustrie.

»Craig?«

»Häh?« Craig war Craig gewesen und abgedriftet in sein Grübeln darüber, was ihn wohl in seinen E-Mails erwartete.

»Craig«, sagte Florence, dann wartete sie ab. »Es ist Ihre Aufgabe, Maggies Wunsch zu erfüllen.«

»Was?« Craig warf angewidert die Hände in die Luft. Dass er ein kleiner rundlicher Bursche war, machte dieses Handwerf-Ding recht hektisch und noch glaubwürdiger. »Das nennen Sie *Therapie*? Lächerliche Forderungen, die niemandem was nützen?«

Florence lächelte. Genau das wollte sie von ihnen: Reaktionen zu ihren Bedingungen. »Mit sechs Monaten Traumarbeit kann ich Ihren Wunsch erfüllen, Maggie. Craig wird aufhören, Sachen zu sagen, die Sie runterziehen, und Craig, auch Ihren Wunsch kann ich erfüllen. Maggie wird sich nicht mehr angegriffen fühlen von dem, was Sie sagen.«

»Okay.« Er verstand. »Sie ändern nicht unser Verhalten, Sie ändern die Gefühle, die wir dabei haben, und dann brauchen wir uns nicht mehr so zu verhalten, weil es nicht mehr die gleiche Bedeutung hat.«

Sie erfuhr ein Aha-Erlebnis, erinnerte sich. Wie sie emotional zwischen möglichen Interpretationen des Hier und Jetzt hin- und herschleuderte, weil sie von Verleugnung zu Akzeptanz sprang und wieder zurück zu Verleugnung. In gewisser

Weise hatte Florence natürlich recht. Jede und jeder hatte ein Stück weit die Wahl, so oder so zu reagieren. Frances mochte einsam und frustriert gewesen sein, sie mochte enttäuscht gewesen sein oder sogar Angst gehabt haben. Aber sie hätte nicht mit einer Jüngeren durchbrennen müssen.

»Richtig.« Florence lächelte. Ihre Methode funktionierte, genau wie sie es gewusst hatte. »Ich kann Sie heilen, indem ich Ihnen zeige, wie Sie angstfrei mit Unterschieden zurechtkommen, mit dem Eingeständnis harter Wahrheiten und dem Empfangen von Liebe. Wir werden zweimal in der Woche alle hier zusammenkommen und dem Klang des Wasserfalls lauschen, bis wir ihn emotional auswendig gelernt haben. Wenn sich die Wahrheit eines anderen unerträglich anfühlt, ersetzen Sie sie durch das Geräusch des fließenden Wassers.«

Craig ließ kapitulierend den Arm fallen, und eine Hand landete spritzend im Becken. Noch als sie wieder auf der heißen sommerlichen Straße standen, war sein Ärmel tropfnass.

»Oh mein Gott«, sagte er, als sie zurück ins Büro gingen. »Zweihundert Dollar pro Sitzung für diesen Kack.« Er konsultierte sein Gerät. »Ich wette, sie hat nicht mal eine Zulassung.«

»Ihren *Doktor* hat sie bestimmt in viktorianischer Literatur«, antwortete sie leise, dachte nach.

»Moment mal!« Er schwenkte sein Smartphone, als wäre es ein Football nach dem Touchdown. »Du hast recht. Promoviert in … viktorianischer Literatur. Woher hast du das gewusst?«

»Ich hab mir ihr Bücherregal angesehen. Das Einzige, was da einem medizinischen Text nahekommt, ist Mary Shelleys *Frankenstein*.«

»Wenn du meinst. Was für eine Witzfigur.«

Aber das sah sie anders. Jamie Wagner war schließlich Schauspielerin gewesen. Sie merkte sich Texte, die andere schrieben. Sie erschuf keine Ideen, sie interpretierte sie nur. Anweisungen, wie Florence sie erteilte, konnten durchaus hilfreich sein für eine Person, die gern gesagt bekam, wie sie etwas beurteilen und darauf reagieren sollte. Eine Person, die verzweifelt nach einem Ausweg suchte. Für Jamie mochte das funktionieren, mochte es eine Erleichterung bedeuten, wo sie allein einfach nicht weiterkam. Maggie stellte sich vor, wie Florence Jamie Wagner anwies: Wenn Ihr Vater das nächste Mal etwas Sexuelles sagt, denken Sie an den Klang fließenden Wassers.

Es war eine Vermeidungstaktik. Du kannst andere Menschen nicht ändern, also hör ihnen nicht mehr zu. Du musst nichts verstehen, musst dich nur ablenken, um koexistieren zu können. Passte doch zu Jamies Dissoziation wie die Faust aufs Auge. Sie war sowieso stark introvertiert. Sie brauchte gar nicht hellwach zu sein, musste nur hellwach spielen. In Maggies Fall aber lagen die Dinge anders. Sie war überwachsam, wie sollte sie da jemals nicht aufmerksam sein? Das war ihr wunder Punkt und zugleich ihr Beruf. Die Fassaden anderer zu durchschauen brachte sie in Lohn und Brot. Außer wenn es ans Spiegeln ging. Aber als sie Frances' Fassade durchbohrte, bohrte sie bis in ihr Herz, weil Frances unbedingt die Gute sein musste. Und hätte Maggie einfach auf das durch einen ramponierten Miniwasserfall im Kreis geschickte Wasser gelauscht, dann hätte sie es gut sein lassen können.

Jetzt gab es keinen Spiegel mehr, keine Dienstmarke, keine Institution der Macht, keinen Apparat der Vollstreckung. Sie war in jedem Sinne des Wortes Zivilistin. Sie konnte an dreckiges Wasser denken, wann immer sie ihr Kind vermisste. War es tatsächlich möglich, nie wieder was zu merken? So als Lebensweise?

»Was sagst du, Craig? Meinst du, du könntest aufhören, was zu merken?«

Aber Craig war zu sehr in seine E-Mails vertieft, um auch nur pro forma zu reagieren.

Maggies Büro war ein Replikat ihres Apartments. Leer.

Die Firma hatte einen Schreibtisch bereitgestellt, einen Stuhl und eine großartige Fensterfront, an der Vorhänge nur für permanent Selbstmordgefährdete nötig wären. Die kahlen weißen Wände und die spartanische Schreibtischoberfläche waren eine ständige, tagtägliche Bedrohung jeder Illusion von Fortschritt. Was gehörte dort hin? Alte Fotos von Alina?

Das Problem war, so sah Alina gar nicht mehr aus. Sie war aus den Klamotten rausgewachsen, hatte die Baskenmütze verbummelt. Sie verlor vermutlich ihre Milchzähne und trug einen Pony und irgendwelche kommerziellen Turnschuhe und hatte einen neuen Wortschatz und rannte furchtlos umher, ohne sich hinter den Beinen ihrer Mutter zu verstecken. Sie hatte eine Brotdose mit Stickern von Popstars oder Fernsehshows, von denen Maggie noch nie gehört hatte, so dass sie nicht mitreden konnte. Sie spielte Computerspiele, die Maggie weder ertrug noch kapierte. Sie hatte Freundinnen, die Maggie nie gesehen hatte, und Träume. Was sollte es also, sich immer wieder diese weiche kleine Hand in Erinnerung zu rufen, die Art, wie sie sich an Maggies Körper lehnte, als gehörte er ihr, diese totale Unbefangenheit – das gab es vermutlich alles längst nicht mehr.

Und diese Fragen … »Ist das Ihr kleines Mädchen?«

»Das war sie mal.«

Nein, das hielt sie nicht aus.

Und doch konnte sie nicht jeden Tag von einer kahlen Gruft zur anderen ziehen und dann wieder zurück, mit kleinen Zwischenstopps in feuchten Kirchenkellern. Es hatte was

zutiefst Absurdes, in einer dermaßen wimmelnden Großstadt zu leben, nur um von Leere umgeben zu sein. Außen
wie innen.

Sie holte das winzige rote Handy heraus und die Telefonnummer, die zerdrückt in ihrer Brieftasche steckte, und
machte einen ersten Anlauf, herauszufinden, wie sie Rachels
Nummer ihren Kontakten hinzufügen konnte, damit Craig
nicht der Einzige war, den die Polizei anrufen konnte, wenn
sie überfahren wurde. Oder wenn man sie mit einer Nadel
im Arm schimmelnd unter einer Treppe in Queens fand.
Oder wenn die Unfähigkeit, sich einzurichten, schließlich
ihren Verstand kaperte und man sie nackt im Fahrstuhl eines
Kaufhauses aufgriff.

Es klopfte, aber das erwies sich als symbolisch gemeint,
denn ihre Bürotür öffnete sich, ohne auch nur vorgeblich eine
Aufforderung abzuwarten. »Maggie?«

Es war natürlich Mike. Das war wohl hier seine Art. Faksi-
miles von Privatsphäre, dabei sind wir doch alle eine große,
glückliche Familie. Na ja, sie brauchte auch nicht mehr Privatsphäre, die würde sie bloß in Schwierigkeiten bringen. Was
war der Unterschied zwischen Privatsphäre und Einsamkeit?
Baum ohne Laub oder toter Baum?

»Herrlicher Tag, oder?«

Da musste sie aufblicken und den Sonnenschein bemerken, das Blau, die Klarheit, die Grenze zwischen Wolke und
Universum.

»Ja, wundervoll.«

Mikes Rolle bestand darin, das Positive hervorzuheben.
Und ihre, das anzunehmen.

Er nahm eine dicke Akte voller Zettel von seinem Schoß
und warf sie auf ihren leeren Schreibtisch. Jetzt lag etwas auf
ihrem Schreibtisch.

»Das dürfte alles schön durcheinanderbringen.«

»Danke!«

»Es sind die Infos über Jamies Vater, die du angefordert hast. Der Kerl hat eine krasse Vorgeschichte. Wir schwören hier noch auf Fotokopien, falls das Internet mal schlappmacht und irgendwer übrig bleiben muss, um sie alle zu verklagen. Ich mag das Gefühl von Papier in den Händen, und man hat auch gleich was zum Draufschreiben. Du hast doch nichts dagegen, oder?«

»Nein, beim NYPD war alles auf Papier.«

»Gut. Sollst dich wie zu Hause fühlen.«

»Danke.«

»Und da hast du auch gleich was, was du in deine nigelnagelneuen leeren Aktenschrankfächer tun kannst.«

Kaum einen einsamen Atemzug später schlug die Tür zu, und sie starrte wieder auf die Welt außerhalb ihres Fensters. Die war einschüchternd und sorgte für Beklemmungen. Sie fühlte sich überwältigt und hatte Angst und wandte sich wieder dem Versuch zu, Rachel anzurufen. Sie wusste, sie brauchte Unterstützung. Etwas Schlimmes würde passieren, und sie brauchte ihre Sponsorin. Bevor sie das Ding jedoch zum Wählen bringen konnte, ertönten von der Sprechanlage drei kurze Huptöne. Das war Sandys Signal für eine Versammlung in Mikes Büro, worüber er vor zehn Minuten kein Wort verloren und die er also vermutlich eben erst einzuberufen entschieden hatte. Schließlich war Mikes Persönlichkeit eine Kombi aus *spontan/intuitiv* und *am besten sofort!*.

»Okay, hört mal alle her, Maggie hat gerade die Akte von Jamies Vater gelesen.«

»Eigentlich habe ich noch nicht mal ange–«

»Hab ihn!«, verkündete Craig. »Stefan Wagner!«

Die Spritztour zur Pseudo-Paartherapie hatte ihrer Beziehung nichts genützt, so viel war sicher. Er konkurrierte weiterhin.

Stolz las Craig von seinem Handy ab: »Geboren in Deutschland. Fünf unfreiwillige Anstaltsaufenthalte nach Verhaftung.

Diagnose schwere bipolare Störung. Lebenslange Denkstörungen. Elektroschocktherapie.«

Enid klatschte hilflos in die Hände. »Wie schaffst du es bloß, in zehn Sekunden die intimsten Tragödien einer Person zutage zu fördern?«

»Polizeiberichte. Krankenhausakten.«

Enid schüttelte den Kopf. »Das erschreckt mich zutiefst. Das Problem unserer Welt sind zu viele Informa– ach nein, Moment. Das war das Problem unserer Welt *vor* der Wahl. Jetzt ist das Problem zu wenig *wahre* Information. Die Hälfte der Einwohner dieses Landes hat den Verstand verloren.«

»Genau gesagt«, raunte Craig, »sind es sechsunddreißig Prozent.«

»Ist das der aktuelle Beliebtheitsgrad dieses bösartigen Kerls? Ich kreide das den Bernie-Brüdern an, es ist alles ihre Schuld. Sie haben die Demokraten gespalten, und die Irren haben einen Präsidenten gewählt, der ihnen ihr Gesundheits–«

»Okay«, sagte Mike.

»Ja, ich weiß«, flüsterte Enid.

»Wir wissen Bescheid.«

»Jedenfalls«, Craig kam wieder zur Sache, »ist Stefan Wagner eine wandelnde Katastrophe.«

»Genau so«, fiel Maggie ein, »hat Steven Brinkley ihn auch beschrieben.« Und ihr wurde bewusst, dass Jamies Vater und ihr Freund fast denselben Vornamen hatten.

»Brinkley hatte auch recht mit Florence, der falschen Vettel«, warf Craig ein. Er bemerkte Maggies Blick. »Ich weiß, ich weiß, dir *gefiel* sie.«

»So weit würde ich nicht gehen.«

»Schön.« Enid zog ihr Jackett aus. Sie schien Hitzewallungen zu haben, hatte aber bisher nichts davon gesagt. Allerdings war es kaum zu übersehen, außer für Männer und Leute, die zu jung waren, um auf so was zu kommen.

Mit anderen Worten, bis auf Maggie bekam es hier niemand mit. »Es schreit doch zum Himmel«, fuhr Enid fort, »dass Jamie nie zu einer psychopharmakologischen Evaluation überwiesen wurde. Medikamente können tatsächlich etwas bewirken.« Sie schwitzte. »Ich habe selbst mal kurz welche genommen, als mein zweiter Mann wegen Unterschlagung verurteilt wurde, und sie haben mir sehr geholfen.«

»Wow.« Craig war ständig peinlich berührt von anderen Menschen.

Enid kippte gierig ein Glas Wasser. »Jetzt brauche ich keine mehr.«

»Wie mich das freut.« Mike tätschelte ihr den Arm. »Toll, dass es dir besser geht.« Er gestikulierte mit seiner Brille in die Runde. »Wir sind alle so froh darüber.«

Enid schien schlagartig zu frösteln und zog ihr Jackett wieder über, dann starrte sie Maggie an: Wehe du sagst jetzt *Menopause*. »Was ist mit Ihnen?«

»Ich nehme *gar nichts*.«

»Aber Sie sind von Ihrer ehemaligen Lebensgefährtin zwangseingewiesen worden. Schaffen Sie es überhaupt, an diesem Fall mitzuarbeiten?«

Miststück.

»Ach, echt?« Craig war so überrascht, dass er lieber nicht aufsah, als sollte ihn niemand im Zustand der Ahnungslosigkeit ertappen.

Der Schmerz kam von dem Wörtchen *ehemaligen*, von Enid sorgsam eingeflochten, um maximale Wirkung zu erzielen, da auch sie mit solchen Gespenstern leben musste.

»Maggie, wir sind alle so froh, dass es dir besser geht.« Michael funkelte Enid liebevoll-finster an, eine klare Botschaft, dass sie ihre Feindseligkeiten jetzt mal ein paar Grad runterregeln sollte. Immerhin war er mehr als verständnisvoll gegenüber ihren hormonalen Stimmungsschwankungen und altersbedingten cholerisch-depressiven Zyklen.

»Ja«, sagte Maggie, obwohl es natürlich eine Lüge war. »Ich krieg das hin.« Was sollte sie sonst sagen?

»Wie geht es Frances? Und eurer kleinen —«

»Michael, wir haben gerade gar keinen Kontakt.«

»Ach, das tut mir leid.«

»Danke.«

Sie würde nicht erläutern, dass Frances ihr das angetan hatte, als die Sache mit Julio passierte, denn ehrlich gesagt ging das diese Truppe gar nichts an, und sie würden es auch nicht verstehen. Sie würden den Code nicht verstehen. Sie wusste, dass ganz Amerika zusah, wie Polizisten schwarze Menschen umbrachten, das gehörte zur Horrorshow/Wirklichkeit/Unterhaltung der täglich neuen Nachrichten. Die Leute sahen zu, wie Eddie Nelson Ashford grundlos tötete, sahen es wieder und wieder, aber sie wusste, es gab einen Grund dafür, den von diesen Leuten hier niemand begriff. Ja, es war Rassismus, okay, das war nicht von der Hand zu weisen. Die Polizei hatte Angst vor Schwarzen, und das war eine Tatsache, weil die meisten Polizisten davon ausgingen, dass schwarze Menschen sie hassten. Und wenn Cops – besonders braune und schwarze Cops – nicht Cops wären, sondern Zivilisten, würden auch sie die Polizei hassen. Aber sobald sie ihre Dienstmarke anlegten, wurde Blau dicker als Hautfarbe. Sie hatte es selbst erlebt, immer und immer wieder. Natürlich waren schwarze Cops auch schwarze Menschen, und manche von ihnen wurden sogar von weißen Polizisten grundlos erschossen, wenn sie in Zivil unterwegs oder mit ihren Kindern draußen waren oder beim falschen Picknick oder so.

Aber als Julios Sohn diesen Mann tötete, nahm Julio den Cop-Standpunkt ein. »Wenn Nelson Ashford bloß auf Eddie gehört hätte«, jammerte Julio im Auto. »Wenn er einfach getan hätte, was Eddie gesagt hat, statt ihn hinzuhalten und Fragen zu stellen und dieses *Ich-habe-schließlich-Bürger-*

rechte-Räuber-und-Gendarm-Spiel aus der Glotze zu spielen, wenn er einfach nur ... *gehorcht* hätte, dann wäre er noch am Leben«, wehklagte Julio. »Dieser Mann würde heute noch leben.«

Also wusste Maggie zwar, dass in der Welt, in der Menschen das Recht haben, von der Arbeit nach Hause zu gehen, ohne getötet zu werden, Nelson Ashford nicht hätte umgebracht werden dürfen – Gehorsam war ja wohl keine Lösung gegen Polizeigewalt –, aber zugleich kannte sie auch die Welt der jungen farbigen Cops zweiter Generation, die alle anderen als Bedrohung ansehen, die den Hass zu spüren bekommen. Sie wuchsen mit Vätern auf, die wie Verräter behandelt wurden, denen aber gesagt wurde, sie seien Helden. In dieser verdrehten Welt tat Eddie Figueroa das, was auch Julio Figueroa getan hätte. Er schoss zuerst. Und es gab Beweise.

»Es macht mich verrückt, Maggie«, sagte Julio. Seine weiche braune Haut hing unter dem Gewicht seiner schweren Augen schlaff herab. »Ich kann nicht glauben, dass sie Eddie suspendiert haben. Eine Anklage, Mann! Eine Anklage. Feige Bande.«

»Ich weiß.« Sie hustete. »Du hast völlig recht.«

Normalerweise sollten die Truppe und der Vorgesetzte dem Polizisten Rückendeckung geben. Aber was hatte Eddie dort überhaupt zu suchen gehabt? Abseits seiner Streife? Er sagte, er sei einer Spur nachgegangen. Er erzählte eine Schwachsinnsgeschichte, die weder erhärtet noch widerlegt werden konnte, von einem Zivilisten, der seinen Streifenwagen herangewinkt hatte, als er auf dem Weg zurück zum Revier war, und ihn auf eine Ruhestörung bei diesen Apartmenthäusern hinwies, wo mehrere Kleinkriminelle wohnten. Nun leben in New York in jedem Gebäude Kriminelle. Das wissen hier alle. Reich oder arm, jeder haut irgendwen übers Ohr, sei es Jared Kushners Slumlord-Mietwucher, Tantchens illegales Würfelspiel oder die Sexarbeit einer jungen Queen. Eddie mochte selbst Dreck am Stecken haben.

»Bist du sicher, dass du weißt, was er da gemacht hat?«

»Ich muss meinem Sohn glauben.«

Sie verstand, dass niemand je erfahren würde, was wirklich passiert war, denn der einzige Zeuge von Eddie Figueroas Aktivitäten, *was immer* er getan hatte, als er an einem Ort war, wo er gar nicht sein sollte, war Nelson Ashford, ein sechsunddreißigjähriger Vater und praktischerweise tot. Aber dann, Überraschung! Jemand anders war noch am Leben und hatte die ganze schmutzige Angelegenheit gefilmt.

»Wer ist dieser Kameramann? Was hatte *er* da zu suchen?«, wollte Julio wissen.

Das Problem war, dass Maggie an diesem Abend hackepiekevoll war. Sie hatte Crack geraucht und fühlte sich wie ein Gespenst. Sie trank aus einem Flachmann und wusste, dass Julio es mitbekam. Es waren diese Beklemmungen, das ging einfach nie weg, sie kriegte an diesem Tag einfach den Drang nicht unter Kontrolle. Also war sie aufgekratzt und breit, stockbreit, und ihr Herz brach wie Porzellan, als sie sah, wie Julio sich immer mehr aufregte, weinte und schrie. So was tat er sonst nie. Nie. Und Maggie war nicht beieinander genug, um ihn runterzuholen. Sie saß bloß da. Sie konnte ihren Kopf kaum aufrecht halten, die Welt war so schwer. Und als Julio dann anfing, das Department zu beschimpfen und sich immer mehr reinzusteigern …

»Es wird keine Ermittlung geben«, beharrte er. »Ich weiß es genau. Die werden Eddie einfach zur Schlachtbank schicken, wegen Black Lives Matter und diesen Protestlern, die der Bürgermeister auf seiner Seite haben will. Ich hab noch nie einen Bürgermeister erlebt, der so ein Spießer war und dabei so um Volkes Stimme geschleimt hat wie unserer. Er wird Eddie *abservieren*. Ich seh es kommen, ich hab es direkt vor Augen. Er ist ein Verräter, dieser Bürgermeister. Meine Frau, ach Maggie, das kannst du dir nicht vorstellen. Diese Schande.«

»Es tut mir so leid.«

»Die Sache ist die«, sagte Julio. »Die hohen Tiere in der Zentrale. Die wollen bloß einen Latino-Bullen, den sie opfern können, um ihre Fairness unter Beweis zu stellen. So wie dieser asiatische Cop drüben in Ost-New York, der den Sündenbock machen musste. Du wirst *nie* erleben, dass sie weiße Polizisten anklagen. Niemals. Da nämlich geht es auf einmal um *Loyalität*. Aber nicht, wenn es einer von *uns* ist! Die werden Eddie hinhängen wie ein Opferlamm.«

Und dann kam irgendwie diese Idee auf, und Maggie war sich nicht sicher, ob sie es nicht sogar selbst vorgeschlagen hatte, jedenfalls schlug es irgendwer vor, das musste ja wohl sie oder Julio gewesen sein, und irgendwie kamen sie beide zu der Überzeugung, dass *sie* das Ermitteln übernehmen mussten. Schließlich wussten sie, was für Fragen zu stellen waren, und sie wussten auch, wen sie fragen mussten, und vor allem hatten sie diese Dienstmarken, mit denen sie Fragen stellen konnten.

Julio hatte die Adresse von Martin Scott Bond, dem Typ mit dem Kamerahandy. Und Maggie verspürte … Nervenkitzel.

Sie verspürte so einen grandiosen Kick, nach dem Motto, yeah, scheiß drauf, sie und Julio würden es dem Department zeigen, sie würden Eddie retten, oder ihm wenigstens einen fairen Prozess verschaffen. Das war doch alles, was sie wollten, dass er fair behandelt wurde. Niemand fand, dass Ashford hätte sterben sollen, aber warum hatte er Scheiße noch mal nicht kooperiert? Das mussten sie Martin Scott Bond unbedingt fragen. Und was hatte *er* da zu suchen gehabt? Sie konnten das, konnten diese ganze verfahrene Scheiße wegsprengen und der Sache auf den Grund gehen. Und sie brauchte nur noch eine kleine Nase Koks, dann würde sie richtig in Fahrt kommen, auf sicher. Sie und Julio verabredeten, nach Schichtende heimzufahren und gut zu Abend zu essen und sich später mit gezückter Marke bei der Adresse zu treffen, wo Nelson getötet worden war, wo Eddie falsch abgebogen war, und diesem Scheißer Martin Scott Bond einen Besuch abzustatten. Ihm einen Besuch abzustatten. Das Komische bei allem ist, dass es einen Punkt im Leben gibt, an dem man wirklich begreift, warum fast alles passieren kann.

Aber das war lange her. Jetzt.

»In Ordnung, Maggie?«

»Wie bitte?«

Mike wiederholte es. »Geht das für dich klar, Maggie?«

»Kannst du den Plan einfach noch mal wiederholen?«

»Irre«, sagte Craig zu niemand Besonderem.

»Du liest dir die Akte durch und schickst eine Zusammenfassung rum, bevor du Feierabend machst.«

»Na klar, Mike. Kein Problem.«

»Alle im Bilde?«

»Kein Problem.«

Kapitel siebzehn
20:00 Uhr

Sie blieb lange im Büro, wie es von ihr erwartet wurde. Sie las die Unterlagen langsam, mit wolkigen Traumphasen dazwischen, in denen die Welt sie hinter sich zu lassen schien. Schließlich war sie durch, legte die Mappe vorsichtig in ein leeres Fach im Aktenschrank. Falls sie ihrer Verantwortung gerecht wurde und diesen Job behielt, könnte der Schrank bald voll sein.

Sandy hatte ihr einen Stift besorgt, den legte sie auf den Schreibtisch. Dann nahm sie ihre mageren Habseligkeiten und verließ das Arbeitszimmer, um sich zu jenem anderen Raum zu begeben, der sich *Zuhause* nannte.

Die Fahrt mit dem Aufzug verlief relativ unbewusst und automatisch, was ganz natürlich wirkte. Fast schon eine normale Reaktion auf einen langen Tag. Aber kaum draußen auf der Straße, fühlte sie sich wieder beklommen und konnte sich nicht vorstellen, was *heute* Abend in diesem Apartment passieren würde. Sie sah sich auf und ab tigern und weinen, und was dann? Also strolchte sie erst mal ein bisschen umher. Gedankenlos überquerte sie Straßen und tauchte in der Menge unter. Vielleicht gab es jemanden, mit dem man reden konnte. Sie sah auf der Liste der Meetings nach, mit der Rachel sie ausgerüstet hatte. Nichts, erst in einer Stunde wieder. Sie konnte zwanzig Minuten früher hingehen und Stühle aufstellen. Aber damit blieben immer noch vierzig gefährliche Minuten totzuschlagen, und da konnte so viel schiefgehen. Sie könnte einen Schaufensterbummel machen. Aber sich in der Welt zu verlieren war noch entfremdender – und gefährlicher –, als sich aus ihr rauszuhalten.

Wer waren diese Leute? Sie wirkten alle so glücklich. Und reich. Wo waren die dunklen Seelen mit ihren Abenteuern und ihrer Weisheit, die einst den Nährboden dieser Stadt gebildet hatten? Weg? Waren sie tot? Alle waren gut gekleidet, alle ein bisschen lächerlich in ihrer Zurschaustellung teurer Duplikate der teuren Sachen aller anderen. Die Art, wie die Leute gingen, war irgendwie anders. Worüber sie sprachen. Sie dünsteten nicht mehr das große Wir aus, das Maggie ursprünglich in diese Stadt gelockt hatte. Dieses spontane Zugehörigkeitsgefühl, das sie alle erwartete, die Traurigen, die Verwirrten und die Wütenden. Schulter an Schulter, alle trafen ihre Entscheidungen selbst, und alles war möglich. Reden. Skurriles. Zusammensein.

»Von meinem Facebook-Feed her würde man nie drauf kommen, dass wir kurz vor einem Atomkrieg mit Nordkorea stehen«, sagte ein junger Mann zu seinem Date.

»Hast du mein neues Handy schon gesehen? Der Hammer.«

Die Einsamkeit war ein Leichentuch. Es machte ihre Knochen brüchig und ihre Gelenke steif, es zerfiel. Das Einzige, was die Welt ihr bot, war eine Flasche Miller High Life. Und dann ein Sixpack. Und dann ein Fall. Sie trottete weiter.

Jetzt stand sie vor der Kirche Saint Luke's. Irgendwie war hier eine Art Entscheidung am Werk, aber wann war sie getroffen worden?

Nüchternen-Tanzveranstaltung.

Sie stand ein paar Minuten draußen vor der Tür. Was für Möglichkeiten gab es sonst? Sie konnte ins Kino gehen, einen Film über nichts sehen, Schmerz empfinden und mittendrin rausrennen, schluchzend, in ein Restaurant gehen und versuchen, ihr Essen durchzustehen, oder allein zu Hause weinen.

Sie tappte einen Gang entlang und wieder einmal die ewigen Kellertreppen hinunter. AA fand immer im Keller statt, immer in einem schäbigen Raum, immer auf unbequemen Stühlen. So musste es sein, sonst würde es sich nicht richtig anfühlen. Es würde nicht wirken, wenn es formell wäre. Oder gar elegant. Es durfte keinerlei Anmaßung geben, sonst würde niemand sich zeigen können, sie würden lügen, um zu beeindrucken, um mit dem Teppich zu konkurrieren.

Einer von den Jungs in der Reha, Danny Bernstein, war mal in so einer wellnessmäßigen Reha für die Schönen und Reichen in Malibu gewesen. Da gab es keine Klappstühle, aber für seinen Fall hatte das nichts geändert. Der Luxus machte nichts dauerhafter. Also war er wieder hier bei ihnen, auf diesen miesen Stühlen. Vielleicht musste es ungemütlich sein, damit man sich ungemütlich fühlte, damit man merkte, dass man sich die Geschichten anderer Leute anhören musste. Das war der Unterschied zwischen der Welt und einem Meeting. Beide konnten zuhören und hören, ohne sich dessen bewusst zu sein, aber erst sich dessen bewusst zu sein machte es wirksam. Komm immer wieder, selbst wenn du die Zeit mit So-tun-als-ob verschwendest, denn schon beim nächsten Mal lernst du vielleicht was darüber, wie man es schafft, eine Person zu sein. Das Zuhören war gar nicht so belastend, wie die meisten Leute sich das vorstellten. Es rettete tatsächlich Leben.

Sie spähte in den Tanzsaal. Die Leute hatten Spaß. Lachten. Waren ans Nüchternsein gewöhnt, oder auch nicht. Manche hatten sich schick gemacht, andere trugen Arbeitskleidung, wieder andere einfach bloß sauberes Zeug. Es war egal, wie sie aussahen, nicht so wichtig. Wichtig war, nüchtern zu bleiben, so dass man echt sein konnte. Die Musik war, wie sie sein sollte: mittig und irrelevant. Sie sah sich um und erkannte schließlich jemanden. Omar! Aus dem Keller von Saint Peter's. Er stand an der Seite, sah sich ebenfalls um. Schaute auf die Uhr. Wirkte irgendwie enttäuscht. Dann sah sie, wie er aufblickte und sie entdeckte und ein breites Lächeln sich Bahn brach. Oh nein, dachte er etwa, dies wäre ein Date? Sie wusste es, das machten die blonden Haare. War das rassistisch? Ja, das war es. Das Einzige, was sie beim Meeting heute Morgen offenbart hatte, war *Angst*. Keine tolle Grundlage für eine Freundschaft. Es sei denn, er war einfach nur … Himmel noch mal … *nett*.

Jäh flüchtete sie.

Es dauerte eine Stunde mit dem Q-Train bis nach Brooklyn, dann kam ein langer Fußmarsch vom Bahnhof runter zur Caton und die Westminster rauf bis zu einer Adresse, die sie seit langem auswendig kannte. Es war die Art Wohnviertel, wo Drinnen und Draußen Teile eines Ganzen waren, und manche dieser Mietshäuser in ihrer verblichenen Pracht hatten noch immer kein funktionierendes Schloss an der Haustür. Autos waren öffentliche Möbelstücke, da sprachen Leute mit Nachbarn auf Klappstühlen über ernsthafte Belange des Lebens. Immer noch Radios, schon auch iPhones, aber immer noch ein paar große alte Lautsprecher. Bangladeshi-Familien und jamaikanische Kids quollen aus heißen Wohnungen und ließen sich mit Tellern zum Essen nieder. Der Gehweg war der Park, war das Konferenzzentrum, die Therapiepraxis, das Arbeitsamt, war spirituelle Beratung, war Bankier, war Prophet, war die Illusion, war der Traum. Maggie passte nicht hierher, und sie wusste es. Aber so weit gekommen war sie schon mal. Damals, als sie nach New York kam, schlenderte sie mit Respekt und stiller Vorsicht durch anderer Leute Wohnviertel. Als sie beim NYPD arbeitete, trug sie immer Zivil, aber ihre Weißheit breitete einen Teppich aus Schweigen vor ihr aus. Jetzt, nur wenige Jahre später, war eine weiße Person in Brooklyn eine Drohung: Räumung, erhöhte Mieten, sinnfreie Läden und Verschwinden. Sie brachte die Pest.

Sie würde heute Abend richtig Scheiße bauen, und so war es nun mal. Das Richtige tun war nicht drin, und das Nächstbeste kam auch nicht in Frage. Dies war zwar gefährlich, aber immer noch besser als ein Cocktail.

Sie kam an einem Imbiss vorbei, wo es gebratene Garnelen gab, an einem Spirituosenladen und einer mit Brettern vernagelten Scheckeinlösestelle. Es gab eine Yuppie-Weinhandlung. Alles klar, die Leute hier waren geliefert. Weiße hielten als Erstes mit Latte Einzug, dann folgte die Weinhandlung. Als Nächstes würden Bio-Lebensmittel folgen, dann eine Bank. Sie blieb vor einem kleinen Häuschen stehen. Von Schrecken erfüllt hob sie den verbotenen Riegel am Gartentor und betrat das Grundstück, bog um die Hausecke und schaute verstohlen durch eins der Seitenfenster nach drinnen. Brach das Gesetz. So.

Sie spähte durchs Fenster, gelähmt vor Angst und dann vor Schmerz, denn Maggie Terry, von der ganzen Welt abgelehnt, starrte auf ihre *ehemalige* Liebste Frances und deren neue … Ehefrau Maritza in ihrem hell beleuchteten Wohnzimmer, wo sie vor dem Fernseher saßen.

Frances hatte ein bisschen zugenommen. Ihr Haar war lang, länger als je zuvor, aber dünn. Maritza war hübsch, im Nachthemd, sexy. Merkwürdig, sosehr sie auch ihr Leben damit verbrachte, an Frances zu denken, es war immer die alte Frances. Die *ehemalige.* Das passiert, wenn Leute sich weigern zu reden, sie werden in der Vergangenheit eingefroren. Wenn Frances sie alle einfach Freundinnen sein ließe, dann ginge das Leben weiter und sie könnten sich erinnern, was sie aneinander liebten, und alles könnte normal werden. Wo war Alina? Würde sie gleich reinkommen? Sie war jetzt sechs? Groß und gesprächig in irgendeinem neuen Outfit? So weit, weit weg. Wer war sie? Wenn Frances sie das doch nur wissen lassen würde, die Sehnsucht endlich gestillt würde. Frances hatte die Macht, das zu tun. Sie wurde fett, die gute Frances. Wahrscheinlich soff sie immer noch. Bitte, Maggie betete jetzt. *Bitte.* Sie zitterte. Sie betete nicht zu Gott oder einer *Macht, die größer ist als wir selbst,* sondern zu Frances. Denn es war Frances, die in Wahrheit die Kontrolle hatte.

Sie besaß diese Adresse seit über einem Jahr. Sie stand auf den Gerichtsdokumenten, und sie hatte sie viele Male auf dem Stadtplan herausgesucht. Aber das hier, ein tatsächliches Aufkreuzen in Person, das war echt verrückt. Und sie wusste es. Monatelang hatte sie sich eingeschärft: *Nimm keinen Kontakt auf.* Wenn sie Alina je wiederkriegen wollte, musste sie sich strikt an die Regeln halten. Nur stand heute Abend irgendwie mehr auf dem Spiel. Wenn sie nicht herkam und es mit eigenen Augen sah, würde sie wieder anfangen. So eindeutig war es. Entweder das eine oder das andere.

Maritza war keine Risikopartnerin … äh … -gattin. Sie war keine Spielerin, bloß eine nette Frau, Sekretärin im Gesundheitsamt und irgendwann zufällig auf Frances' Stockwerk gelandet. Alle, mit denen Maritza aufgewachsen war, hatten eine Vergangenheit, und sie fand, sie hatte mit Frances großes Glück. Frances konnte in dieser Beziehung die Große sein, es bestand keine Gefahr, übertrumpft zu werden in Sachen Verstand oder Aussehen oder Hintergrund oder Selbstzerstörungswut.

Die beiden guckten eine Art Komödie. Es sah langweilig aus. Wie hielten sie das aus? Sie lachten und trugen Pantoffeln. Fernsehen war etwas für Leute, die nach Hause kamen, zu Abend aßen, sich eine Show ansahen und dann ins Bett gingen. Oh, jetzt wechselten sie den Kanal. Rachel Maddow. Sogar Frances und Maritza befassten sich jetzt mit Politik. Rachel sah aus wie ein Schwan. Wäre es nicht cool, wenn sie jetzt mit ihnen auf dieser hübschen Couch sitzen könnte? Vielleicht könnte Alina auch mitgucken. Diese Leute hatten nichts Großes laufen; sie brauchten auch nichts groß zu vermeiden – oder halt, Moment mal, doch, das schon. Sie mussten miteinander konspirieren, um sich von dem Schmerz abzuwenden, den sie Maggie zufügten. Das war ihre Verschwörung, das, was sie vereinte. Das war ihr Vertrag, ihr Pakt. Sie waren normal, und wenn sie Maggie von Alina fernhielten, würde Alina auch normal werden. Das war ihr verlogener Deal.

Sie hatten keine üblen Gewohnheiten, keine Laster. Sie wollten nur auf ihrer Couch kuscheln: all das, was Maggie nie gehabt hatte und auch gar nicht haben konnte.

Ob Alina im Bett las? Träumte sie? War sie frech? War sie lieb?

Sie versuchte einen besseren Winkel zu finden, um zu sehen, wie die Wohnung geschnitten war, ob sie vielleicht einen Blick auf Alinas Zimmer erhaschte. Sie war so nah.

Frances stand mit einem leeren Glas auf. Sie hatte echt viel Gewicht zugelegt, mehr, als Maggie erst gedacht hatte. War eine von den Frauen geworden, denen es egal war, wie viel sie wogen. Das war schräg.

Frances ergriff Maritzas Teetasse und machte sich auf in Richtung Küche, um Getränkenachschub zu holen. Auf halbem Weg drehte sie sich um, um ihre Frau etwas zu fragen, sah dann auf und bemerkte eine Gestalt am Fenster. Ihr Haar war wirklich grau. Frances brauchte ihr Äußeres nicht zu pflegen, um Maritza zu halten. Sie war selbstsicher, sie konnte sich gehen lassen.

Maritza war zufrieden, und Maggie war nie, nie zufrieden gewesen. Nur das wollte Frances. Genug sein, ohne sich anstrengen zu müssen.

Und dann merkte Maggie, dass Frances sie direkt ansah.

Es war alles so klar. Sie hatte erwischt werden wollen.

Und jetzt hatte Frances sie erwischt.

Frances starrte sie an, mit offenem Mund. Sie war schockiert.

Maggie fühlte sich toll, obwohl sie wusste, dass sie in Schwierigkeiten steckte. Sie hatte bewirkt, dass Frances sie ansah, sie sah. Sie hatte Frances daran erinnert, dass die Person, die sie von ihrem eigenen Kind fortriss, am Leben und real war. *Geschafft.*

Frances hatte wohl geglaubt, sie könnte für immer ihren Willen kriegen. Dass der Status quo ewig halten würde.

Maggie sah an ihrem Schreck, dass Frances nie an das dachte, was Maggie sich Tag und Nacht ausmalte: dass Frances es sich irgendwann anders überlegen würde.

Was für sie das Wichtigste im Leben war, war für Frances völlig ohne Belang. Maggie hatte darauf hingelebt, dass Frances wahrnahm, dass sie seit achtzehn Monaten und zwei Tagen nüchtern war. Dass sie einen neuen Job hatte. Dass sie alle Arbeit leistete, die sie leisten sollte.

Aber das war Frances nicht klar, und zwar weil Frances an gar nichts gearbeitet hatte.

Das konnte Maggie so nicht hinnehmen. Die Unwandelbarkeit der Trennung.

Sie musste dringend klarstellen, dass Frances eine Lüge lebte. Die Lüge nämlich, dass sie für gar nichts Rechenschaft abzulegen hatte und dass einzig und allein Maggie im Unrecht war.

Frances sagte etwas zu Maritza, die herumfuhr und Maggie hasserfüllt anstarrte. Frances zückte ihr Handy und rief die Polizei an, während Maritza die Vorhänge zuzog.

Diese Möglichkeit war ihr gar nicht in den Sinn gekommen: einfach die Polizei rufen und die Vorhänge zuziehen. Es war die falsche Entscheidung. Die richtige Entscheidung wäre rauszukommen, einen Spaziergang zusammen zu machen und eine Tasse Kaffee zu trinken. Wie wäre es mit ein bisschen Verständnis? Ein bisschen Ausgewogenheit? Ein bisschen Flexibilität oder Umdenken? Das hatte sie eigentlich erwartet, nicht noch mehr Bestrafung. Das nicht.

Sie hasste Maritza. Einfach die Vorhänge zuziehen. Was sollte das denn bewirken? Dass man so tun konnte, als lägen die Dinge nicht so, wie sie nun mal lagen? Es war grausam.

Sie wusste, dass die Polizei kommen würde. Aber sie konnte sich nicht von der Stelle rühren. Frances war immer noch faul. Wann leistete sie endlich was, damit sie weiterkamen? Ein Kind sollte alle ihre Mütter kennen.

Sie hörte eine Sirene. So schnell? Arbeitende Leute riefen die Bullen viel öfter als Reiche. Die Armen sind dran gewöhnt, die Polizei in ihrem Leben zu haben. Sie haben kapituliert und akzeptieren die Polizei als Schiedsinstanz ihrer Verzweiflung, ihrer Beziehungen. Die Sirene kam näher. Wahrscheinlich ging es gar nicht um sie. Warum sollten sie ihretwegen mit Sirene kommen? Aber andererseits, wer wusste schon, was für Lügen Frances der Polizei aufgetischt hatte? Nachher hatte sie behauptet, Maggie habe eine Waffe.

Dann rannte sie los. Einen Polizeieinsatz würde man als Beweis auslegen, dass sich nichts geändert hatte, statt endlich anzuerkennen, dass der Status quo untragbar war.

Frances hätte die Lage bessern können, aber sie hatte beschlossen, sie noch schlimmer zu machen.

Maggie rannte, dann ging sie normal, als könnte sie so weniger Verdacht erregen, dabei sah hier sonst niemand aus wie sie. Moment, da drüben waren ein paar Gentrifizierer, denen konnte sie sich unauffällig anschließen. Sie ging noch langsamer, fast transusig. Es war durchaus möglich, dass sie aufgegriffen wurde, und sie beschloss, dass sie zunächst leugnen würde und dann kooperieren. Als Cop wusste sie, es war besser, bei einer Version zu bleiben. Wenn man dabei blieb, manchmal über Jahre, kam man manchmal davon. Aber sie hatte beschlossen, es auf einen Versuch ankommen zu lassen, und dann, falls sie Frances zur Identifizierung herbeischafften, würde sie einfach aufgeben. Sie wartete darauf, dass die Lichtorgel des Streifenwagens neben ihr auftauchte, als sie sich der U-Bahn näherte. Vielleicht suchten sie ja noch gar nicht nach ihr. Vielleicht war Frances gerade erst dabei, Anzeige zu erstatten.

Sie betrat den U-Bahnhof beinahe auf Zehenspitzen. Sie war jetzt so vorsichtig. Sie benutzte ihre MetroCard, ohne eine Sekunde zu zögern. Da stand ein wartender Q-Train, sie stieg ein, und weg war sie.

Als sie in dem leeren Wagon stand, geriet sie nachträglich in Panik. Was hatte sie getan? Würden sie sie verfolgen? *Fluoreszent.* Ein wohnungsloser Mann schlief. Sie schaute ihn an, vielleicht war es jemand, den sie kannte. Sie dachte an Frances' glückliche Familie. An ihre Gleichgültigkeit. Der wohnungslose Mann hielt eine Flasche Schnaps umklammert. Sie griff danach. Er drehte sich weg. Sie sah ihr Spiegelbild im U-Bahn-Fenster, es überlagerte die vorbeiziehenden Neonschilder der Bars auf der Straße und in ihrem Kopf, die vorbeiziehende Nacht, die Stunden, die Lichter der Großstadt vor und unter ihr.

Tag drei

Freitag, 7. Juli 2017

Als sie bei Nick's reinkam, wusste sie sofort, dass etwas nicht stimmte. Er war ins Gespräch mit Joe vertieft, der grau und erschüttert aussah.

»Nick, alles okay?«

Im Hintergrund lief der Fernseher mit Tausenden von deutschen Demonstrierenden, die Tränengasbomben zurück in Richtung Polizei warfen. Auf ihren Schildern stand G20 Welcome to Hell.

»Yeah, yeah.« Nick wedelte seine Sorgen weg. »Das Übliche?« Er versuchte ein Lächeln auszugraben, als er ihren Pfefferminztee machte und einen unirdisch grünen Apfel hervorholte, der hart wie eine Kartoffel war.

»Wirklich?«

Nick deutete nur auf die Kühltruhe.

»Was meinst du damit, Nick?«

Er griff hinein, schaufelte einen Becher Eiswürfel heraus. »ICE«, sagte er.

»Ah, die Einwanderungsbehörde.«

»Sie weisen Leute aus«, nuschelte er leise. »Überall.«

Die Sendung schnitt um zu Trump, die Lippen vorgestülpt zum angewiderten Flunsch, mit wedelnder Tolle.

»*Die entscheidende Frage unserer Zeit ist, ob der Westen den Willen zum Überleben hat.*«

»Es tut mir leid, Joe.«

»Okay.« Joe war so bleich. Er verschwand schier im Kühlregal.

Dann, in der Saint Paul's, war Joel M., der gestern so gutaussehend gewirkt hatte, heute leichenblass und hielt sich krampfhaft den Bauch, als müsse er sich übergeben, könne das aber nicht zulassen. Martha L. hingegen schien ausgeruht. Entweder sie hatte Yoga gemacht, oder jemand war sehr, sehr gut zu ihr. Oder vielleicht war es Selbstachtung. Maggie betrachtete Marthas auffälligen, pfiffigen, geschäftsmäßigen Aufzug: fliederfarbenes Kostüm, karierte Bluse, violetter Schal. Sie sah fantastisch aus. Diese Frau konnte alles tragen. Wie kam das? Was hatte sie an sich, wodurch sie so festgefügt rüberkam, selbst wenn sie gerade auseinanderfiel? Ramón ließ sich jetzt einen Schnurrbart wachsen. Ihm schwebte etwas Raffiniertes vor, das man pflegen musste – ein Hobby. Ronald hatte eine Rilke-Ausgabe unterm Arm. War das Seminarlektüre, oder hatte er wirklich Freude am Dichter der Liebe? Alan kam zu spät. Charles sah heute *viel* besser aus. Katrina weinte, schluchzte sich durch das Meeting, aber hob kein einziges Mal die Hand. Sie war nicht fähig, ihren Beitrag zu leisten, indem sie sich mitteilte. Maggie verspürte ein Bedürfnis, ihr beizustehen, hielt sich aber zurück. Wer war sie denn, anderen helfen zu wollen? Ein Chris war da, ein Neuankömmling, sein erstes Meeting. Yankel, ein orthodoxer Jude, der einen Rückfall gehabt hatte und wieder Tage zählen musste statt Monate. Suzanne, oberpeinlich, wieder eine dieser allgegenwärtigen weißen Frauen voller Schmerz. Marva, Pflegerin in Schwesternkluft, Anfang dreißig, voller Hoffnung auf ein besseres Leben.

Sie sah zu, wie all diese Leute ihre Schritte durchliefen. Es war ihre Natur, dergleichen genau zu verfolgen. Sie war Beobachterin, Informationssammlerin. Der Ursprung dieses Drangs lag auf der Hand: Sie hatte ihre Eltern einknicken sehen. Das Thema ihrer Kindheit, hilflos mitansehen, wie Menschen auseinanderfielen und ihre Beziehungen gleich mit zerstörten. Ihr Vater war so unberechenbar, dass sie ihn scharf im Auge behalten musste. Er war erst frohsinnig, dann wahnsinnig, dann wütend, dann weg. Ihre Mutter war buchstäblich vor ihren Augen zusammengeklappt; ihre Knie gaben nach, sie brach ein, während Wolf, Maggies Vater, seinem Namen alle Ehre machte. Als ihre Mutter sich umbrachte, entstand ein Schweigen, das Wolf mit Ausbrüchen füllte, mit großen Gesten, grandiosen Leuten, gewaltigen Gefühlen. Maggies Aufgabe war, auf dem Stand zu bleiben: Wohin waren sie unterwegs? Wer kam heute? Was war hier geplant? Er versprach dauernd großes Glück: Aus einem *unglaublichen* Strandausflug wurde ein zu Schrott gefahrenes Auto, ein Streit, einmal falsch abbiegen und Stunden zu spät ankommen. Maggie war Beobachterin, und sie beobachtete, wie Wolf alles ruinierte. Dann, als er Julie heiratete, konnte er ihren Alkpegel nicht hoch genug halten, um zu verbergen, wie innerlich leer und gemein er war. Und eines Tages war sie fort, wie ein weggegebenes Hündchen. Kein Abschied. Wolf führte sich unmöglich auf, und Julie ging einfach. Nun vermisste Maggie Julie, dabei hatte sie sie nicht mal gemocht. Lief das immer so? Enthält jede Liebe die Liebe davor? Maggie erinnerte sich, wie sie Alina im Arm hielt und ihr aus einem Buch namens *Alle müssen kacken* vorlas. Frances' Mutter hatte es vorbeigebracht.

»Maggie liebt Alina, und Alina liebt Maggie«, sagte Frances' Mutter.

Das war der tollste Augenblick in Maggies Leben. Sie gehörte zu einer Familie.

Andere Leute, andere Leute, andere Leute, andere Leute.

Bei Zwölf-Schritte-Meetings gab es so viele verschiedene Gesichter und Persönlichkeiten und Geschichten, Träume, Einzelheiten, Krisen, Episoden, Frustrationen und Erwartungen, die unablässig kamen und gingen. Seltsamerweise hatte sie zum ersten Mal in ihrem Leben das Gefühl, dass sie nicht *alles* wissen wollte, was vor sich ging. Das war ja sowieso unmöglich, dazu hätte sie ein verstecktes Mikro tragen und alles für ihre Akten aufzeichnen müssen. Sie musste den

Impuls aufgeben, verstehen zu wollen, was mit jedem einzelnen anderen Menschen passierte. Dieses Meeting war die einzige Familie, für deren Erhalt sie sich nicht zu verbiegen brauchte. Sie war immer für sie da. Sie brauchte keine Einladung, und sie konnte nicht exkommuniziert werden. Sie musste nur hingehen.

»Mein Mann ...«

Sie hörte zu, versuchte aber, sich den Namen der Person nicht zu merken. Sie wollte keine *Freunde*; mit solcher Verantwortung konnte sie zurzeit nicht umgehen. Sollte sie ihre Hand heben und sich mitteilen?

Das Erzählen der Geschichte von letzter Nacht würde länger dauern als die vorgesehenen drei Minuten. Ob das immer so war? Sag es schlicht und einfach. Es schien, dass die meisten Beiträge sich darum drehten, zur Arbeit zu gehen, nach Arbeit zu suchen, um den ständig wachsenden Stress durch Trump, der die Nation zerstörte, und andauernd um Beziehungen. Die meisten Beiträge handelten nicht von erdrosselten Schauspielerinnen oder Flucht vor der Polizei per U-Bahn, aber manche schon. Letztlich waren es Banalitäten, was sie alle verband, und eine zu große Geschichte würde dieses Band zerreißen. Sie sollte besser nicht auffallen. Das war gut für sie. Bleib nüchtern! Was immer sie tun musste, um nicht wieder anzufangen, genau das sollte sie tun.

Sie hob die Hand. Jemand anderes wurde aufgerufen. Ronald.

Sie war halb erleichtert, halb vergrätzt. Während Ronald anfing, seine Fallstricke zu beschreiben und seine Aussichten darzulegen, probte Maggie im Stillen, was sie mitteilen würde. Sie ging es gedanklich durch, um den Beitrag auf drei Minuten runterzubrechen. Also, ich wollte zu meiner Tochter, um mit ihrer Mutter zu verhandeln, damit wir eine halbwegs humane ...

»Ich bitte meine Höhere Macht nur«, sagte Ronald, »mir bitte beim Verstehen zu helfen. Weil ich das allein einfach nicht hinkriege.«

Alle klatschten.

Sie dachte so heftig nach, dass sie vergaß, ihre Hand wieder zu heben. Ramón wurde aufgerufen. *Höhere Macht* bedeutete doch, dass sie alle etwas Gnade brauchten, etwas Freundlichkeit von außen, jemanden, der die Lage bessern wollte. Stimmt's? Aber Frances saß in keinem Meeting und mühte sich ab, um mit ihren Taten klarzukommen. Sie saß mit dem Arm um ihre neue Frau vor der Glotze und fand, das hieß, sie hätte gewonnen. Es war so seltsam. Maggie schien in dieser ganzen Anordnung die Einzige zu sein, die tatsächlich versuchte, mit allem fertigzuwerden. Aber um eine Lösung zu finden, mussten es doch beide tun, Maggie und Frances. Rein technisch war Frances qualifiziert für Al-Anon, und mal ehrlich, auch für AA. Wie könnte sie Frances dazu bringen, das einzusehen und auch zu Meetings zu gehen, damit sie endlich anfangen konnten, über das zu reden, was wirklich wichtig war? Das Besuchsrecht für Alina.

Ramón beschrieb die Erfahrung, auf ein Auto sparen zu wollen, und wie das ein Symbol war, ein konkreter Beweis dafür, dass er etwas aus seinem Leben machte. Brauchte Maggie ein Auto? Nein, jetzt fiel es ihr wieder ein. Sie brauchte Vorhänge und Teebeutel.

»Das Wichtigste zuerst«, sagte Ramón.

Das Wichtigste zuerst.

Sie hob die Hand.

»Hi, danke, dass du mich aufgerufen hast. Ich heiße Maggie und ich bin Alkoholikerin und drogensüchtig.«

»Hi, Maggie.«

Omar kam rein.

»Ich hab das Gefühl, dass … dass ich … also ich *soll* ja … für all die ›Zerstörung‹ einstehen, die … ich … ›verursacht‹

habe. Aber das will ich nicht. Ich hab nicht das Gefühl, dass alles nur meine Schuld ist. Meinem *Gefühl* nach … ist es einfach passiert. Und ich möchte wissen … warum ist mein Leben so? Danke.«

Das war nicht das, was sie hatte sagen wollen. Sie hatte vorgehabt, ihren Schmerz darüber mitzuteilen, dass Frances falsche Entscheidungen traf. Entscheidungen, die nur Frances' Bedürfnis dienten, sich überlegen zu fühlen. Maggie war so frustriert, weil sie nicht gesagt hatte, was ihr wichtig war, dass sie schon wieder vergaß, die nächste Person aufzurufen. Dann bohrte sich der Druck all der starrenden, hungrigen Augen schließlich durch ihren dicken Schädel.

»Entschuldigung.«

Sie zeigte auf Omar.

»Danke, dass du mich aufgerufen hast. Ich heiße Omar, und ich bin drogensüchtig.«

Sie wollte nicht hören, was Omar zu sagen hatte. Sie wollte ihn nicht näher kennenlernen. Sie wollte sich nicht auf all diese Menschen einlassen, die für sich selbst gefährlich waren, denen sie wehtun konnte. Und dann explodierte in ihr ein scheußlicher Schmerz. Frances fehlte ihr. Reue. Wo war ihr wunderbares Kind? Wieso liebte niemand Maggie Terry?

»Danke.« Omar war fertig. Er lächelte sie an und rief Charles auf.

Sie fühlte sich mies, weil sie nicht hingehört hatte. Was hatte der Mann ihr denn getan, außer entgegenkommend und freundlich zu sein? Sie hatte N-I-C-H-T-S außer ihrer Nüchternheit. Wie kam sie dazu, so ein Snob zu sein? War es das, was sie war? Ein arrogantes Miststück? Im Ernst? Mal ehrlich.

Alle standen auf, das Gelassenheitsgebet war dran.

Sie ließ das Wort *Gott* wieder weg. Aber diesmal blieb sie bis zum Ende dabei. *Dinge zu ändern, die ich ändern kann.* Strenggenommen war das beinahe alles, aber doch nicht alles. Sie konnte keinen Gerichtsbeschluss *ändern*, aber sie konnte daran arbeiten, ihn aufheben zu lassen. Alles, was ein menschliches Wesen geschaffen hat, kann ein menschliches Wesen ändern.

Und die Weisheit, das eine vom anderen zu unterscheiden.

Das Meeting war zu Ende, und Maggie ging schnurstracks zu Omar.

»Omar, ich möchte mich für mein Verhalten beim Tanzabend entschuldigen.«

»Vielen Dank, Maggie. Es ist dein gutes Recht, zu entscheiden, ob du am Tanzabend teilnehmen willst oder nicht.«

»Stimmt.«

»Immerhin hast du vorbeigeschaut.«

Das Nächstbeste tun.

»Aber es ist nicht mein gutes Recht, taktlos zu dir zu sein.«

Er lächelte ein riesiges, aufrichtig erfreutes Lächeln voller Belohnung, Überraschung und Zufriedenheit. »Das ist ein echtes Geschenk. Ich danke dir vielmals.« Dann drückte er ihr seine Karte in die Hand. »Hier hast du meine Nummer. Falls du irgendwann mal Lust auf einen gemeinsamen Kaffee hast …«

Genau *das* war das Problem, wenn man Verantwortung übernahm, erinnerte sich Maggie. Alles gewinnt an Verbindlichkeit. Es ist nicht der Weg raus aus dem Leben, sondern nur ein Weg hinein.

»Und das nach meinem Beitrag eben? Omar, warum in aller Welt solltest du was mit mir zu tun haben wollen?«

»Du redest ehrlich über deine Abwehrhaltung. Denkst aber immer noch, dass du ein Sonderfall bist. Maggie, du bist nicht die kaputteste Person hier im Raum. Das ist niemand. Du konkurrierst um eine Position, die es gar nicht gibt. Jeder Mensch braucht Unterstützung.«

Er lächelte wieder, diesmal sanfter. Sie empfand Argwohn. Was wollte er?

»Ich muss zur Arbeit.«

Sie nahm ihren ungegessenen Apfel und ihren Becher kalten Pfefferminztee und ging ins Büro. Den Apfel steckte sie mit der Zeitung von heute in ihre Umhängetasche, wo er auf den Apfel von gestern traf. Womöglich mochte sie gar keine Äpfel. Wie konnte das sein? Sollte sie vielleicht aufhören, sich bei Nick welche zu kaufen, bis sie etwas fand, was sie wirklich mochte? Was sollte sie essen? Einen Bagel? Die Vorstellung wirkte abstoßend.

»Guten Morgen, Maggie«, begrüßte Sandy sie herzlich am Empfang. »Wie geht's Ihnen heute?«

»Geht«, murmelte Maggie zerstreut. Sie stolperte schon los in Richtung ihrer persönlichen Version eines leeren Kühlschranks alias ihr Büro, dann drehte sie sich plötzlich um. »Sandy?«

»Ja?«

»Wie geht es Ihnen?«

»Also, ich bin ganz schön aufgeregt.«

»Warum?«

Da hatte sie es wieder. Andere Leute.

»Weil«, und Sandy hüpfte tatsächlich auf der Stelle und klatschte in die Hände wie eine Fernseh-Kindergärtnerin von 1964, »ich eine tolle Neuigkeit für Sie habe.«

»Für mich?«

»Ja, Maggie, Ihr Büro ist endlich fertig!« Und Sandy packte ihre Hand und führte sie den Flur entlang. »Da!«

Auf der grauen Tür stand jetzt: MS. MAGGIE TERRY, PRIVATERMITTLERIN.

»Ist das nicht cool?«

»Yeah«, sagte Maggie und merkte jetzt: Jemand teilte ihr gerade mit, dass sie hier eine Weile bleiben würde. Dass sie willkommen war. »Mike ist so ein Schatz.«

»Eigentlich war ich das«, berichtigte Sandy gelassen und brach in Kichern aus. »Aber Mike hat es natürlich abgesegnet.«

Maggie öffnete die Tür und hoffte halb, irgendwer hätte sich gleich um alles gekümmert; vielleicht war Sandy ja der neue Papa, der neue *gute* Papa, und Maggie musste die harte Arbeit des Einrichtens nicht mehr auf sich nehmen, wo sie doch gar keine Ahnung hatte, was ihr gefiel. Aber natürlich war der Raum immer noch verwaist. *Scheiße!* Sie hatte wieder vergessen, Vorhänge und Teebeutel für ihr Apartment aufzutreiben. Sie *musste* das auf die Reihe kriegen. Vielleicht in der Mittagspause? Dann kam ihr eine bessere Idee. Die goldrichtige Idee.

Maggie stand im Türrahmen, griff in ihre Tasche, holte die knallgrüne Kugel heraus und die mehlig-rote und biss ein Mal in jeden Apfel. Dann trank sie den kalten Tee. Eins nach dem anderen. Dann holte sie ihr Handy raus und wählte eine der beiden Nummern in ihrer Kontaktliste.

»Hey, hier ist Maggie. Können wir uns zum Mittagessen treffen?«

»Na klar, hast du gestern Abend Rachel Maddow gesehen? Die Trump-Bagage schickt den Medien schon gefälschte NSA-Dokumente, um sie zum Abdrucken falscher Meldungen zu verleiten, damit sie die Medien dann beschuldigen können, Falschmeldungen zu verbreiten.«

»Nein, ich hab keinen Fernseher.« Alle, die sie traf, sprachen immerzu über die Welt. Soweit sie sich erinnerte, war die Gesellschaft nie zuvor dermaßen durch regelmäßig im Fernsehen verkündete Drohungen zusammengeschweißt worden.

»Du kannst es dir auch online ansehen. Egal, komm einfach in der Praxis vorbei. Bis nachher. Eins nach dem anderen.«

Das Brummen des Bohrers ließ Maggies Zähne schmerzen. Das war das Einzige an Rachel, was sich ihrem Verständnis komplett entzog: nicht ihre Erzählungen von pausenlosem und maßlosem Kokainkonsum, *heute* unsichtbar und gänzlich unvorstellbar. Nicht ihre schwierige Odyssee in die Transsexualität, wobei Maggie sie immer als die Frau gekannt hatte, die sie war. Nicht ihre politische Haltung, fanatisch links, ein krasser Widerspruch für die Sponsorin einer früheren Polizeiermittlerin, auch nicht Rachels insgesamt unbeirrbare Lust auf Widersprüchlichkeiten, aber *wie zum Teufel* konnte sie den größten Teil ihres Lebens mit den Händen im Mund anderer Leute zubringen?

Das Wartezimmer war wie in jeder Zahnarztpraxis: Pastellfarben, unaufdringlich, hart an der Grenze zu sterbenslangweilig, aber der Zeitungsständer enthielt die *Nation*, den *Guardian* und jeden Morgen frisch ausgedruckte Ausgaben der *Electronic Intifada*. Auf dem Soundsystem lief *Democracy Now!*. Reporterin Amy Goodman besaß die sachlichste Stimme, die Maggie jemals gehört hatte. Sie sagte etwas darüber, dass Raqqa »stillschweigend niedergemetzelt« wurde. Was, fragte sich Maggie, war Raqqa?

Ein dünner handgeknüpfter Makramee-Vorhang trennte die wartenden Patienten von denen auf dem Zahnarztstuhl, und Maggie bekam das ganze Geplänkel mit.

»Jetzt mal ausspülen.«

Oder:

»Jeden Tag gibt es neue Übergriffigkeiten, für die er angeklagt gehört. Wie lange wollen die Republikaner ihn denn noch benutzen, um sich zu bereichern, und wann helfen sie endlich den Demokraten, ihm den Arsch aufzureißen?«

Oder:

»Ich kann nichts machen, wenn Sie keine Zahnseide benutzen. Wir müssen schon zusammenarbeiten, damit Sie weiterhin kauen können.«

Sogar Zahnärztinnen pendelten zwischen Panik über die Regierung und den Zwängen des täglichen Lebens.

Bald tauchte Rachel auf, in ihrer ärmellosen roten Leinentunika von Eileen Fisher, einem karierten Baumwollrock von Ann Taylor und schwarzen Birkenstocks. »Ich bin den ganzen Tag auf den Beinen, weißt du.« Und sie gingen zum Mittagessen eine Querstraße weiter.

Veselka war schon vor Rachels Geburt an der Neunten Straße Ecke Second Avenue gewesen, und sie aß dort schon ihr Leben lang. Als Hommage an dieses Leben bestellte sie fast immer kalten Borschtsch mit hausgebackener Challa und einen Kirsch-Limetten-Rickey. Da Maggie nur mit ihrer Sponsorin hierherkam, ermutigte Rachel sie meist zu einem Vorstoß in die weite Welt ukrainischer Leckerbissen. Aber heute wirkte das alles unappetitlich auf Maggie. Saure Sahne war ihr zu sauer. *Kasha varnishkes*, Schmetterlingsnudeln mit sämiger Buchweizen-Pilzsauce, erinnerten sie an Tapetenkleister, und der am Nebentisch verzehrte gefüllte Kohlkopf machte den Eindruck einer um einen überdimensionalen osteuropäischen Fleischklops gewickelten strähnigen Substanz. Also bestellte sie sich, während Rachel mit Begeisterung und Genuss über ihre Kartoffelpuffer, eine halbe Portion gebratener Piroggen und eine Portion Kielbasa herfiel, lieber ein Schinken-Tomate-Vollkornsandwich, wie es in den USA überall zu kriegen war. Sie konnte sich einfach nichts Neues einverleiben. Nicht *heute*.

Falls Rachel von dieser Verweigerung neuer Erfahrungen enttäuscht war, behielt sie es für sich. In dieser Beziehung ging es schließlich nicht um sie. Es ging darum, dass Maggie nüchtern blieb, und um nüchtern zu bleiben, musste Maggie mit ihren Ängsten fertigwerden. Um das zu schaffen, musste sie an den zwölf Schritten arbeiten, zu Meetings gehen und mit ihrer Sponsorin reden. Maggies Anruf bedeutete, dass sie *um Hilfe bat*, und das war ein Schritt in die richtige Richtung. Denn dafür war Rachel da, zum Zuhören und Ratgeben, genau wie Rachels einstiger Sponsor Matias, möge er in Frieden ruhen, ihr vor so vielen Jahren so gewissenhaft zugehört hatte.

Maggie rekapitulierte stockend ihre Eingewöhnungs-schwierigkeiten bei der Arbeit, den Druck von Craigs Miss-billigung, Brinkleys Annäherungsversuch und anschlie-ßende Verfolgung bis nach Hause, die Aufforderungen zu Drogen und Alkohol an jeder Straßenecke. Die Einsam-keit. Die schäbigen Meetings. Ihr Abweisen Omars, ihre Ambivalenzen bezüglich ihres eigenen Verhaltens. Enids energischen Hass auf sie. Sandys Freundlichkeit. Und ihre anhaltende Unfähigkeit, ihr Apartment in den Griff zu krie-gen. Was sie komplett auslieβ, war ihre U-Bahn-Fahrt zu Frances und wie Frances die Polizei gerufen (oder vielleicht auch nur so getan) hatte, schließlich war niemand mit irgendwelchen Verwarnungen auf sie zugekommen, weder juristisch noch informell. Jedes Mal, wenn das Gespräch an einen Punkt kam, wo sie davon hätte anfangen können, schien es weniger gravierend. Sie legte den Schwerpunkt ihres Berichts auf die Anstrengung, die Finger vom Stoff zu lassen.

»Ich bringe Rechnung«, sagte die ukrainische Kellnerin mit der kleinen blau-gelben Flagge an der Schürze.

»*Dziękuję*«, erwiderte Rachel mit Inbrunst, denn sie ver-suchte grundsätzlich, mit allen Leuten möglichst in ihrer eigenen Sprache zu sprechen. »Ich fürchte, das könnte auch Polnisch sein«, gestand sie, als die Kellnerin das Geld nahm.

»Und wie geht es *dir*?«, fragte Maggie schließlich auf dem Weg nach draußen bei der Vitrine neben der Tür mit den Rice-Krispies-Leckereien und schwarzweißen Keksen.

»Danny und ich gönnen uns zum neunzehnten Jahrestag eine große Party. Ich will dich dabeihaben.«

»Ich danke dir sehr.«

»Und dann fahren wir nach Hawaii.«

»Neunzehn Jahre Glück.« Maggie fühlte sich hoffnungslos. »Ich bewundere euch so sehr.«

»Na ja, das kam erst, als ich zehn Jahre trocken war.«

»Ich bin zweiundvierzig.« Sie brachte es jetzt auf achtzehn Monate und drei Tage. Sie würde einundfünfzig sein, wenn sie zehn Jahre beisammenhatte. Falls sie dann jemanden kennenlernte und sie neunzehn Jahre durchhielten, würde sie siebzig sein.

»Zweiundfünfzig ist nicht zu alt, um die große Liebe zu treffen«, sagte Rachel mit Nachdruck. Sie meinte es ernst. »Das gilt auch für zweiundsechzig.«

»Dann hab ich ja noch bisschen Zeit, um meine Bude einzurichten.«

Sie gingen die Second Avenue hoch zu Rachels Büro. »Maggie, hör gut zu. Ich bin seit vielen Jahren nüchtern, aber jedes einzelne davon lebt sich einen Tag nach dem anderen. Heute Abend auf dem Heimweg von der Arbeit kaufst du dir Blumen für dein Apartment und eine Vase zum Reinstellen. Damit fängst du an, du legst den Grundstein für ein künftiges Zuhause, wo du Liebe einziehen lassen kannst. Einen sicheren Hafen. Der erste Schritt von vielen.«

»Okay.« Maggie sah auf die Uhr. »Das will ich.«

»Gut. Was liegt bei dir als Nächstes an, *heute*?«

»Ich muss den sexuell übergriffigen Vater einer ermordeten psychisch gestörten jungen Schauspielerin aufsuchen.«

Rachel wirkte, nun ja, betroffen. »Warum?«

»Ist mein Job.«

Sie lachte. »Setz das auf die Liste der Themen, über die du mal nachdenken solltest.«

»Okay, Doktor Rachel. Wünsch mir Glück.«

»Wo wohnt er?«

»In einer Slumwohnung.«

»Im Besitz von Jared Kushner? Das da gehört ihm auch.« Sie zeigte auf die andere Straßenseite. »Und das da auch.«

»Keine Ahnung.«

»Maggie«, Rachel schlang die Arme um sie, »ich glaube an dich. Geh Blumen kaufen!«

Als sie erst ostwärts und dann südwärts zu Stefan Wagners Adresse ging, konnte sie kaum fassen, wie sehr sich dieser Stadtteil verändert hatte. Am Saint Mark's Place Ecke Avenue A war jetzt ein Starbucks. Überall schossen neue Luxuskonstruktionen in die Höhe mit Werbeplakaten wie »Einzimmerapartments ab 1,6 Millionen«. Es gab Häuser mit Pools auf dem Dach, Filmstars kauften ganze Gebäude und setzten Stockwerke drauf, die sie nicht brauchten, nur um vor den dicht an dicht gequetschten Nachbarn mit der Mietpreisbindung ihren Reichtum zur Schau zu stellen. Hier und da überlebte noch exzentrische Niedrigpreiskultur: ein vietnamesischer Sandwichstand, ein begehbarer Kiosk, der nur Schweinefleischsandwichs zum Mitnehmen verkaufte, ein kleiner Schuppen mit einem Kerl, der Eis von einer großen Platte hobelte und Pflaumensaft hinzugab. Ein paar alte Kneipen. So ging es weiter und weiter: schlechte überteuerte Restaurants, Bars mit kleinen Speisekarten, die allenfalls an den Stadtrand gehört hätten, mit unansprechenden Themen wie Deutsche Würstelbude. An Ecken, wo Maggie früher in aller Ruhe ihr Dope gekauft hatte, thronten nun die allgegenwärtigen Läden mit Fünf-Dollar-Donuts. Alles, was einen Dollar kosten sollte, kostete jetzt fünf. Und diese langweiligen Leute, alle sahen sie gleich aus, alle gleich, alle gleich, bis plötzlich wieder ein Streifen kam, der noch nicht erobert war. Es gab noch ein paar Autoteile-Läden. Es gab einen chinesischen Brautshop. Ein paar Ladenkirchen hielten sich zwischen den letzten Bodegas mit Kochbananen und Yucca im Fenster. Es gab unrenovierte Geschäfte, ein paar alte Männer, die auf einer Treppe saßen, und Müll. Wo gingen sie Lebensmittel kaufen? Wie kamen sie an gebrauchte Kühlschränke? Wo ließen sie ihre Schuhe flicken? Oh, es gab noch einen Schuster! Jede Menge Müll. Die Mülltonnen waren angekettet, aber nicht verschlossen, so dass es von Ratten wimmelte.

Aber als sie Stefans Adresse erreichte, eine der wenigen dreckigen Mietskasernen, die hier im Block noch standen, sah sie an den Leuten, die die Treppe runter und aus der Haustür kamen, dass diese neuen Mieter locker viertausend pro Monat zahlten und ihre Apartments vermutlich hinter der bröselnden Fassade versteckte neu errichtete Paläste waren. Sie sahen ihr nicht ins Gesicht, dabei war sie weiß. Diese Viertausenddollar-Typen lebten lieber mit Ratten, als sich mit ihren Nachbarn abzugeben. Es kam ihnen gar nicht in den Sinn, dass sie ein Treffen einberufen und den Vermieter dazu bringen könnten, das Problem mit dem Müll zu lösen, denn dieser Menschenschlag *identifizierte* sich mit dem Vermieter. Also beschwerten sie sich niemals. Das war die passive Stumpfheit der Überprivilegierten. Sollte sich doch *irgendwer anders* darum kümmern. Maggie wusste aus der Zeit, als sie noch mit Julio zu Tatorten gefahren war, dass es – trotz aller Gentrifizierung – in diesen Gebäuden nach wie vor Leute gab, die schon immer da wohnten. Manche davon wünschten sich, sie hätten noch Nachbarschaftskultur. Aber manche wollten auch bloß in Ruhe gelassen werden.

Sie drückte auf den Klingelknopf 5F, kein Name. Keine Reaktion. Also wartete sie.

Schließlich kam ein dicknackiger Weißer mit farblich koordiniertem Joggingoutfit aus der Tür, Ohrhörer schon in Position. Er sah ihr nicht ins Gesicht und bemerkte auch ihren Fuß in der sich schließenden Tür nicht, so gelangte sie ins Treppenhaus. Dieses Völkchen hatte null Straßengrips. Es wäre ein Kinderspiel, sie abzuziehen.

Die Flure waren renoviert, und die gentrifizierten Apartments hatten neue Türen. Man sah es, von den ursprünglichen Mietern waren nur wenige übrig und dem Untergang geweiht. Aber die rachitischen Treppen waren immer noch voller Brandlöcher. In diesem Haus sind viele Junkies gestorben, dachte sie, wobei bis auf die Kippennarben, die sie auf den Stufen zurückgelassen hatten, keine Spur mehr von ihnen zu sehen war. Die von Drogenabhängigen überlieferte Oral History erzählte noch von den Tagen vor Maggies Zeit. Von den Geistern junger Männer, die *Ba Hondo!* brüllten, wenn die Bullen kamen, und handgestempelten Pergaminbriefchen mit Heroin der Marke Toilet oder Watergate. Es gab keinerlei Denkmäler für die mageren puertorikanischen Frauen, deren Leben verrann, während sie Schlange standen, um aus von abrissreifen Gebäuden heruntergelassenen Eimern Dope zu kaufen, wo jetzt blaue Glastürme in die Höhe ragten, von Portiers bewacht und mit Vier-Sterne-Restaurants im Inneren. Es gab keine Plaketten mit der Inschrift »In diesem Gebäude ist eine Person an AIDS gestorben.« Kein Zeichen. Keine Spuren. Das alles war überhaupt nicht passiert. Immer schön so tun als ob. Immer schön die Geschichte leugnen, genau wie Frances.

Apartment 5F war nicht schwer zu finden. Alte, blättrige rote Farbe, drei Schlösser und eine schief in den Angeln hängende Tür markierten die Höhle von Jamie Wagners Vater. Und nur dort ertönte klassische Musik wie die, mit der sie aufgewachsen war. Das Einzige, was Maggie und Wolf im selben Raum tun konnten. Natürlich hörten alle möglichen

Leute klassische Musik, aber die meisten davon dürften eine bessere Stereoanlage haben als der Mieter in 5F. Es rauschte und knisterte, das war bestimmt ... ja, ein Radio, nicht mal ein Computer. Jetzt wusste sie, das war ihr Mann. Sie klopfte.

Keine Reaktion.

»Mister Wagner?«, rief sie. » Mister Wagner?«

Die knisternden Klänge liefen weiter.

»Mister Wagner, hier ist Maggie Terry, die Ermittlerin. Wir haben einen Termin, es geht um Ihr Kind.«

Langsam, ganz langsam öffnete sich die Tür, aufgezogen von den Händen eines geschlagenen, erschöpften alten Mannes. Er war traurig. Sein Apartment war traurig, sein Leben war traurig, und so war es schon seit langer, langer Zeit. Nichts davon würde je besser werden. Und es war offenbar schon so gewesen, bevor das vielversprechende, wunde Leben seiner fetischisierten Tochter ein schlimmes, plötzliches und gewaltsames Ende gefunden hatte.

Stefan Wagner stank. Er verweste, und es war ihm egal. Die Art Mann, bei dem müde Menschen in der U-Bahn aufstanden, um nicht neben ihm sitzen zu müssen. Er war wütend und voller Angst und ein absolut unsicherer Kandidat. Sein Anzug war zerknautscht, sein Hemd vergilbt. Sein Leben war ein einziges Elend, mit einer Ausnahme von höchster Qualität: seine schöne und erfolgreiche Tochter Jamie. Kein Wunder, dass er so dringend ihre Nähe gesucht hatte.

»Ich mag keine Bürokraten, keine Ärzte, keine Beamten«, sagte er.

»Gut, ich bin nichts von alledem. Ist das Mendelssohn?«

»Ja.«

Gab es je einen Tag, an dem sich Maggies Klassenzugehörigkeit und Bildung nicht als hilfreich erwies? Was machten bloß Leute, die nicht mit Symphoniekonzerten aufgewachsen waren? Sie war dem Schicksal entgangen, einen Jungen wie ihren Vater zu heiraten oder auch einen Jungen, der das Gegenteil ihres Vaters war, sie hatte es abgelehnt, eine Frau zu werden, die täglich zu Mittag aß, sie hatte den Garden Club verweigert und NEIN zum Leben in irgendeiner Vorstadthölle gesagt, wo man mit dem Pendlerzug in die City fuhr, um sich eine Matinee anzusehen. Sie war in einem Männerberuf ein Profi geworden, und sie hatte viel darüber gelernt, wie Menschen in Wirklichkeit lebten. Manchmal lernte sie es auf die harte Tour, aber sie hatte viele Kenntnisse zusammengetragen. Viele. Nicht genug, aber viele. Sie hatte keine Angst vor verlorenen verwirrten Seelen wie Stefan Wagner, so was war sie gewöhnt. Sie kam mit Leuten zurecht, mit denen sonst niemand umgehen konnte. Mit verschissenen Wohnungen, mit Wahnsinn in jeder Form.

All das fiel ihr jetzt wieder ein. Dies war die Welt, in der sie tagtäglich gelebt hatte. Es war die Welt, die sie und Julio gemeinsam hatten. Eine Welt, die auf dem Kopf stand, völlig jenseitig. Dieses Fehlen von Recht und Ordnung war es, was sie und Julio dazu gebracht hatte, diesen gottverlassenen Plan auszuhecken. Sich in der Bronx zu treffen und mit Martin Scott Bond zu *reden*. Sie wussten beide, das war ein Euphemismus, sie sprachen es nicht laut aus, aber in dem Moment, während Maggie die ganze Zeit voll drauf war und Julio schier verrückt vor Sorge um das Leben seines Sohnes, da *wussten* sie, was sie in Wahrheit tun würden, war ... tja, um es offen zu sagen, sie würden das Gesetz brechen, das zu wahren sie beide geschworen hatten. Sie hatten die Absicht, in Martin Scott Bonds beschissener Bude aufzukreuzen und ... ihn *einzuschüchtern*, damit er ... Beweismaterial zurückhielt ... weil ... weil ... na ja, wie Julio richtig sagte: »Das Department schützt Eddie nicht, aber das müssten sie. Und du kennst das, Maggie, es liegt daran, dass er Latino ist, die brauchen einen Cop, an dem sie ein Exempel statuieren können, und das darf natürlich ganz klar kein weißer Cop sein. Und ich lass nicht zu, dass sie das Leben meines Sohnes zerstören, nur weil er getan hat, was jeder von denen tun würde, und ihre Väter und Söhne auch – nämlich im Zweifelsfall schießen, wenn die Sachlage unklar ist –, aber wir müssen die unsrigen schützen.«

»Yeah, Julio, yeah.« Maggie lief auf dreifacher Drehzahl. »Yeah, yeah, yeah, yeah, yeah.« Und wer weiß, wie weit sie gegangen wären, was sie dem armen Martin Scott Bond letztlich angetan hätten, der sich als unschuldiger Zuschauer präsentierte.

»Wie kommt's, dass er da rumhing?« Julio schwitzte und zitterte. »Er ist irgendwie *verwickelt*, und er will es meinem Sohn anhängen mit dieser verfickten Filmaufnahme!«

Maggie sollte eigentlich nur »zu Abend essen«, was im Klartext hieß, sich ein bisschen Koks gönnen, und sich umziehen und um neun vor Bonds Wohnung mit Julio treffen, aber woher sollte sie denn wissen, dass dies der Abend war, *ausgerechnet dieser Abend*, den Frances – verflucht sollte sie sein – den Frances sich für ihr Einschreiten ausgesucht hatte.

Julio saß also in seinem Auto, wütend und außer sich, und wartete auf seine Partnerin, seine Partnerin seit elf Jahren, damit sie an seiner Seite stand, wenn sie gemeinsam das allzu selektiv angewandte Gesetz moderner Vorschriften brachen und stattdessen das alte Stammesgesetz anwandten, nach dem ein Mann seinen Sohn verteidigte, um jeden Preis. Und während er auf sie wartete, und während sie, die sich bei Georgie's zwei Lines reingepfiffen hatte, fest entschlossen war, dorthin zu kommen, wartete auch Frances, aber sie war gut vorbereitet.

»Wenn du dich jetzt sträubst, Maggie, dann wirst du Alina NIEMALS wiedersehen. Das verspreche ich dir. Ich sorge dafür, dass du wegen Betäubungsmittelverstoß einfährst, und damit ist dein Leben zu Ende. Du wirst nie wieder ein Cop sein, du wirst mich nie wieder sehen, und du wirst deine Tochter nie wieder sehen, solange ich lebe, es sei denn, du gehst jetzt auf der Stelle in die Entgiftung!«

Was konnte sie tun?

Der Witz war – und Maggie lachte heute noch, achtzehn Monate und drei Tage später, während sie mit einem gestörten alten Mann in dieser maroden Feuerfalle stand und Mendelssohn lauschte – der Witz war, Frances log, dass sich die Balken bogen. Frances war nämlich bereits mit Maritza liiert und wollte Maggie bloß loswerden. Frances hatte keineswegs vor, sich jemals auf geteiltes Sorgerecht einzulassen, und Frances scherte sich einen feuchten Scheiß um Maggies Karriere. Aber Maggie war zu breit, um zu merken, was für eine Lügnerin Frances geworden war. Wie eiskalt.

Blöd genug, um zu glauben, dass ihr tatsächlich die Wahl geboten wurde, sich zu entscheiden zwischen Alina auf der einen und Julios Liebe zu Eddie auf der anderen Seite, wählte sie ohne zu zögern Alina. Und das fühlte sich auch noch gut und richtig an. Tatsächlich empfand sie Erleichterung. So, das war's. Ihr Augenblick der Wahrheit war endlich doch noch angebrochen.

Also ließ sie sich drauf ein, alles aufzugeben und sich in eine Anstalt stecken zu lassen, aus der nur Frances sie wieder rausholen konnte. Endlich würde Maggie Terry mal was richtig machen. Sie würde die Wahrheit sagen. Sie würde sich ausliefern. Sie würde eine Teamplayerin sein, und anschließend konnten sie alle für immer zusammenbleiben, glücklich und zufrieden bis ans Ende ihrer Tage, weil Frances schließlich doch noch bewiesen hatte, dass ihr was daran lag. Dies war Frances' Art, Maggies Traum wahr werden zu lassen. Frances sagte: »Ich arbeite mit dir zusammen daran.« Sie sagte: »Wir stemmen das gemeinsam.« Sie sagte: »Ich bin für dich da.«

Also setzte Maggie sich hin und wartete auf den Krankenwagen. Sie saß ganz still da, sie wusste ja, dass jetzt das große Glück vor ihr lag, weil endlich jemand zu ihr durchgedrungen war – und nicht einfach wieder verschwand.

Nur dass es so nicht lief.

In Wirklichkeit sah Maggie Julio niemals wieder. Maggie arbeitete nie wieder als Kripoermittlerin, und sie wurde nie wieder high. Und sie sah ihr Kind nie wieder. Niemals. Und hier stand sie nun. Frances hatte gelogen.

War es nicht irre, wie sehr Maggie ihr vertraut hatte? Sie musste sie wohl geliebt haben.

»Mögen Sie Mendelssohn, Miss Terry?« Stefan Wagner streckte langsam die Hand nach seinem leiernden Gerät aus und drehte die Lautstärke hoch. Er hörte das Rauschen gar nicht. Er hörte das Chaos der Verzögerungen nicht, das Eiern der Töne. Er lächelte.

»Er ist großartig.« Maggie zerrte eine professionelle Fassade aus der Grabbeltasche ihrer Vergangenheit. »Mendelssohn hat doch diese Sonatenform auch bei seiner Ouvertüre für die *Hebriden* benutzt, glaube ich. Ist das richtig, Mister Wagner?«

»Ganz genau.« Sein Akzent war so schwerfällig wie der von Oberst Klink in *Ein Käfig voller Helden*.

»Warum wohl?«

Er kehrte zu seinem sichtlich gewohnheitsmäßigen Sitzplatz auf seinem mit Zeitungen bedeckten Bett zurück und überließ ihr einen mit Büchern vollgestapelten Stuhl. »Weil sie ein ordentliches strenges Muster hat, dem man gut folgen kann, sowohl der Form nach als auch in Tonart und Tempo.«

Sie musterte das Gerät, kein Radio, sondern ein jahrzehntealter schredderiger Kassettenrekorder, passend zu diesem schäbigen, grimmigen Leben.

»Verstehe. Kann ich die hier woandershin tun?«

»Lassen Sie mich.« Vorsichtig hob er einen der Stapel an und setzte ihn auf den Boden, machte ihr eine Seite des Stuhls frei, den sie sich mit den anderen beiden Stapeln teilen musste.

»Danke sehr.«

Er war jetzt beschwichtigt. Alles würde gut werden. »Die meisten von der Behörde wissen nichts über Musik.«

»Ich bin eine Zivilperson«, sagte Maggie ruhig. »Früher war ich mal im Staatsdienst, aber ich hatte emotionale Probleme, und jetzt bin ich Privatermittlerin im Auftrag einer Anwaltskanzlei. Keine Regierungsinstanz.«

Er nickte. Stefan Wagner würde AA lieben. Er war ganz versessen darauf, sich zu identifizieren. »Ja, Menschen können sehr grausam sein, wenn man sich aufregt. Das ist nicht erwünscht.« Er legte ein Bein über das andere, trug keine Socken in seinen desaströsen Schuhen.

»Glauben Sie, Mister Wagner, dass auch Jamie emotionale Probleme gehabt hat?«

»Sie war so wunderschön.« Und dann fing er an zu weinen. Als sie ihm dabei zusah, erkannte sie, dass er ein Mensch war, der nie mit Weinen aufgehört hatte. Dass er auch geweint hatte, als sie an seine Tür klopfte.

»Wenn sie nicht meine Tochter gewesen wäre, hätte ich sie geheiratet.«

Treffer. Genau wie Steven Brinkley gesagt hatte.

»Verstehe.«

»Verzeihen Sie, ich habe Ihnen nichts zu trinken angeboten, ich habe nie Gesellschaft.«

Sie war immer noch verdattert über die beiläufige Brisanz seiner letzten Bemerkung. So etwas sagte man doch nicht zu einer Ermittlerin, es sei denn, man fand es ganz normal, seine ermordete Tochter heiraten zu wollen.

Mit großer Mühe ließ Stefan sich langsam auf die Knie nieder und griff unters Bett. Es war seine Entscheidung, also ließ sie ihn gewähren. Viel Stöhnen und mehrere Positionswechsel förderten schließlich eine verstaubte, farblose Flasche zutage. Er setzte sich wieder hin, Staubflusen an den Hosenbeinen, die dreckige Flasche im Schoß.

»Kirschwasser.«

»Nein danke.«

»Nur ein bisschen. Es ist ein alter deutscher Schnaps.«

»Ich trinke keinen Alkohol.«

Er goss einen Schuss in eine alte Kaffeetasse, die an seinem Bett stand, und ließ ihn dann unberührt stehen.

»Ich bin trauriger als traurig.« Seine Schultern waren gebeugt, verloren sich in diesem scheußlichen Anzug, das Wrack eines Lebens ohne sein letztes Ruder. »Jamie und ich hatten so viel gemeinsam.«

»Was denn zum Beispiel?«

»Keiner von uns konnte schlafen. Wir haben oft um vier Uhr in der Früh am Telefon miteinander geredet. Sie rief mich an oder ich rief sie an. Das war unsere Freiheit, wir konnten einander Gesellschaft leisten, wenn es nötig war. Vielleicht werfe ich jetzt mein Telefon weg.« Er zeigte auf ein einge- staubtes Wählscheibentelefon mit geborstenem schwarzem Plastikhörer.

Die klapprige Kassette lief in Endlosschleife, immer wieder mal leiernd. Die Musik war ein unheimliches Gespenst ver- gangener Größe, wohingegen das Gerät ein krasses Beispiel für Verfall verkörperte und wie er unvermeidlich wird. Die meisten Menschen in diesem Gebäude wussten vermutlich nicht mal mehr, was eine Kassette war.

»Stefan, können Sie mir vom letzten Mal erzählen, als Sie Ihre Tochter gesehen haben?«

Sie lauschte konzentriert. Draußen waren irgendwo Kin- der. Es mussten die Kinder der letzten Dominikaner in diesem Viertel sein. Weiße Yuppiekinder spielen nicht auf der Straße. Sie sind behütet. Diese Kinder sprachen Eng- lisch mit dem aussterbenden New Yorker Akzent, dieser freundlichen Art zu reden. Es klang so lässig, man machte sich Freunde, einfach indem diese Redeweise in der Luft hing wie eine ausgestreckte Hand. Unbefangen, aber inzwi- schen mehr und mehr abgelöst von Valley Girl-Obertönen und Mittelwesten-Gedröhn. Sie hörte die Tauben gurren. Diese Behausung, dieser Augenblick, diese Geräusche. Das war alles Vergangenheit. Es trieb in der Ferne davon. Leute wie Stefan bekamen keine Mietverträge mehr. Sie wurden obdachlos.

»Ich habe sie viele Male anzurufen versucht. Sie ist die Einzige, die ich anrufe.« Wieder sah er kummervoll das nutzlose Telefon an, ein Sarg für sich. »Ich rief an und rief an, aber sie sprach nicht mit mir. Dann schließlich nahm sie ab und schrie mir ins Ohr.«

»Was hat sie gesagt?«

»*Du bist gestört*, hat sie gesagt.« Er war so erschüttert. Ihr Zorn überdauerte das Grab. »*Ich ruf die Polizei.*« Er starrte auf seine Hände, eine frische Verletzung über uralten frischen Verletzungen, und jede infiziert die von davor, so dass nichts jemals heilt. »Maggie, Sie sind doch die Polizei …«

»Nicht mehr.«

»Warum drohen immer alle, die Polizei zu rufen? Das hilft nie jemandem. Warum immer bestrafen? Warum nicht akzeptieren und zusammen leben?«

»Hat sie die Polizei gerufen?«

»Nein.«

»Glauben Sie, dass Sie gestört sind?«, fragte sie.

»Ja.«

»Und waren Sie schuld an Jamies Störungen?«

»Nein, das war der Mann. Ihr Freund.«

Du bist ja gestört. Sie hatte das selbst schon gesagt. Es musste wohl was sein, was gestörte Leute sagen.

Frances hatte es auch gesagt. An dem Abend. An dem Abend, als alles zu Ende ging.

Maggie schaute Stefan Wagner an. Wartete. Versuchte es erneut: »Hat Ihre Tochter Jamie jemals Ihretwegen die Polizei gerufen?«

»Nein, das hat sie nie getan.« Stefan warf seine Hände in die Luft, eine alteuropäische Geste. »Am Ende habe ich vor dem Bühnenausgang auf sie gewartet.«

»Und dann? Was ist passiert?«

Er beschrieb, wie er draußen stand, an einem kalten windigen Frühlingsabend, voller Vorfreude, weil er gleich seine geliebte Tochter sehen würde.

Sie saß ganz still da, während er seine Geschichte erzählte. Sie wollte ihn nicht an ihre Gegenwart erinnern, damit er sich allein fühlte, unbehelligt. Sie hustete nicht, schlug nicht die Beine übereinander. Sie war wie ein Lufthauch.

Alles entspann sich deutlich, sachte. Jamies Stück war zu Ende, und die Fans versammelten sich am Bühneneingang, um die Stars zu bitten, ihre Programmhefte zu signieren. Seine Tochter spielte das Dienstmädchen im Sold reicher Aristokraten auf ihrem Landgut. Jamie brachte das Kaffeetablett auf die Bühne, und dann, später im Stück, kam sie zurück, nahm es auf und trug es von der Bühne. Sie hatte zwei Zeilen:

»Kaffee, Ma'am?« Sie wurde angewiesen, das mit starkem Cockney-Akzent zu sagen, um dezent auf Großbritanniens Klassensystem hinzuweisen und dem Ganzen etwas Frivoles zu geben.

Und das unvermeidliche »Wäre das dann alles?«, eingefügt von einem Stückschreiber, der eindeutig keine Fantasie hatte.

Jamie hatte stundenlang recherchiert, um eine Hintergrundgeschichte für ihre Rolle zu entwerfen. Sie gab ihr einen Namen, Nancy, auch wenn im Programm nur Dienstmädchen stand. Sie verpasste ihr Sex mit einem Chauffeur, um von der Farm ihres Vaters wegzukommen, dann eine Affäre mit dem Sohn eines Erzherzogs und ein Zwischenspiel als Prostituierte in der Londoner Unterwelt. Sie verlieh ihr ein Interesse an Tarot, Theosophie, Madame Blavatsky und Okkultismus. Und die Gewohnheit, ihre abgetragenen Servierschuhe mit einem Stück Schleifenband zu polstern, um ihren schmerzenden Füßen Erleichterung zu verschaffen.

»Woher wissen Sie all diese Einzelheiten?«, fragte Maggie.

»Wir haben einander alles erzählt. Sogar unsere sexuellen Fantasien.«

»Um vier Uhr morgens, wenn sie nicht schlafen konnte.«

»Ganz recht. Wir gaben einander Geborgenheit.«

Was er eindeutig für etwas Gutes hielt. Die »Geborgenheit«, die in all ihren Beziehungen Schmerz verursachte.

»In ihrer ersten Szene ...« Stefan genoss das Erzählen jetzt. »Nach ihrer Textzeile ›Kaffee, Ma'am?‹ kam ein Achtundzwanzig-Minuten-Monolog darüber, wie es war, eine Königin ohne Thron zu sein, bei dem Jamie als Nancy zuhörte.«

»Achtundzwanzig Minuten lang.«

»Aktives Zuhören ist eine schwierige Kunst auf der Bühne. Jamie hat dafür geübt, sie sah sich Aufführungen von O'Neill-Stücken wie *Der Eismann kommt* und *Ein Mond für die Beladenen* an, in denen die Schauspieler über lange Strecken aktiv zuhören müssen. Sie hat auch das Stück *Balm in Gilead* von Lanford Wilson studiert, darin hat eine Schauspielerin namens Glenne Headly einen Monolog, der so lang ist, dass jede einzelne Person im Theater ein persönliches Problem, das sie immer vor sich hergeschoben hat, vollständig durchdenken kann. Jeden Abend endete Lucys Monolog mit großem Applaus. Und wenn die Ovationen erstarben, dann ergriff Jamie alias Dienstmädchen Nancy das Tablett und sagte: ›Wäre das dann alles?‹«

Maggie erkannte etwas Unerwartetes. Sie erkannte, dass er bei aller Gestörtheit, denn es war wirklich Missbrauch und es war wirklich kriminell, sein Kind zugleich schrecklich benutzte und innig liebte. Wen gab es denn sonst noch, der bei ihrer Darbietung von »Kaffee, Ma'am?« dermaßen mitging? Nicht Steven Brinkley. Der wartete auf Größeres. Und diese neue Erkenntnis half Maggie, Jamie Wagner in einem positiveren Licht zu sehen. Denn trotz der unausweichlichen Zerstörung durch ihren übergriffigen, gefährlichen

Vater wollte Jamie, dass in ihrem klitzekleinen, im Aufbau befindlichen Leben jede Sekunde zählte. Zum ersten Mal sah Maggie das aufblitzen, was Steven Brinkley gesehen und wozu er sich bekannt hatte: Jamie war wirklich eine Künstlerin. Sie besaß Antrieb und Intelligenz. Wenn es um Schauspielerei ging, machte sie das Beste daraus, trotz aller inneren und äußeren Hürden, trotz ihrer schrecklichen Loyalität zu einem Vater, der ihr größtes Problem war, und trotz der traurigen Tatsache, dass sie Steven Brinkley Qualen anlastete, die er nicht verursacht hatte.

Mit anderen Worten, abgesehen davon, dass sie sich hatte ermorden lassen, hatte Jamie alles gehabt, was Maggie wollte. Sie wurde geliebt. Sie hatte eine Zukunft. Und ihr wurde vergeben.

»Also, was ist passiert, als sie an diesem Abend aus dem Theater kam und sah, dass Sie auf sie warteten? Und zwar nachdem sie Sie am Telefon angeschrien hatte?«

Wie gesagt, es war ein kalter, windiger Frühlingsabend. Stefan hielt sich hinter der Meute aus hungrigen Fans und beobachtete alles, bis seine Tochter auftauchte, unbemerkt an den Hauptdarstellern vorbeischlüpfte und die Treppe runterkam, um ihr Fahrrad aufzuschließen, das an ein Parkverbotsschild gekettet war. Er war auf sie zugegangen, wehmütig.

»Ich sagte: ›Jamie‹, und sie fing an zu schreien. Auf der Straße. Wie eine Wahnsinnige.«

»Was hat sie gesagt?«

»Sie sagte …« Der Schmerz ließ ihn innehalten, all der Schmerz, der sein Leben geworden war, jetzt, wo er noch hier war und sein Kind nicht mehr. »Sie sagte: ›Geh weg, ich hab dir gesagt, du sollst mich in Ruhe lassen.‹«

»Was haben Sie gemacht?«

»Ich habe gesagt: ›Es ist dieser Mann. Dein Freund. Er hat alles zwischen uns kaputtgemacht, siehst du das denn nicht?‹«

Stefan weinte jetzt wieder. Schon der zweite Mann, den sie wegen Jamie offen weinen sah, über ihre Anklagen mehr noch als über ihren Tod.

»Dann sagte sie: ›Er ist auch gestört. Alle meine Männer sind gestört. Ich muss von euch allen wegkommen. Ich muss jemanden finden, der nichts von mir will, der nichts braucht, der keine Meinung hat. Und ich werde jemanden finden, ganz bestimmt.‹ Und damit sprang sie auf ihr Fahrrad.«

Maggie überdachte seinen Bericht. Jamie hatte zwei große Lieben gehabt. Eine davon, ihr Vater, war destruktiv und deformierend. Seinem Vertrauensmissbrauch hätte sie sich voll und ganz stellen müssen, damit der andere, Steven, der sie wirklich sah, ihr beim Heilen helfen konnte. Aber sie geriet in Verwirrung. Sie konnte sie nicht mehr auseinanderhalten.

»Und dann?«

»Das war alles.« Stefans Tränen hörten nicht auf. »Das Letzte, was ich sah, war, wie sie ihr Haar zurückwarf, und dann – meine wunderschöne Jamie – war sie fort.«

Stefan ist ein Lügner, erkannte Maggie plötzlich. Es ist gelogen, dass er nüchtern war. Es ist gelogen, dass er … dass er … sein Kind geliebt hat.

Wenn Maggie wollte, dass ihr Leben einen Sinn hatte, dann musste sie genau dieselbe Lüge, diese angebliche Unschuld beiseitefegen. *Wusch!*

Und in diesem Augenblick wurde ihr etwas noch viel Schlimmeres klar – nämlich dass Alina möglicherweise ohne sie besser dran war. Ohne das Wissen, dass jemand fehlte. Dass sie nicht kläglich, voller Angst, verwirrt war, nicht mit Unvorhersagbarkeiten lebte, sondern es ihr einfach gut ging. Dass sie ein gutes Leben hatte mit ihrer Mom und ihrer neuen Mama Dingsbums, dass sie zufrieden war und ausgeglichen und ihre frisch gewaschenen Öhrchen befingerte, nachdem jemand anders sie gebadet hatte. Und das winzige Restchen Herz, zu dem Maggie Terry noch Zugang hatte, wenn sie ihre Bürokluft trug, das war dafür da, verlässlich zur Arbeit zu gehen und regelmäßig zu Meetings und im Großen und Ganzen für nichts sonst.

Und dann musste das Bröckchen ihres Lebens, das Alina war, ganz tief in ihrer Seele vergraben bleiben, so tief, dass es irgendwo auf Knöchelhöhe war, dieser kleine Krümel von Gefühl.

Es war früher Abend. Maggie kam aus der U-Bahn-Station, schon wieder erschöpft. Es war alles zu viel. Es gab so viele Strudel aus Kampf und Niederlage, weil der Schmerz der Gemeinschaft rund um Jamie Wagner mit der Abwesenheit zusammenfloss, die Maggies totes Leben umkreiste.

Sie wollte gerade in ihre Straße einbiegen, da fiel ihr schlagartig ein, dass sie Teebeutel kaufen musste. Das war doch immerhin ein Zeichen von Fortschritt. Jede Minute war so erfüllt von rauf und runter. Also, wo sollte sie die Dinger holen? Maggie merkte, dass direkt vor ihrer Nase der Gourmet-Snackshop lag, über den Nick sich neulich beschwert hatte. Was für Schätze konnte er wohl vor ihr ausbreiten? Wirkte hier eine Höhere Macht, der sie sich verschreiben konnte? Der richtige Laden genau in dem Moment, als ihr einfiel, was sie besorgen musste. Nun, vielleicht war das ja dieser »Gott«, mit dem alle hausieren gingen. Einfach nur das zu tun, was man tun sollte.

Die Teeauswahl war überfrachtet mit extravaganten Aromen, zum Beispiel Afghani Spirit, benannt nach Menschen, die zu ermorden die USA einfach nicht aufhören konnten. Sesam-Limone-Rauch, in der Summe eine Kombination, die irgendwie keinen Hinweis ergab, wie das tatsächlich schmecken sollte. Verheißungen spiritueller Expansion boten seelenerweiternde Tees, ferner konnte sie natürlich unter etlichen Sorten wählen, die Befreiung vom Zwang zum Denken oder Fühlen anboten: Entspannungstee, grüne Meditationsmischung und Schlaftees. Letztlich kaufte sie kalifornische Minze, weil sie dem profanen Pfefferminztee am nächsten

kam, den morgens zu trinken Deli-Nick ihr nahegebracht
hatte.

Okay, Mission erfüllt!

Sollte sie noch etwas besorgen? Was war mit Frühstück?
Joghurt? Das klang gesund. Sie sah sich das Kühlregal an:
Griechischer Joghurt, bulgarischer Joghurt, Ziegenmilch-
joghurt, Schafmilchjoghurt, Mandelmilchjoghurt, Kokos-
milchjoghurt, Tofujoghurt und Sojaghurt. Sie kaufte Griechischen und eine Banane, um sie hineinzuschnippeln. Und
dann wurde ihr klar, dass sie ein Messer brauchte.

»Haben Sie ein Messer?«

»Ich kann Ihnen ein Plastikmesser mitgeben.«

»Okay, danke.« Und … vorsichtig und argwöhnisch nahm
sie eine *New York Times* in die Hand, überflog die Titelseite. Sie war sehr dicht bedruckt und voller beängstigender
Ereignisse, die ganz beiläufig präsentiert waren, mit leicht
hysterischem Unterton und gelindem Sarkasmus: »Trump
und Putin: Wo die gegenseitige Bewunderung begann«, »Carl
Reiner: Richter Kennedy, gehen Sie nicht in den Ruhestand«,
»Wo die Eliten zu SMS übergehen, befürchten die Wachhunde
Transparenzverlust«. Die Storys waren wohl inzwischen so
kompliziert, dass es schwierig wurde, Schlagzeilen zu finden,
die sie zusammenfassten. Die Lesenden mussten schon vorher
wissen, was los war.

»Ähm, können Sie bitte noch eine Spätausgabe der *New
York Post* dazutun?«

Etwas fehlte noch. Oh yeah, *Blumen.* Sie sah sich um, da
drüben auf der anderen Straßenseite war ein Mann, der vor
seinem Laden welche verkaufte.

Maggie bezahlte ihre Einkäufe und überquerte die Straße.
Sie schwebte direkt in die Arme der prächtigen weißen
Rosen, die nach ihr riefen, die Blüten weit geöffnet und
willkommenheißend, und zog sie an ihr Herz, vergrub ihr
Gesicht in ihrer Schönheit. Sie waren so weich. Ja, Rachel

hatte wieder mal recht, genau davon brauchte sie mehr in ihrem Leben.

»He, Sie da«, rief eine barsche Stimme. »Weg von den Blumen. Erst kaufen, dann anfassen.«

»Verpiss dich, Arschloch.« Sie erschrak vor ihrer eigenen Wut. »Brüll mich nicht an!« Das war wohl unter allen verfügbaren Antworten nicht die beste Wahl, aber er würgte einfach ihren Schwung ab. Endlich begann sich das Glücklich-Fortschritte-zu-machen-Gefühl in ihr Herz zu schleichen, und dieser Wichser ruinierte es ihr.

»Erzähl mir ja nicht, was ich tun soll.« Der Kerl ließ sich nichts bieten. Er war sauer auf die Millionen von Bürden, die ihn antrieben, und wollte einfach keine weitere. »Entweder du kaufst jetzt was, oder ich ruf die Bullen.«

Alle rufen die Polizei. Das ist eigentlich alles, was die Leute in dieser Stadt tun: damit drohen, die Polizei zu rufen, oder gleich die Polizei rufen. Wie wär's mit einem kleinen Gespräch?

»Ich bin ein Cop«, log sie.

»Ach, yeah?« Er bezweifelte es, war sich aber nicht ganz sicher. »Wo ist denn Ihre Dienstmarke?«

»Ich war ein Cop. Sie haben mich gefeuert wegen Alkoholismus und Drogensucht.«

»Na ja«, sagte er unsicher. Ein Hauch von Empathie, von *Identifizierung*, von Versachlichung, von Geringschätzung. »Sie sollten besser was kaufen – also los, auf drei.«

Dreißig Minuten später, sicher zu Hause angekommen, stand sie in der Tür ihres Apartments, die Hände hinter dem Rücken wie in Handschellen. Und dann – *eins, zwei, drei* – holte sie sie nach vorn und präsentierte sich selbst ein Geschenk, das ihr sonst niemand hätte geben können. Sie musste es sich selbst schenken … eine Pflanze! Genauer gesagt ein Kaktus. Etwas Autobiografisches. Wenn sie einen Monat lang vergaß, ihn zu gießen, würde er immer noch leben. Maggie hielt ihn vor sich wie eine Opfergabe an ihr leeres Zimmer.

»Für mich.«

Und jetzt, wohin damit?

Sie probierte das Fensterbrett aus, aber es war etwas zu schmal, und es wäre deprimierend, beim Heimkommen einen heruntergefallenen Kaktus vorzufinden.

Sie setzte ihn mitten auf den Boden, wie ein kleiner Leuchtturm stand er unter der nackten Glühbirne. Und dann bemerkte sie, dass jemand auf ihrer Festnetzleitung anrief. Sie musste repariert worden sein.

»Hallo?« Sie fing an, ihre Einkäufe auszupacken, stellte den Tee auf ein leeres Regalbord. Am anderen Ende der Leitung herrschte reichlich Lärm, Geräusche wie von einer lauten, geschäftigen Menschenmenge oder … Besoffenen. Jemand rief sie aus einer Bar an. Jemand wählte betrunken ihre Nummer. War das Frances? Endlich besann sie sich.

»Frances?«

»Hey, Baby!«

Oh mein Gott. Es gab nur einen Mann, der sie Baby nannte, als wäre sie seine Stewardess, seine Kellnerin, seine Begleiterin, sein Stück Arsch. »Daddy?«

»Yeah, ich bin bloß ein paar Schritte von deiner neuen Bude weg.«

Die Angst und das Grauen waren alte Reaktionsmuster, die sich sofort aus reiner Gewohnheit einstellten. Das, so lernte sie derzeit, waren Trigger, da reagierte man auf die Gegenwart von einem Ort der Vergangenheit aus. Früher oder später würde sie sich mit diesem Mann, diesem *Wolf*, auseinandersetzen müssen. Irgendwo im Hinterkopf wusste sie das, hatte es aber beiseitegeschoben. Die Probleme von *Daddy* gehörten grundsätzlich besser vertagt.

»Wie bist du an meine Adresse gekommen?«

»Du stehst im öffentlichen Verzeichnis.«

»Ich stehe im Verzeichnis?«

»Yeah, als ich im Telefonbuch unter deinem Namen nach-
sah, ist diese Telefonnummer samt Adresse aufgetaucht. Du
musst wohl einen Festnetzanschluss haben.«

Ohhhhhhhh. Die Welt drehte sich.

Dann hatte Steven Brinkley sie also gar nicht *gestalkt*. Er
war ihr nicht in der U-Bahn gefolgt. Er hatte sie nicht in eine
Bar gehen und wieder herauskommen sehen; er hatte ihren
Namen an ihrem Briefkasten gar nicht bemerkt. Er hatte
einfach nur nachgeschlagen. Und natürlich konnte er sie
nicht anrufen, weil die Leitungen tot waren, und er wollte
unbedingt reden. Er versuchte zu reden. Er brauchte … er
brauchte … irgendwelche … Hilfe.

»Komm her, wir trinken was.«

»Dad, du weißt, dass ich nicht mehr trinke.« Das war *zu*
vertraut, immer musste sie ihrem Vater das über sich erklären, was längst geklärt war. Wusste er, dass es sie wirklich
gab? Natürlich nicht. Wieso hatte sie das nicht schon längst
verstanden? Muss denn alles Offensichtliche auf Erden eine
dicke fette Überraschung sein?

»Na, dann komm her und setz dich zu deinem Vater, während ich was trinke. Ich bin einsam.«

Meide Menschen, Orte und Dinge. »Ich will nicht, Dad.«

»Spielverderber. Maker's Mark Manhattan.«

»Was?«

»Ich bestell nur gerade meinen Drink.«

Maker's Mark Manhattan, das war Frances' Drink.

»Ich muss auflegen.«

»Maggie, es ist einfach nicht lustig mit dir. Kein Wunder,
dass du noch Jungfrau bist.« Dann lachte er.

»Bye, Dad, ruf mal an, wenn du nüchtern bist.«

Sie legte auf.

Das Telefon klingelte.

Frances?

»Hallo?«

»Ich bin nüchtern.« Er lachte.

»Stell dir vor«, sagte sie, »das bist du nicht.« Sie legte auf.

Warum war sie so nett zu ihrem besoffenen Vater, der nicht die Eier hatte, zur Entgiftung zu gehen und eine Reha zu machen und jede Sekunde seines restlichen Lebens bei AA zu verbringen? Und warum war sie so gemein zu dem Blumenmann? Projektion!

Das Telefon klingelte.

Sie nahm ab. »Verpiss dich.«

»Maggie?«

»Moment, wer ist da?«

»Hier ist Craig. Meldest du dich immer so?«

»Oh mein Gott.«

»Bist du betrunken?« Sie hörte Kinder im Hintergrund ein Videospiel spielen.

»Nein, ich dachte, du wärst mein Vater.«

»Na toll.« Craigs Ton fand von verstärkter, überraschter Entrüstung zurück zu seinem normalen Grad allgemeinen Widerwillens bezüglich allem, was mit ihr zu tun hatte. »Das erklärt ja alles. Hör mal, ich hab schon den ganzen Abend versucht, dich zu erreichen. Ich hab vier Nachrichten auf deinem Handy hinterlassen. Hast du es noch?«

»Moment.« Sie fand es am Grund ihrer Tasche. »Ja, ich hab es.«

»Ist es an?«

Sie betrachtete es. »Woran merke ich das?«

»Himmelherrgott, du bist unglaublich.«

»Tut mir so leid, Craig.«

»Weißt du was, krieg es selbst raus. Hast du mal in Betracht gezogen, den An-Knopf zu drücken?« Im Hintergrund war eine Kleinmädchenstimme zu hören. »Warte, Honey. Nicht du, Maggie. Meine Tochter heißt Honey.«

»Ich könnte mir vorstellen, dass das manchmal für Verwirrung sorgt.«

»Warte, Maggie. Hast du die Zeitungen gesehen? Warte, Honey, ich komme gleich.«

Sie stand ruhig da, wartete darauf, dass Craig irgendeiner väterlichen Pflicht nachkam, und packte inzwischen ihre Einkäufe weiter aus. Warmer Joghurt, eine zerdrückte Banane. Ein Plastikmesser. Eine Zeitung. Sie breitete sie auf dem Küchenfußboden aus. Die typische brüllend fette Schlagzeile, das übliche unscharfe Foto irgendeines Übeltäters oder Opfers oder beides.

AUTOR UNTER MORDVERDACHT: SELBSTMORD!

»Was?«

»Ich hab nichts gesagt. Okay, bin wieder da. Maggie, hast du die Nachrichten gesehen?«

»Ich hab es hier direkt vor mir. Steven Brinkley hat Selbstmord begangen.«

AUTOR UNTER MORDVERDACHT: SELBSTMORD!
»Ihr Tod war meine Schuld«, steht im Abschiedsbrief.

Das Zeitungspapier fühlte sich an wie Staub. Alle waren sie so zerbrechlich, diese Menschen. Nachrichten sind unwirklich, wenn sie dich selbst betreffen, und unterhaltsam, wenn sie andere betreffen. Jeder einzelne Mensch auf der Welt kann sich selbst zerstören, ehe die Biologie ihm zuvorkommt. Manche versuchten auch, das anderen zustoßen zu lassen.

Als sie sich das letzte Mal so gefühlt hatte, war sie in der Entgiftung, hing am Tropf, krank wie ein sehr, sehr kranker

Hund, und zwei Cops von der Internen kamen zu ihr, während sie noch im Bett lag.

»Maggie Terry?«

»Öh.« Jeder Knochen tat weh. Ihre Kehle schmerzte so heftig, sie brannte lichterloh.

»Wann haben Sie zuletzt mit Officer Figueroa gesprochen?« Sie dachte, sie meinten Eddie.

»Als er seine Ausbildung abgeschlossen hat.«

»Das ist kein Scherz hier.«

Sie konnte kaum den Kopf vom Kissen heben. »Sieht das hier vielleicht nach Scherzen aus?«

»Ihr Partner, Detective Julio Figueroa, wurde letzte Woche erschossen aufgefunden, in einem Apartmentkomplex in der Bronx. Im selben Gebäude, wo sein Sohn Eddie mutmaßlich einen Zivilisten erschossen hat. Wissen Sie, was er dort wollte?«

Denk schnell, ermahnte sie sich. Sie schwitzte. Ihre Füße taten weh. Ihr Verstand tat weh, und jetzt auch noch ihr Herz. Ihr armer, armer Julio. Ihr heißgeliebter, geliebter Freund. Sie hatte ihn hängenlassen, und jetzt war er tot. Sie war hier drin, weil sie so eine Lusche war, dass sie nicht mal mit ihm hatte Widerstand leisten können, und jetzt war er Scheiße noch mal tot.

»Nein, Officer«, sagte sie. »Ich habe keine Ahnung.«

Und bei dieser Version blieb sie in drei Befragungen, einer offiziellen Einvernahme und den Anhörungen. Und sogar als die hohen Tiere ihr damit drohten, sie wegen Dienstausübung unter Drogeneinfluss unter Anklage zu stellen, hielt sie an ihrem Beharren fest, nichts zu wissen. Unschuldig zu sein. Und handelte sie runter auf fristlose Entlassung und den Verlust ihrer Dienstmarke.

Und hier war sie nun, diesmal auf ihrem Küchenfußboden, mit einem warmen Joghurt und einer weiteren Leiche. Noch ein weinender gebrochener Mann, der sie um Hilfe gebeten hatte. Sie angefleht hatte, da zu sein, und sie, sie war nichts als eine Versagerin, eine Katastrophe, ein Suchtbolzen mit einem Kopf voll Scheiße, unfähig, eine Hand auszustrecken und einem Freund zu helfen. Sie dachte an Brinkleys verheultes Gesicht hinter dem Fahrstuhlfenster, schluchzend, *Bitte, bitte, helfen Sie mir.* Warum hatte sie nicht geholfen? Im Programm brachten sie ihr bei, um Hilfe zu bitten. Aber wenn Leute sie um Hilfe baten, starben sie.

»Tja«, sagte Craig am Telefon. »Wenigstens wissen wir diesmal, wer es getan hat.«

Sie musste aufhören, nur Scheiße zu bauen. Sie musste handeln. Sie musste *handeln!*

»Ich komme sofort rüber.«

»Halt mal, halt mal. Nein, komm nicht rüber. Es ist spät am Abend. Ich bin zu Hause bei meinen Kindern.«

»Entschuldige, Craig, alte Gewohnheit. Kripoleute sind da wie Unfallchirurgen.«

»Wenn du meinst.«

Sie sah ihren Kaktus an. Ja, er gehörte mitten ins Zimmer, bis sie sich ein paar Möbel besorgt hatte. Sie legte sich auf den Boden. Eines Tages würde es vielleicht einen Stuhl geben.

»Okay, Craig, also was tun wir jetzt?«

»*Jetzt* tun wir gar nichts.«

»Ich meine, morgen früh?«

Er holte scharf Luft, als nähme er Anlauf zu einem Keuchen, Heulen, Kreischen oder abfälligen Lachen. »Na was schon, wir schließen den Fall ab.«

»Schließen ihn ab?«

»Yeah, lies doch den Artikel. Brinkley hat einen Abschiedsbrief hinterlassen, da steht drin, dass er verantwortlich für Jamies Tod war. Ende der Ermittlung.«

»So hat er das nicht gemeint.«

»Echt jetzt?« Die Frage strotzte vor Sarkasmus. »Wie *hat* er es denn gemeint?«

»Er meinte nicht, dass er sie tatsächlich physisch ermordet hat. Er hat mich gebeten, ihm zu helfen.« Sie fing an, die Banane zu schälen.

»Er hat dich gebeten, ihm zu helfen, sie umzubringen.« Inzwischen war Craig an dem Punkt, wo er ihr gleichzeitig glaubte und kein Wort glaubte. Er hatte spürbar das Gefühl, es mit einer Irren zu tun zu haben, die völlig unfähig war und doch zu allem fähig.

»Nein, er hat mich gebeten, ihm zu helfen, sich nicht umzubringen.« Sobald sie es aussprach, wusste Maggie, dass es stimmte. Jemand hatte sie um Hilfe gebeten, somit die völlig falsche Person gefragt.

»Und, was hast du gemacht? Schätzchen, leg das Ding weg. Nein, Süße, wir leben immer noch in einer Demokratie. Was guckst du dir da an? Du bist zu klein, um Nachrichten zu gucken. Warte mal.«

»Nichts«, sagte Maggie. »Ich hab nichts gemacht.«

Geheult, hin und her gelaufen, aus dem Haus gestürzt, gerannt, zu einem abendlichen Meeting gegangen, Stühle aufgestellt, Hand gehoben, gesprochen, Leuten zugehört, Leute ignoriert, Leute beobachtet, im Kino einen Spielfilm zu sehen versucht, aber nicht durchgehalten, in einem Vierundzwanzigstundenkaufhaus bei einem Verkäufer, der ihr die Bedienung erklärte, einen Fernseher erstanden, ihn im Dunkeln nach Hause getragen, sich handlungsfähig gefühlt und diesen Erwerb als großen Schritt vorwärts betrachtet, und dann auf dem Boden gehockt, diesen Fernseher angestarrt, gespürt, dass nichts von Bedeutung erreicht war, schließlich diese Fotos von Alina rausgeholt, sich an den Strandtag erinnert, wie sie sie mit raus in die Wellen genommen hat, wie sie sie an ihre Brust gedrückt hat, egal was, egal was tun, stillhalten, bewegen, atmen, den Atem anhalten. Nichts von alledem würde dies oder sonst was wiedergutmachen.

Es war zu spät nachts, um hellwach zu sein und keinen Ärger zu kriegen. Sie konnte den Klang des Fernsehers nicht ertragen, er war so dröhnend, er war ein Eindringling. Er beobachtete sie. Sie ging hin und her, zog Schuhe an.

Lass es.

Sie trat aus dem Fahrstuhl, ging die Straße hoch und wieder runter. An ihrem Häuserblock entlang. Wenn ein Mann in dem Hauseingang da Crack oder Meth oder was auch immer rauchte, hatte er es in dem Gebäude gekauft, denn niemand würde Crack oder Meth kaufen und es dann vor dem Rauchen eine Stunde durch die Gegend tragen. Vielleicht hatte der Dealer ein bisschen Dope. Sie drückte sich vor dem Gebäude herum. Wo lief hier was? Wo lief hier was?

Sie starrte jeden Vorüberkommenden an. Wo ging der da hin? Welche von denen waren high? Rauchte jemand einen Joint? Wer hatte was dabei? Wer hatte was dabei?

Ein müder Mann, der nirgendwohin konnte. War er das? Er sah aus wie ein Exstudent, jetzt arbeitslos, irgendeine Art Versager. Das war ihr Typ. Noch jemand, der alles in den Sand gesetzt hatte.

»Haste was dabei?«, sagte sie.

»Häh?«

»Hast du was?«

»Du meinst metaphorisch?« Er lachte.

Nein, der nicht.

Sie machte sich davon. Er konnte die Cops rufen. Das taten doch alle in dieser Stadt, wenn sie nicht verstanden, was gerade los war. Deshalb wurden so viele Leute bestraft. Nein, *überbestraft*. Sie hatte keine Connections mehr. Zu lange her. Sie kannte keine reichen Leute, und ohnehin nehmen Reiche ihre Drogen in Sicherheit. Reiche bestellen sich ihre überteuerten Qualitätsdrogen bei netten Dealern, die persönlich liefern. Und nehmen sie in der Privatsphäre ihrer teuren Zuhauses. Also musste sie bei armen Leuten kaufen, und die nahmen ihre Drogen in Gefahr. Gab es in Chelsea Straßen, wo noch Arme wohnten?

Sie landete bei den Projects an der Tenth Avenue, so eine Art Colonial Williamsburg der Armut, wie ein begehbares Geschichtsdorf inmitten von Steakhäusern mit organischer Wiesenfütterung und Armagnac für hundert Dollar pro Gläschen. Sie hatte keine Ahnung, was diese Art von Wohlstand mit seinen raffinierten und gedämpften Exzessen jetzt eigentlich bedeutete. Aber *direkt* neben dem Chelsea Market, wo man Sarabeth Sauerkirsch-Eingemachtes kaufen konnte, und direkt neben Equinox Fitness, wo Filmstars hingingen, um Zumba oder sonst was zu machen, direkt daneben war ein Sozialbau, das hieß zu viele Leute pro Apartment und Arbeitslosigkeit, und das hieß gefährliche Drogen, nicht sichere.

Sie sah ihn kommen, als er noch einen halben Block entfernt war, und sofort meldete sich das motorische Gedächtnis. Natürlich war *das* der Typ, den sie suchte. Wie hatte sie nur denken können, der andere Kerl vorhin hätte Drogen? Der hatte keine, aber dieser schon. Was war bloß mit ihr los? Wie hatte sie nur so scheiß blöde sein können?

»Hey.«

»Hey.«

»Was geht?« Sie liebte das. Sie liebte es, auf der Hohen Suche zu sein. Sie liebte das Wissen und das Erkennen und das Geheimnisseteilen, sie liebte es, dass niemand sie aufhalten konnte, und sie liebte … das Ritual.

»Ich hab K und D, Koks und Dope.«

»Such du mir was aus«, sagte sie aufgedreht.

Sie gab ihm das Geld, dem jungen Mann. Er wirkte gelangweilt und nett und leicht abgelenkt. Er gab ihr ein gefaltetes Briefchen aus Papier. Die Übergabe war fachmännisch. Zwei Experten. Ihre Hände berührten sich nicht. Er ging weg. Sie ging weg. Und umklammerte das Ende ihrer fehlgeschlagenen Nüchternheit, das Ende der Genesung, die nie genesen war, das Ende, das Ende, sie machte sich auf zu ihrem Apartment, wo man sie hoffentlich am nächsten Morgen tot vorfinden würde, um sich was immer es nun war reinzuziehen und alles loszulassen.

Ende.

»Maggie?«

Sie ging weiter.

»Maggie Terry?«

Sie drehte sich um. Es war eine Polizistin in Uniform.

»Ich bin Tina Constanza.«

»Heyyyyy.« Sie blieb stehen, klebte sich ein Lächeln auf.
»Hey, Tina.«

»Alles klar bei dir?«

Sie standen über einem U-Bahn-Rost. Der Gehweg vibrierte,
abgestandene dreckige Hitze wirbelte um ihre Fußknöchel.
Maggie war im Inneren eines Erdbebens.

»Du hier in den Projects?« Tina wusste Bescheid.

»Ich hab nur 'ne Abkürzung von der Hochbahn genommen.«

»Es ist spät.«

»Yeah.« Sie schwankte mit der Vibration von dem Zug unter
ihr. »Kennst du die Pizzabude Artichoke?«

»Oh, yeah.«

»Tja, manchmal … muss man einfach was haben.«

Tina lächelte.

»Tina, du siehst toll aus.«

»Danke, ich hab ein bisschen zugelegt.«

»Steht dir.«

Stehen war immer noch seltsam. Es war, als ob sie flog, oder
vielmehr, als ob sie ein Stückchen über dem Beton schwebte.
Es war kühl draußen. Das fiel ihr gerade erst auf.

»Hey, Maggie, tut mir leid, von deinen Nöten zu hören.«

War das nicht süß. Da wusste jemand von ihren Nöten und
nutzte die Chance, es ihr reinzureiben. Tina tat es *leid*.

»Danke.«

»Wie geht's dir denn? Gehst du zu Meetings?«

»Yeah.«

»Ich auch. Ich bin jetzt viereinhalb Monate trocken.«

Maggie packte ihr K oder D fester, aber in ihren Schultern
entspannte sich etwas.

»Achtzehn Monate«, sagte sie. »Und drei, nein, vier Tage.«

»Glückwunsch.«

»Danke.«

»Maggie, es ist schon ein bisschen spät, um hier durch die
Gegend zu spazieren.«

»Wie spät ist es denn?«

»Nach drei. Und Artichoke Pizza hat schon lange zu.«

»Ich bin auf dem Weg nach Hause, hatte ein mieses Date.«

Tina lächelte. Sie war keine kluge Frau. Sie war kein guter Cop. Sie hatte Dreck am Stecken, und alle bei der Truppe wussten Bescheid. Sie kassierte Provisionen und behielt beschlagnahmtes Geld und Drogen ein und traf sich mit Frauen, die tabu hätten sein müssen.

»Du bist 'ne Gute, Maggie. Und du hattest 'ne harte Zeit. Geh es langsam an. Mach dich nicht fertig.«

»Wieso nicht?«

»Weil du was Besseres haben kannst.«

»Yeah?«

»Yeah.«

Was glaubte Tina eigentlich, was sie hier tat? *Beistand leisten?*

»Was immer du da in der Faust hältst, mach sie einfach auf und lass es los.«

Maggie presste ihre Hand fest zusammen.

»Lass es einfach fallen.«

Die ganze Bandbreite der Möglichkeiten jagte durch Maggies Verstand. Sie konnte sagen: *Erzähl du mir nicht, was ich tun soll.* Sie konnte wegrennen. Sie konnte weggehen. Sie konnte sagen: *Du bist ja gestört. Du bist es, die hier gestört ist. Hier ist nichts los, gar nichts.* Sie konnte versuchen, Tina ihre Enthaltsamkeit auszureden, sich in einen Schatten stellen, zusammen weißes Zeug schnupfen. Das könnte Spaß machen. Sie konnten Freundinnen sein.

»Na, was sagste?«

»Also schön«, sagte Maggie.

Sie lockerte ihren Griff, ließ das Dope durch den Rost fallen.

»Wir müssen zusammenhalten«, sagte Tina.

Wir, wir Cops mit Dreck am Stecken, wir Süchtigen, wir Weißen. Wir mit der Sonderbehandlung und dem zweierlei Maß. »Wer ist wir?«

»Alle, die 'ne fünfte zweite Chance brauchen.«

Und Maggie wusste, dass Tina von sich sprach. Und dass sie, falls sie sich je wiedersahen, zusammen koksen und ficken würden.

Sie nickte. Es war vorbei.

Schweigend winkten sie einander weiter, und mit leeren Händen ging Maggie durch eine stille Seitenstraße nach Hause. Erlöst, aber zerstört.

Tag vier

Samstag, 8. Juli 2017

Draußen schüttete es, und wie üblich war Maggie darauf nicht vorbereitet. Sie würde bei Nick einen Schirm kaufen. Sie rannte zwischen Regentropfen hindurch und empfand eine Art von Behagen, weil sie eine regelmäßige Anlaufstation hatte. Vielleicht funktionierte es ja, dieses Neu-Erschaffen, ein Satz neuer Gewohnheiten, Orte, Leute, Dinge.

Sie schoss von Markise zu Markise zu Baugerüst, bog um die Ecke, und dann war auf einmal etwas ganz, ganz falsch. Hatte sie sich verlaufen? Es war doch nur ein Block? War sie stoned? Sie zermarterte sich das Gedächtnis: Hatte sie sich letzte Nacht doch noch zugedröhnt? Warum war sie so durcheinander? Wo war sie? War das ein Traum?

Und dann gab es diesen Moment schockierter Erkenntnis, wie wenn man den Hund füttern geht, aber der Hund ist tot; wenn man von der Arbeit kommt, und die Wohnungstür steht offen und jemand hat die Bude leergeräumt; wenn man auf dem Gehweg steht und zusieht, wie das eigene Haus niederbrennt; wenn man sich zu erinnern versucht, wo man das Auto geparkt hat, und plötzlich merkt, dass es zu Schrott gefahren oder geklaut ist. Maggie stand vor einem dunklen, mit einem Vorhängeschloss zugesperrten Deli und las den hastig gekritzelten Zettel, der am Fenster klebte.

Kann die Miete nicht mehr zahlen. Danke an die Kundschaft von dreißig Jahren. – Nick

Er war weg.

Gibt es je richtige Abschiede?

Ihr Zeuge war futsch. Sie hing in der Luft.

Mit der Erkenntnis, dass sie nun wirklich und wahrhaftig allein war, ließ Maggie den letzten Menschen los, der sie noch von *vorher* gekannt hatte. Das letzte anteilnehmende, vertraute, freundliche Gesicht. Sie ging über die Straße zu dem kaltgepressten Saftladen und kaufte einen Cheddar-Scone, einen Sojalatte und einen Grünkohlsaft. Und einen Schirm. Die Kassiererin verlangte zwanzig Dollar. Maggies alte Welt war vollständig aufgelöst.

Saint Paul's war weniger voll als sonst wegen des Regens. Das Wetter war ätzend. Es war beängstigend. Unwetter bedeuteten symbolische Schirme, die kaputtgingen und sich verbogen, der Regen ruinierte Pläne, Kleidung, Frisuren und brachte Stress, dampfenden Schweiß, Unbehagen und Chaos. Manche Menschen müssen jeden Tag aufs Neue mit sich aushandeln, ob sie zum Treffen gehen, und diese Menschen gehen nicht hin, wenn es regnet. Auf der Hohen Suche konnten sie bei Eis und Schnee im Pyjama rausgehen, aber nüchtern bleiben erforderte gutes Wetter. Ihr Plan für den Nachmittag war, einen Futon zu kaufen und einfach den Schlafsack als Bettwäsche zu benutzen.

Neuer Slogan: Ein halber Schritt jedes zweite Mal.

Omar war da. Martha war da in einem anderen eleganten Businessoutfit. Dieses war kanariengelb mit einer schwarzen Seidenbluse und einem raffiniert gebundenen grünen Schal. Ramóns Schnurrbart wurde dichter. Seine Augen sahen traurig aus und sein Kinn weich. Ronald, Alan, Karl, Charles und ein Neuankömmling, Toshi, schienen alle halbwegs im Frieden mit sich. Auch wenn Alans Beitrag weinerlich war, klang er ruhig. Monica hatte ihren Haaren einen wilden Schnitt verpasst, der *Leben* und *lebendig* signalisieren sollte, aber sie wirkte trotzdem traurig und zögerlich. Katharina, Sheila, Clifford, Chris und Suzanne hockten irgendwo im Kontinuum zwischen müde und nachdenklich, während sich eine Pfütze unter jedem ihrer Schirme sammelte. Marva hatte das Wort.

»Immer wenn mich jemand liebt«, sagte sie, »ergreife ich die Flucht. Ich mache der Person Vorwürfe. Ich dämonisiere die Person, um die Vernichtung der Beziehung zu rechtfertigen. Und dann, wenn meine Unterstellungen untragbar werden und die Person reagiert, benutze ich das, um meine Unterstellungen zu rechtfertigen. Rückwirkend. Ich vergesse, was zuerst da war: ihre Reaktion oder das, was ich getan habe, um sie zu provozieren. Wenn ich jemanden wirklich lieben könnte, laufe ich weg. Ich verstecke mich bei Leuten, die genauso dichtmachen wie ich oder mit denen eine Beziehung immer nur oberflächlich bleiben kann. Ich habe Angst vor Gleichmächtigen. Nicht erkannt zu werden ist leichter.«

Maggie nickte. Dann merkte sie, was sie tat. Sie *identifizierte* sich.

Obwohl es ein Samstag war, wollte Mike, dass alle vorbeikamen, um zu feiern. Also kreuzten Maggies Kolleg/innen in ihrer Wochenendkluft auf: Baseballkäppi für Craig, Designerjogginghose für Enid. Sandy im Indienfummel. Im Büro lief eine Party. Frischgepresster Pfirsichsaft. Tabletts voller Russischer Eier mit Kaviar, Blini mit Kaviar, Papayasalat, warmes hausgemachtes Brot mit frischer Fassbutter. Schüsseln voll mit grauem, rotem und schwarzem Kaviar. Da wollte jemand zeigen, dass er oder sie es sich leisten konnte, Kaviar zu spendieren. Jemand, für den oder die Kaviar Liebe bedeutete.

»Was ist denn hier los?«

»Es ist eine Party«, sagte Sandy, als wäre es das wirklich.

»Hat Mike Geburtstag?«

»Nein, nein. So was würde er nie machen. Lucy Horne hat ein Luxusfrühstück fürs ganze Büro rüberschicken lassen, als Dankeschön, weil wir den Fall geknackt haben.«

»Aber wir haben gar nichts rausgekriegt.«

Stimmte das? Die Wahrheit war, dass Maggie zwei Gelegenheiten versäumt hatte, Steven Brinkley zu retten. Sie hätte mit ihm zu Abend essen können, und sie hätte sich seinen Schmerz anhören können, statt sich einzureden, sie selbst wäre in Gefahr. Sie hatte schon früher mit Selbstmord zu tun gehabt. Sie wusste Bescheid. Sie wusste Bescheid. Sie wusste Bescheid …

Und die ganze Welt blieb stehen.

Ihre Mutter, ja natürlich.

Natürlich, ihre Mutter hatte sich umgebracht. Natürlich hatte Maggie ihre Karriere den Leichen anderer Leute gewidmet. All das war lange geklärt.

Aber jetzt tat sich … fast wie eine Erleuchtung … ein Durchbruch zu echtem Verstehen auf. Ihre arme Mutter hatte ihr Leben lieber beendet, als es mit der kleinen Maggie Terry zu verbringen, weil …

Weil sie betrunken war.

Das Leben ihrer Mutter war unerträglich gewesen, aber das war Maggies auch, und sie lebte trotzdem weiter.

Warum ergab das alles auf einmal Sinn, obwohl es doch … oh Gott … *dermaßen offensichtlich* war? Wie wenn ein Foto zum Leben erwacht.

Konnte sie wirklich zweiundvierzig Jahre alt geworden sein, ohne sich je darüber klar zu werden, dass ihre Mutter betrunken gewesen war? Dass sie besoffen war, als sie Selbstmord beging?

Ihre Mutter war betrunken, als sie starb. Maggie war erst sieben, und ihre Mutter war schon immer betrunken gewesen. Ihr Vater war weg und fickte irgendwen, und ihre Mutter war allein, stockbesoffen, mit dem kleinen Mädchen, und Maggie kooperierte nicht – sie benahm sich wie eine Siebenjährige. Ihre Mutter war so überfordert, es gab niemanden zum Anrufen, den sie nicht schon zu oft angerufen hatte, und sie war wütend darüber. Die Leute riefen sie nicht mehr zurück, weil sie davon ausgingen, dass es hoffnungslos war. Nein, eigentlich war es ihnen einfach egal. Sie dachten nicht in Begriffen wie *Eingreifen* oder an das kleine Mädchen namens Maggie. Ihre Mutter war so angepisst, so unfähig, es zu ertragen, so unfähig, mal die Tatsache zu verarbeiten, dass ihr Mann ein Scheißkerl und ebenfalls ein Säufer war, und also war ihre Mutter stattdessen zu der Überzeugung gekommen, dass es keinen Ausweg gab.

In ihrem Suff war sie zu der Überzeugung gelangt, dass sie für den Rest ihres Lebens in diesem Haus mit diesem Kind festsaß und sich immer so grässlich fühlen würde, wie sie sich in der Sekunde gerade fühlte. So dermaßen voll mit trunkener Wut darüber, dass es so weit gekommen war. So dermaßen voll mit Hass, weil all ihr Potenzial, ihre Träume, ihr Vertrauen ... So besoffen, dass sie es gleich hier und jetzt beenden musste, riss sie die Küchenschublade auf, die dem Alkoholvorrat am nächsten war, und packte das Messer, das sie an den Thanksgivingfesten benutzten, die längst zu Stürmen der Grausamkeit verkommen waren, und stach es sich ins Herz, erstach sich mit dem Küchenmesser. Welch eine Wut.

In einem verschlossenen Raum, ihre letzte Geste der Rücksicht gegenüber ihrem Kind. Die Tür abschließen. Das Chaos für ihren besoffenen, gesättigten Mann aufheben, damit er sich, wenn er mit seinem befriedigten Schwanz und seinen befriedigten Eiern nach Hause kommt, dem intakten Gesicht seiner Frau und dem zerstörten blutigen Körper darunter stellen muss.

Und doch hatte Maggie aus irgendeinem Grund all die Jahre diese absichtlich herbeigeführte, wahnhafte Katastrophe als Unfall abgebucht. Irgendeine Art Unfall. Was ist die Definition von Unfall? Wenn etwas geschieht, was niemand möchte, nichts als eine Laune des Schicksals. Nicht willentlich herbeigeführt, bloß ein Nebeneffekt. Eine unvorhergesehene

Folge. Maggies Mama erwartete nicht ernsthaft, dass ihr Leben enden würde. Es war ein Unfall. Sie hatte bloß niemanden zum Reden.

Hatte Maggie jemanden zum Reden?

Sie hatte diese scheiß Zwölf-Schritte-Meetings. Sie hatte eine Sponsorin.

Es war ätzend, aber es gab diese Strukturen. Sie waren läppisch und in vieler Hinsicht unpersönlich. Es gab dabei keine romantische Liebe. Es gab dabei keinen Sex. Es gab dabei kein Beieinander-Schlafen und kein Händehalten. Es gab dabei keine Drogen. Es gab dabei keine Drinks. Aber es gab immer irgendeinen Ort, wo sie hingehen konnte.

Maggie wusste, dass sie sich nicht würde umbringen müssen. Sie blieb am Leben, um Frances und Alina zu schützen. Sie half ihnen, indem sie am Leben blieb. Sie würde ihnen nie das antun müssen, was ihre Mutter ihr angetan hatte. Sahen sie das denn nicht? Sie weigerte sich, die beiden zugrunde zu richten, während Frances sie zugrunde richtete. Es war ein Liebesdienst. So war das nämlich mit der Weigerung, zu verhandeln. Die verursachte Trennung und Schmerz. Sie hatte nicht enden wollende Konsequenzen, und Selbstmord war die ultimative Verweigerung, ein Problem zu lösen. Und Maggie würde sich nie weigern, dieses Problem zu lösen. Sie würde für die Lösung leben.

»Maggie? Maggie?«

Sie sah auf in ein Blumenmeer.

»Und sie hat diese Blumen hier geschickt.« Sandy vergrub ihr Gesicht in den riesigen weißen Lilien, genau wie Maggie es mit den Rosen gemacht hatte, die sie dann nicht heimtrug. »Riech mal, Maggie.« Woher lernten Frauen eigentlich, in Blumen zu tauchen?

Maggie strich mit der Wange an den Blüten entlang. Sie atmete den Duft des Lebens, die natürliche Welt, ihre Zartheit, ihre Kurzlebigkeit. Wie konnten Menschen so widerspenstig sein, wo es doch Blumen gab? Warum hatte sie sich geweigert, Steven von seinem Schmerz erzählen zu lassen? Selbstsüchtig. Arschloch.

»Und Lucy hat tolle Geschenke geschickt. Für uns alle. Sogar für mich. Hier, probier mal die Hummerquiche, die ist grandios.« Eine gute Rezeptionistin ist eine Kümmerin. Sie reichte Maggie einen Teller. »Es gibt dermaßen viel Hummer.«

Das Festmahl in der Hand, marschierte Maggie in Mikes Büro. Sie musste ihn wissen lassen, was wirklich geschehen war. Dass Brinkleys Tod nur ein Beweis für *ihre* Schuld war, nicht für seine. Es war jetzt ihre Aufgabe, Verantwortung zu übernehmen.

»Mike?«

Vor ihr lief das Schauspiel, wie Michael, Craig und Enid Kaviar aßen.

»Da kommt ja unser Mädel!« Michael hatte eine Leinenserviette auf dem Schoß, die seinen Armanianzug schützte. Er hatte was von *Ich mache alles richtig* an sich. Die Art Erlösung, die nur durch Anerkennung von außen kommen kann.

»Maggie, warte, bis du deinen Präsentkorb gesehen hast.« Craig hatte ihr gegenüber noch nie so viel Begeisterung an den Tag gelegt. Wie es aussah, war alles vergessen wegen ein paar Delikatessen. Und ihr wurde klar, dass Geschenke Craig *sehr, sehr* viel bedeuteten. Er hatte ihr schließlich ein Handy geschenkt.

Enid nahm ihren Gesprächsfaden wieder auf. »Kannst du dir vorstellen, Mike, dass er Ivanka losgeschickt hat, um beim G20-Gipfel die Interessen der Vereinigten Staaten zu vertreten?«

Mike wollte darüber im Büro nicht diskutieren, aber er hatte Verständnis dafür, dass Enid das wollte. »Es ist alles weit jenseits des auch nur entfernt Vorstellbaren.«

»Sie haben doch tatsächlich Angela Merkel neben sie gesetzt.

Dabei hätten sie diese Barbiepuppe heim zu Ken schicken sollen.«

»Ich habe einen neuen Namen für sie«, meldete sich Sandy zu Wort. »Ivanka Marie-Antoinette Romanov.«

»Tja«, fügte Enid hinzu, »ich hoffe, sie ereilt dasselbe Ende.«

»Hört mal, ich glaube, bei dem Fall steckt mehr dahinter.« Maggie ging behutsam vor.

»Was zum Beispiel?« Mike mampfte gerade Austern, aber er gab sich offen.

»Nein, so ist es *nicht*.« Craig wollte nicht, dass sie alles versaute, das einzige Verhalten, das er von ihr kannte.

»Ich glaube nicht, dass Brinkley der Mörder ist.«

»Okay.« Mike hörte zu.

»Wenn du meinst.« Craig hatte sie schon ausgeblendet.

»Was haben Sie für Beweise?« Enid nahm sie tatsächlich ernst. Das war das Ding bei Enid, sie wollte wirklich die Wahrheit wissen. Das war ihre Stärke und ihr Wert. Sie sah Maggie an, wartete darauf, dass sie Beweise vorlegte.

»Ich glaube, er wollte sich um Jamie kümmern und konnte sich nicht verzeihen, dass er darin versagt hat.«

»Das ist doch kein Beweis.« Enid wandte sich wieder ihrem Pfirsichsaft zu.

»Wir müssen den Fall noch offen lassen.«

»Maggie.« Enid hatte sich entschieden. »Dafür sehe ich keinerlei Anlass.«

»Was ist nur los mit dir?« Craig explodierte. Ständig bekam er Beispiele für ihre lächerlichen Impulse, falschen Vermutungen und stümperhaften Handlungen, und jetzt hatten sie *gewonnen*, und sie wollte daraus eine Niederlage machen. »Du warst vom ersten Tag an nichts als eine einzige Belastung, und heute ist der vierte Tag.«

Belastung.

»Ist das wahr?« Enid wandte sich ihm zu wie ein Elternteil einer Kindergärtnerin. »Hat sie etwa getrunken?«

»Ich habe nicht getrunken.«

»Ich weiß es nicht«, sagte Craig und legte endlich seine Gabel weg. »Sie hegt unangemessene Erwartungen außerhalb der Bürozeiten. Sie hat ein mieses Urteilsvermögen.«

»So ist ihr Partner ums Leben gekommen, wisst ihr. Als sie sie bei der Truppe gefeuert haben. Weil sie betrunken zur Arbeit kam. Er ist *tot*.«

Maggie taumelte. Enid wusste davon?

»Alle Untersuchungen haben erbracht, dass ich mit Julios Tod nichts zu tun hatte. Es war nicht meine Schuld.«

»Sie waren im Dienst betrunken. Und Ihr Partner ist tot.« Jetzt schoss sich Enid auf sie ein. »Halten Sie uns für Trottel?«

»Tot?« Craig zitterte vor Empörung. Ihm wurde endlich klar, in welcher Gefahr er wirklich geschwebt hatte.

Enid nickte. »Ein Polizist. Weil sie im Dienst getrunken und wer weiß was noch alles getan hat.«

So läuft das, wusste Maggie. Sie tat Dinge, die falsch waren, und es gab Konsequenzen. Aber nicht alles, was sie tat, war falsch. Und nicht alle Konsequenzen waren auf sie und nur auf sie zurückzuführen. Diese Leute machten sie zum Schreckgespenst, genau wie das NYPD es getan hatte, genau wie ihre Liebste es getan hatte. Mag sein, wenn sie an jenem Abend nüchtern in der Bronx aufgetaucht wäre, vielleicht hätte sie Julio sein Vorhaben ausreden können, aber sie bezweifelte es. Und sie hätte es nie geschafft, nüchtern da aufzutauchen. Höchstwahrscheinlich wäre sie auch erschossen worden, wäre jetzt tot. Oder vielleicht hätte ihre Anwesenheit den Kampf verlängert, und Julio hätte Martin Scott Bond ermordet, oder vielleicht wäre sie auch zur Mörderin geworden. Oder vielleicht hätten sie »Erfolg« gehabt und den Zeugen so weit eingeschüchtert, dass er Beweismittel zurückhielt, und dann wären sie jetzt richtige Verbrecher, genau wie Eddie. Oder vielleicht hätte sie in ihrem vergifteten, größenwahnsinnigen, verdrehten Zustand Julio das Leben gerettet, aber das war ein höchst unwahrscheinlicher Ausgang, da sie viel zu bedröhnt gewesen war, um noch über realistischen Menschenverstand zu verfügen. Aber niemand konnte sicher sagen, dass Julio Figueroa tot war, weil sie abhängig war und da gerade zwangseingewiesen wurde und deshalb nicht Wort halten konnte. Ihrem Freund gegenüber. Ihrem heißgeliebten, traurigen, kummergeschüttelten, verzweifelten, verwirrten Freund, der krank vor Sorge um seinen Sohn war. Seinen Sohn, der Nelson Ashford kaltblütig getötet, seine Suspendierung überstanden, seinen Vater durch Mord verloren hatte, und dann waren die Ermittlungen gegen ihn von einem Rassisten bei der Staatsanwaltschaft eingestellt worden, und nun ging er wieder auf Streife. Das eine kam dem anderen nicht gleich.

»Maggie«, sagte Michael sanft, so leise, dass er fast kein Geräusch machte. »Hast du getrunken?«

»Nein.«

»Na also. Wenn Maggie sagt, dass sie nicht getrunken hat, reicht mir das.«

Sie war nicht allein.

»Du glaubst ihr?«, protestierte Enid, aber sie wusste auch, dass diese Hinrichtung aufgeschoben war.

Michael würde ihr helfen.

»Natürlich glaube ich ihr. Maggie hat mir die Wahrheit über meinen Sohn gesagt, die ich nicht hören wollte. Wenn ich auf sie gehört hätte, wäre er noch am Leben.«

»Das kannst du nicht mit Sicherheit sagen, Michael.« Das kam von Maggie.

»Und wieder hast du recht. Das kann ich nicht.«

»Dein Partner ist tot?« Craig konnte es noch immer nicht glauben. »Niemand erzählt mir hier je irgendwas.«

»Dafür kann ich nichts.«

»Maggie!«, beendete Michael das Hickhack.

Was würde er jetzt tun? Sie feuern?

»Maggie«, sagte Michael ruhig. »Leg deinen Fall dar, dann durchdenken wir es. Aber du musst schon was Handfestes bringen.«

»Also.« Maggie entspannte sich, denn jetzt kam es auf ihre Intelligenz an, nicht auf ihr Urteilsvermögen. »Ich hab zwei Fragen.«

»Okay.« Michael griff nach Notizblock und Stift und schob seine Austern beiseite.

»Meine erste Frage lautet: Wie konnte die mühsam herumkrebsende Schauspielerin Jamie Wagner, die in einer grässlichen Bruchbude wohnte, es sich leisten, der Energietherapeutin Florence zweihundert Dollar pro Sitzung zu zahlen?«

Michael sah die anderen an. »Gute Frage.«

»Steven Brinkley kam dafür nicht auf«, rief sie ihnen ins Gedächtnis. »Er verabscheute Florence, und dazu hatte er ethische Ansprüche, was Jamies Autonomie betraf, damit sie eine gleichberechtigte Beziehung führen konnten. Ihr Vater ist mittellos.«

»Okay, Team.« Michael genoss seine Fähigkeit, alle zu vereinen. »Irgendwelche Antworten?«

Craig hielt sich sein Handy an die Lippen. »Freisprechfunktion. Florence Black.«

Alle hörten es klingeln. Und dann Florence' wissende Stimme.

»Hallo?«

Craig hielt Maggie das Telefon hin.

Das Blatt hatte sich gewendet.

Erneut.

»Hallo, Florence?«

»Ja?«

»Hier ist Maggie Terry.«

Sie wartete. Florence' Stimme kam knisternd aus dem Handylautsprecher.

»Sie und Ihr Mann haben Angst vor Veränderung.«

»Genau. Also, mein Mann und ich haben ausführlich darüber gesprochen. Das war nicht leicht, aber wir haben ...«

Alle Augen im Büro waren auf Maggie gerichtet.

»Er und ich sind uns uneinig in Bezug auf Sie. Er ist nicht überzeugt, aber ich glaube Ihnen, Florence. Ich glaube, Sie sind der Schlüssel zu meiner Heilung.«

»Das bin ich«, sagte Florence gelassen.

Craig machte ein finsteres Gesicht. Er hasste sie.

»Aber ich hab mich gefragt, gibt es vielleicht noch irgendeine Alternative zu der Zweihundert-Dollar-Gebühr? Weil ich es jetzt ja allein mache, und Craig will sich nicht beteiligen, haben Sie da eine Staffel oder so?«

»Nein, ich mache keine Ausnahmen. Je mehr Sie bezahlen, desto mehr investieren Sie in Ihre Therapie.«

»Glauben Sie, meine Versicherung kommt dafür auf?«

»Nein, meine Methoden sind unorthodox und einzigartig, und außerdem erfordern Versicherungen Papierkram, und ich finde, das produziert energetisch zu viele Hürden. Ich bin dann angespannt, weil ich den Papierkram erledigen muss, und das beeinträchtigt unseren Austausch und unsere Kommunikation.«

»Na ja, aber was schlagen Sie denn vor?«

»Ich sage immer«, Florence zwitscherte jetzt, wo sie über den Stolperstein hinweg war, um Geldnachlass ersucht zu werden. »Versuchen Sie Verwandte aufzutreiben, die Ihre Behandlung bezahlen. Das rate ich allen meinen Patienten. Nichts ist so gut wie Geldbedarf, um eine Familie zusammenzuschmieden. Leute müssen netter sein, wenn sie um Geld bitten, und oft fühlen sich andere besser, wenn sie helfen können.«

»Okay, das mach ich.« Maggie legte auf. Es war so abrupt, dass die Stille fast kreischte. Aber da hatten sie es.

Michael grinste von einem Ohr zum anderen, er war hingerissen. Er federte buchstäblich in seinem Rollstuhl auf und ab.

»Jemand anderes hat die Therapie bezahlt! Maggie, du bist brillant! Du bist *dermaßen* brillant. Kriegt raus, wer diese Quacksalberin bezahlt hat, und wir haben unseren Mörder. Tolle Arbeit, Maggie.« Er war glücklich. Er hatte die Bestätigung für seine Philosophie bekommen: Als Chef und als Mensch war es seine Pflicht, sich anzuhören, was Menschen zu sagen hatten, selbst wenn das Risiko von Missstimmung bestand.

»Okay.« Craig war empört, aber er wusste, diese Runde war gelaufen, und er musste wieder ins Spiel kommen. »Ich werd mal Florence' Bankverbindung nachspüren.«

Sie machten sich alle zusammen daran, die Pappteller und Servietten abzuräumen, tranken die letzten Tropfen Pfirsichsaft.

»Moment mal.« Enid unterbrach die Aktion. »Sie haben gesagt, das war Ihre *erste* Frage. Wie hat sie das Honorar aufgetrieben? Aber was ist Ihre zweite Frage?«

»Wo«, fragte Maggie vorsichtig, »steckt Jamie Wagners *Mutter*?«

»Gute Frage.« Enid war ehrlich.

»Ausgezeichnete Frage. Auch darum werden wir uns kümmern.« Michael zog sich die Serviette aus dem Kragen und signalisierte damit, dass die Leichtsinnigkeiten vorbei waren und es endlich wieder an die Nachforschungen ging. »Alle zurück an die Arbeit. Maggie, ich möchte mit dir reden.«

Die anderen brachen auf zu ihren neuen Aufgaben, und sobald sie draußen waren, nahm Michael Maggies Hand und sah ihr in die Augen. Seine waren überschattet von weißen Brauen, sie sah die Härchen an seiner Stirn.

»Maggie.« Er wirkte sehr betroffen. »Mach etwas mit deinem Büro. Es ist ein Mausoleum.«

»Okay«, sagte sie.

»Mach es sofort.«

»Okay.«

Nach der Mittagspause kam Maggie mit einer großen Einkaufstasche zurück.

»Haben Sie was Schönes für Ihr Büro besorgt?«, fragte Sandy, die entweder intuitiv Bescheid wusste oder das vorangegangene Gespräch übers Interkom mitgehört hatte.

»Ja, hab ich.«

Sandy folgte ihr den Flur entlang. »Was haben Sie geholt?«

Maggie öffnete die Tasche und hob einen Topf mit einem Kaktus heraus, identisch mit dem, den sie zu Hause hatte. Es würde eine Vergleichsstudie sein. Was würde besser gedeihen, das öffentliche Leben oder das häusliche? Wo würde sie respektvoller, verantwortungsbewusster, fürsorglicher sein? Endlich etwas, worüber nachzudenken nichts mit Tod zu tun hatte.

»Was für ein schöner Kaktus.«

Maggie stellte ihn auf ihren Schreibtisch.

»Brauchst du vielleicht noch einen zweiten Stuhl?«, fragte Sandy sanft und leise. »Vielleicht ist ja mal jemand anderes hier bei dir drin … irgendwann mal.«

War das eine zarte Anmache?

Als sich die Tür hinter ihr schloss, trat Maggie zum ersten Mal an ihr Bürofenster. Es gab eine Aussicht, eine wundervolle Aussicht. Die Metropole. Die Straßen, die Adern des urbanen Körpers. Die Transportwege der Gefühle. Da draußen waren so viele Möglichkeiten. Irgendwo da draußen gab es eine andere einsame Frau, in einem vernünftigen Apartment, die Platz für Maggie Terry hatte. Jemand Gewitztes und Schnuckeliges. Eine, mit der alles leicht war. Mit einer wilden Seite und einer verantwortungsbewussten Seite, mit Arbeitsethos, eine, vor der sie Respekt hatte und mit der sie deshalb gut umging. Eine, die viel zu tun hatte. Eine, die ihr helfen könnte, Alina zurückzubekommen.

Sie nahm ihr Handy und holte Omars Visitenkarte hervor.

»Omar, hier ist Maggie. Aus dem Programm. Hallo, ich würde mich gerne zum Kaffee mit dir treffen. Wenn du noch willst. Nach der Arbeit wäre toll. Mein Büro ist in Chelsea. Ich komme gegen sieben nach Hause. Ich rufe dich dann an. Bis dann.«

Es klopfte an der Tür.

»Herein.«

Sandy war wieder da, schleppte mühsam einen riesigen Präsentkorb an.

»Vergiss das hier nicht, und Michael will dich sehen.«

Maggie ging in den Konferenzraum, wo Michael, Enid und Craig Kontoauszüge durchsahen.

»Maggie, komm her.« Mike war glücklich. »Sieh mal, was Craig aufgestöbert hat, du hattest recht. Auf Florence' Konto finden sich mehrere eingereichte Verrechnungsschecks über zweihundert Dollar, ausgestellt von einer gewissen Louisa Wagner.«

»Ihre Mutter«, bemerkte Enid anerkennend. Sie sah Maggie in die Augen. »Sie hatten recht.« Enid tat es leid.

»Ihre Mutter.« Maggie lebte schon so lange im Land der fehlenden Mütter, dass ihr das Naheliegende nicht eingefallen war. »Jamie hat irgendwo eine Mutter, die sie liebt, die sich um sie sorgt, die sie unterstützt, die will, dass es ihr besser geht

und sie glücklich wird. Es *gab* also in Jamie Wagners Leben
eine Person, die sie an sich heranließ. Sie hatte Hoffnung. Sie
hätte leben sollen.«

»Das ist ein schönes Märchen.« Enids Gegenposition war
jetzt schon vertraut, nicht bedrohlich und sogar ein bisschen
liebenswert. »Ich habe vier Kinder, und ich kann bezeugen,
dass Mütter nur im Märchen die Lage retten können. Im
wirklichen Leben muss man Mütter vor ihren Kindern retten
und uns alle vor unseren Müttern bewahren.«

»Keine Mutter würde je freiwillig ihr Kind im Stich lassen.«
Warum klang Maggie in ihren eigenen Ohren so schrill? Sie
wurde ganz emotional, dabei war sie gerade erst wieder in
die Gunst der Gruppe zurückgekrabbelt. *Sabotage.* Sabotage.

»Craig«, großzügig vermied Enid die Konfrontation, »es
verstört mich immer wieder, wie viele Informationen Sie über
jeden zusammentragen können und wie schnell das geht.«

»Na, dafür bekomme ich schließlich mein fettes Gehalt.«

Es war eine Rettungstat. Enid bewahrte sie davor, alles wieder zu ruinieren. Enid war eine Freundin.

»Ich habe noch mehr zu sagen, Enid.« Craig blickte sie an,
nicht ohne Mitleid. Sie war alt und hatte keinen Schimmer,
Maggie sah den Glanz jugendlicher Eingeweihtheit in seinem Blick. »Die Regierung weiß mittlerweile alles über dich.
Edward Snowden und Chelsea Manning haben ihre gesamte
Existenz aufs Spiel gesetzt, damit uns klar wird, wie viel die
Regierung wirklich weiß und wie wenig Schutz wir tatsächlich haben. Unternehmen erfassen *alles,* was dich betrifft: was
für Pornos du magst, was für Haarwuchsmittel du verwen-
dest, sie kennen jede Sorge und jede Neugier, mit der du je
gegoogelt hast. Die Polizei kennt die Form deiner Netzhaut.
Deshalb, Enid, musst du dein Denken anpassen. Es geht nicht
an, dass der ganz normale Stand der Dinge für dich unvorstellbar ist, sonst kannst du nämlich nie mehr wirkungsvoll
arbeiten. Wenn all deine Schwächen und Fehler so leicht

lesbar sind, gilt das auch für alle anderen. Wozu brauchst du noch diese Illusion namens *Privatsphäre*? Frag dich, was du zu verbergen hast. Lass es los.«

»Aber ich will, dass niemand davon weiß.«

»Betrachte es doch als Chance«, sagte er. Er hatte eine Theorie dazu, und hier war die perfekte Gelegenheit, sie zu erläutern, um allen zu zeigen, wie wertvoll er war. Wie sehr sie ihn brauchten, wenn sie die Dinge verstehen und in ihrer eigenen Welt wirken wollten. »Früher haben alle gelogen und ihre Handlungsweisen geleugnet. Wir alle taten, als wären wir Ausnahmen, aber wir alle machten schlimme Sachen und hielten es geheim. Jetzt ist das Schiff transparent. Jedermanns Fehler sind lesbar. Wir können also nicht mehr so tun, als wären wir sauber.«

»Danke, Craig.« Maggie fühlte sich erkannt und war bewegt.

»Du nicht.« Craig lachte auf. »Du bist anders als alle anderen.«

Maggie stolperte aus dem Gebäude, raus auf die Eighth Avenue, kaum imstande, ihren riesigen Präsentkorb mit ausgestreckten Armen festzuhalten. Craig tapste hinter ihr her, versuchte sie einzuholen, behindert und niedergedrückt von seiner eigenen Beute.

»Hey, Maggie, warte mal.«

Sie blieb stehen, hoffte, er war auf Versöhnung aus. Vielleicht war ihm bewusst, dass er gemein gewesen war, und er wollte ein bisschen zurückstecken. Immerhin konnte sie davon ausgehen, dass er den Bericht der polizeilichen Untersuchungskommission online eingesehen hatte, also wusste er, dass sie *offiziell* mit Julios Tod nichts zu tun hatte. Auch wenn das gelogen war. Sie wollte Craigs Freundschaft. Sie brauchte in dieser Welt einen stinknormalen Kumpel, der findig und verlässlich war. Und da Mike sie als Zweierteam aufgestellt hatte, würden sie zusammenarbeiten, und da gab es reichlich Platz für Kameradschaft. Craig hatte seine Macken, aber wer hatte die nicht? Er war einfach verkrampft und konnte durchaus auch ein oder zwei Dinge von ihr lernen. Julio war der Fels in ihrem verrückten Leben gewesen, bis der Wahnsinn seins erfasste. Sie hatten einander Routine beschert, und Routine verbindet Menschen. Sie ist die Basis von Gemeinschaft und Grundvertrauen, und genau deshalb brauchen Menschen, die etwas zu klären haben, gemeinsame Erfahrungen. Die sie teilen können. Und erkennen, dass es was Gutes gibt.

»Hey, warte doch.« Keuchend, übergewichtig, schwerfällig. »Hey.«

»Ich hab noch ein paar Infos aufgestöbert, als du schon draußen warst.«

»Du meinst, dass ich von der Untersuchungskommission freigesprochen wurde, was Julios Tod angeht.«

»Nein, das hab ich heute Vormittag um 10:33 Uhr recherchiert.«

»Okay, was dann?«

»Maggie, ich habe dich auf deinem Handy angerufen.«

Es tat ihr aufrichtig leid. Es war Zeit, erwachsen zu werden. »Es tut mir leid, Craig. Ich bin noch nicht dazu gekommen, rauszukriegen, wie ich Nachrichten empfangen kann. Aber es *ist* an.«

»Höchste Zeit, dass du das lernst.«

»Du hast recht.« Sie nickte. Und er *hatte* recht.

»Ich weiß, dass du dich für den Fall Ashford interessierst«, sagte er. »Und ich glaube, ich verstehe auch warum. Ich dachte, du solltest wissen, dass die Familie heute vor dem Zivilgericht Klage erhoben hat.«

»Was kann das bewirken?«

»Na ja, der Polizist, der ihren Vater getötet hat, kann nicht ins Gefängnis kommen. Aber das NYPD könnte eine beträchtliche Entschädigungssumme zahlen. Das ist besser als nichts.«

»Danke für das Update. Noch was?«

»Yeah, es geht um Jamies Mutter.«

»Louisa Wagner.«

»Das ist der Punkt.« Er versuchte seinen Präsentkorb so zu verschieben, dass er ihn auf einer Hüfte balancierte, während er nach seinem Handy griff. »Sie heißt nicht Louisa Wagner. Sondern Carrie Moyer. Sie ist Klavierlehrerin in Albuquerque, New Mexico.« Die Trophäe glitt zu Boden. »Puh.« Er schwitzte. »Ich nehme mir ein Taxi.«

Sie sah zu, wie er davonfuhr, hob ihre Bürde an Geschenken in einen breiteren, festeren Griff und machte sich auf zu ihrer

Wohnung, wobei sie an jeder zweiten Ecke anhielt, um eine Pause zu machen und zu atmen.

Die Eighth Avenue sah schrecklich ungeliebt aus. All die Läden und Lokale, an denen sie und Frances tagtäglich vorbeigekommen waren, waren tot, und ihre Leichen waren längst verschwunden oder verrotteten noch in der Gosse. Der alte Schnapsladen an der Ecke in einem Gebäude aus der Bürgerkriegs-Ära war weg. Rawhide, die schwule Cowboy-Bar, war längst verschwunden. Die einstige schwule Pornovideothek zu vermieten. Die lange Reihe überteuerter Restaurants, die den Block seit jeher sprenkelte, hielt sich noch, mit den letzten alten schwulen Männern, die zur Happy Hour Margarita tranken und Eiweißomeletts aßen. Neben ihnen sah sie die jungen Paare – ob hetero oder gay, sie waren gleichermaßen abstoßend – in diese neuen Hochhaus-Eigentumsapartments einziehen, Wohnanlagen für die Reichen. Das waren Imitate, unscheinbar und elitär, mit Lobbys, die von weitem aussahen wie aufgemotztes Marriott. Es war alles so hässlich und so fad.

Und plötzlich spürte Maggie, dass es ihr besser ging. Sie entwickelte Geschmack und Ansprüche, Vorlieben und Abneigungen. Sie fing an, einen Standpunkt zu haben. Und vielleicht würde sie bald umziehen müssen. In einen richtigen Stadtteil, mit dem sie in Beziehung treten konnte. Vielleicht auch näher an Frances. Sie mussten eine Lösung finden. Dann konnte sie ein Stück die Straße runter wohnen, und Alina konnte nach der Schule rumkommen und ihre Hausaufgaben machen. Das wäre sinnvoll. Es wäre vernünftig. Und deshalb könnte es so sein.

Sie blieb an der nächsten Straßenecke stehen und balancierte ihren Präsentkorb auf einem Lochblech-Mülleimer, während sie verschnaufte. Sie würde Alina nie aufgeben, nicht so wie ihre Mutter, wie Jamies Mutter, sie im Stich lassen, den Klauen dieses verrückten Vaters überlassen. Jamie Wagner,

Jamie Wagner. Ihre Mutter war nicht ihre Retterin. Denk nach, denk nach. Sie musste sich konzentrieren. Sei Jamie. Pass genau auf. Denk wie Jamie. Atme. Versetz dich in Jamie hinein.

Ich bin manipuliert von dem kranken Hirn der Person, die ich am meisten liebe, meinem Daddy.

Endlich treffe ich jemanden, der mir helfen will, mich besser zu fühlen, mich dem Leben zu stellen, eine gleichberechtigte Liebesbeziehung zu führen.

Aber ich hab das Gefühl, sobald ich ihm mein Herz öffne, wird er mich vernichten.

So wie mein Daddy.

Mein Leben macht mich wahnsinnig.

Ich kann nicht schlafen.

Ich bin heftig gestört.

Ich laste es der Person an, die mir gesund werden helfen kann.

Mein Leben ist ein Nebel aus Schmerz.

Ich geh zu einer Therapeutin, denn die erzählt mir nichts, womit ich nicht klarkomme. Und ich komme mit nicht viel klar.

Folglich fühle ich mich nie besser.

Schmerz. Schmerz.

Ich laste alles meinem Liebsten an, der wirklich für mich da ist. Ich kann seine Sorge um mich nicht ertragen.

Ich sperre meinen Vater aus, aber ich kann immer noch nicht schlafen.

Meine Mutter hat mich dem Wolf zum Fraß vorgeworfen.

Jeden Abend komme ich vom Theater nach Hause in meine fensterlose Bude, esse auf meiner Klappcouch was Mitgebrachtes vom Chinesen und höre zu, wie der geistesgestörte Mann unten seine Mutter anbrüllt.

Ich kann keine richtigen Freunde haben, weil sie merken würden, dass mit mir was nicht stimmt.

Dass ich wie mein Vater bin. Gestört.

Also sage ich Steven, dass er »der Gestörte« ist. Dass ich ihn anzeige, weil niemand je meinen Vater angezeigt hat. Ich will, dass Steven in den Knast kommt, denn er ist die Gefahr. Er löst in mir Gefühle aus, aber so tiefe Gefühle kann ich nicht ertragen, weil mir dann all der Schmerz, den ich ihm zufüge, etwas ausmacht, und ich kann es mir nicht leisten, dass mir was etwas ausmacht. Er löst in mir Gefühle aus, mit denen ich nicht klarkomme, etwas Echtes. Es tut so weh, dass ich nicht schlafen kann. Was mache ich dann? Was mache ich? Was mache ich?

Und dann wurde es Maggie klar.

Ich geh was trinken.

Sie kletterte aus dem Taxi, Präsentkorb voran, und sah sich um. Die Zweiundachtzigste Straße Ost war jenseits der Second Avenue ebenfalls exemplarisch, aber auf etwas andere Art. Der Verfall war hier einer der gesuchten Konformität. Heterosexuelle Familien und alleinstehende weiße Frauen. Es gab das gleiche miese Essen, die gleichen überteuerten Restaurants, aber eine andere Art Verzweiflung, eine ohne Gemeinschaft. Es gab vereinzelt noch alte Leute in mietpreisgebundenen Wohnungen und sehr wenige anständige Läden, wo man frisches Gemüse bekam. Alles war am Verwesen auf diese ganz besondere Art, wie Manhattan allmählich verweste.

Maggie stand vor Jamies Wohnhaus und stellte ihren überdimensionalen Präsentkorb ab, um sich auszuruhen.

Also gut, es ist spät am Abend.

Jamie ist von der Arbeit gekommen und vom Theaterviertel heimgeradelt, hat ihr Fahrrad vor dem Eingang angeschlossen. Sie hat zu Abend gegessen. Vor ihr liegen schlaflose Stunden, und sie braucht einen Drink. Sie braucht irgendwas, um sich zu beruhigen und mit Menschen zusammen zu sein, die ihr Geheimnis nicht kennen. Dass sie sich quält.

Maggie drehte Jamies Wohnhaus den Rücken zu und spähte den Block rauf und runter. Zu ihrer Rechten war eine hell erleuchtete Pizzeria. Direkt gegenüber noch ein alter Mieter, eine Schneiderei. Die würde sich nicht mehr lange halten. Und dann, gleich rechts, sah sie, was sie suchte. Eine Bar. So nah. Jamie musste nicht mal die Straße überqueren, um nach Hause zu stolpern und sich auf ihr Bett fallen zu lassen. Maggie trat näher. The Red Den. Sie schleppte ihren Korb hin, öffnete die Eingangstür und stieß gegen eine Wand aus Gelächter und klirrenden Gläsern. Es war gerammelt voll. Der Tresen dreilagig besetzt.

Nein, überlegte sie. Das war nicht das richtige Lokal. Zu gesellig. Jamie brauchte was Ruhiges, anonym und bewältigbar. Sie würde sich eine Bar suchen, wo sie unbehelligt fernsehen konnte. Wo sie mit ihrer Qual öffentlich allein sein konnte. Sie ging aus, um allein zu sein.

Maggie trat wieder raus auf den Gehweg, spähte erneut den Block rauf und runter.

Da war es.

Direkt neben der Schneiderei. So runtergekommen und miesepetrig, dass nicht mal das Fenster beleuchtet war. Gänzlich verborgen, versehrt und gefährdet. Wie Jamie.

Zuversichtlich ging Maggie hinüber. Keinerlei Leben, keinerlei Aktivität. Erst mit der Tür direkt vor der Nase bemerkte sie den aufs Glas gemalten Namen, The Keg, das Fässchen. Als sie die schwere Tür aufzog, kam ihr ein abgestandener Luftstrom entgegen. Sie betrat die Stille. Das Lokal war eine Krypta, ein Loch für die geistig Toten. Es roch nach Schimmel. Das Licht war funzelig. Der Fernseher war an, ein mieser Sender lief. Es war so tragisch, dass sie kaum Luft kriegte. Jeder einzelne Traum oder Plan, der an diesem Ort ausgebrütet worden war, hatte sich zerschlagen. Dies war eine Winterhöhle für alle vier Jahreszeiten. Ideal dafür, eine Lüge zu leben, die Lüge, die das ganze Leben einschließt und beherrscht. Das ist die Lüge, die eine Person dazu bringt, wieder und wieder das schmerzhafte Urteil zu erneuern, dass jeder, der sie liebt, sie versehrt, dass sie kein Anrecht auf ein richtiges Leben hat. Nacht für Nacht kam Jamie hierher, damit sie sich nie würde verändern müssen, damit sie sich fest an die Lüge klammern konnte, dass sie nicht wirklich geliebt wurde.

»Also, sie war Mitte zwanzig, attraktiv, aber deprimiert, emotional durchschaubar, eine junge –«

»Sie brauchen gar nicht weiterzureden«, unterbrach der Barkeeper. »Es gab bloß eine junge Dame, die allein herkam. Ich weiß genau, von wem Sie sprechen.«

Er war ein alter Kerl, der wahrscheinlich schon als Kind hier im Viertel gelebt hatte, als es noch Yorkville hieß und voller Iren, Ungarn und Deutscher war, sowohl Nazis als auch Juden. Er war inmitten von Läden mit Wurst und Marzipan und Paprika aufgewachsen. Vermutlich hatte die Bar seinem Vater gehört, oder seinem Onkel, und mittlerweile waren sie alle längst im Bier ertrunken, so wie dieser Mann es auch bald tun würde. Inzwischen war er immer erschöpft, egal wie lange er schlief, zu müde, um dieses Lokal mal aufzumöbeln oder Werbung zu machen oder auch nur richtig zu putzen. Das einzige Zugeständnis an die Gegenwart war Sam Adams vom Fass. Ansonsten Bud, Miller, Miller Lite. Im Schnapsregal roter Johnny Walker, Gordon's und eine Pulle Jack Daniels. Er war ein Schatten, und die Nacht brach herein.

»Sie kam ständig vorbei, nach der Arbeit. Drei, vier Abende die Woche. Redete 'ne Menge. Ganz schön irre, 'ne Herzensbrecherin – Sie wissen schon, charmant, richtig lieb. Echt hübsch. Aber einmal an der Oberfläche kratzen, und sie flippte aus, Sie wissen ja, mit was hübsche Mädchen so durchkommen.«

Maggie inspizierte sich in dem trüben Spiegel hinter der Kasse. »Eine versehrte Schönheit.«

»Sie sagen es.« Er lehnte sich mit letzter Kraft auf die Bar. »Wodka Cranberry. Einsames Mädel. Sehr einsam. Brauchte wirklich dringend jemanden zum Reden. Kam immer rein, kippte ein paar Drinks und wurde mächtig wütend.«

»Auf Sie?«

»Nein, ich kann mit Leuten umgehen. Sie war fuchsteufelswild, weil irgendein Kerl sie belästigte.«

»Wann haben Sie sie das letzte Mal gesehen?«

»Sie kam rein und dröhnte sich sehr schnell zu, bestellte noch einen Wodka Cranberry – das ist doch ein Kinderdrink. Was für Leute, die Brause in ihrem Schnaps brauchen.«

»Genau wie Cosmos«, fügte Maggie hinzu.

»Ganz recht.« Der Mann erwärmte sich für Maggie, weil sie ja doch eine Trinkerin war, und Barmänner brauchen Trinker wie Feuerwehrmänner Brände.

»Was hat sie gesagt?«

»Sie hat mir von diesem Kerl erzählt, wie sie ihn endlich richtig auf den Topf gesetzt und absurviert hat, ihm klargemacht hat, dass sie die Polizei einschaltet.«

»Und haben Sie ihr das Bartelefon in die Hand gedrückt?«

»Ganz und gar nicht.« Der Mann lächelte in sich hinein. All die Dinge, die er gesehen hatte, all die Tricks, die er kannte, und wie nichts davon noch eine Rolle spielte. »Ich hab ihr gesagt, sie soll die Cops lieber nüchtern anrufen. Das macht mehr Eindruck, ist wirksamer. Und sie hat gelächelt und gesagt: ›Ich bin Schauspielerin, denk dran. Ich kann nüchtern spielen.‹ Und dann hat sie direkt einen gespielten Anruf hingelegt.«

»Wie meinen Sie das?«

»Sie wissen schon.« Er tat, als spräche er in ein unsichtbares Telefon. »Hat so die Hände ans Gesicht gehalten, als ob sie einen Hörer festhält, und dann mit so einer Kleinkätzchenstimme gesagt: ›Officer, Sir. Bitte sperren Sie meinen Daddy ins Gefängnis.‹« Der Barkeeper wechselte den Gestus. Er wurde sehr ernst. »Da ist mir zum ersten Mal klar geworden, dass sie all diese Probleme mit ihrem *Vater* hat.«

»Yeah.«

»Sehen Sie, ich dachte ja die ganze Zeit, sie redet von ihrem Freund. Also sagte ich: *Deinen Vater?* Und da regte sie sich furchtbar auf. Es war ihr so rausgerutscht. Sie wollte, dass niemand davon weiß. Sie meinte, sie würde eines Tages ein ganz großer Fernsehstar, und niemand dürfte wissen, dass ihr Vater ein Beutegreifer ist.«

»Was haben Sie gesagt?«

»Ich hab ihr die Wahrheit gesagt. Das mir das schnuppe ist. Ich guck sowieso bloß Sport.« Er zeigte hinüber zu dem stumm gestellten Spiel auf dem antiquierten Fernsehapparat. »Aber sie hat nicht lockergelassen. Sie wurde immer lauter, richtig hysterisch, sie lief krebsrot an und sah aus, als würde sie gleich auseinanderfallen, das arme Kind. Sie reagierte völlig überzogen, was ganz schön nervte, aber sie war dabei so aufrichtig, dass es einen fertigmachte. Man wollte sie irgendwie nur noch trösten.«

»Konnten Sie das?«

»Nee, das war längst jenseits. Sie wollte, dass ich schwöre, also schwor ich. Ich hob meine rechte Hand und schwor zu Gott. Und jetzt erzähl ich es Ihnen brühwarm. Aber sie ist ja tot, möge ihre arme Seele Frieden finden.«

»Hat sie Ihnen geglaubt?«

»Nicht so richtig. Sogar nachdem ich geschworen hatte, wollte sie nicht davon aufhören. Sie meinte: ›Wenn irgendwer davon erfährt, erwürgt sie mich. Das hat sie selbst gesagt.‹«

Moment mal.

»*Sie?*«

»Yeah.«

»Jamie hat Ihnen erzählt, dass eine Frau gedroht hat, sie zu erwürgen, und dann wurde sie erwürgt, und Sie haben nicht die Polizei angerufen?«

»Ach sehen Sie, ich dachte mir, früher oder später werden die schon hier anrücken.« Er zuckte die Achseln. »Und da sind Sie.«

»Ich bin nicht die Polizei.«

»Tja, dann hab ich keinen Ärger am Hals.«

Maggie fühlte sich überfahren. »Sie wusste, dass sie erwürgt werden würde.«

»So was kommt vor. Hey, Sie sehen ganz erschüttert aus.« Seine Augen wurden zu großen roten Untertassen aus Mitgefühl. Dieser Mann konnte andere nicht leiden sehen. »Hier, trinken Sie was. Geht aufs Haus.« Er zapfte ein Sam Adams vom Fass. Das gute Zeug.

Sie schaute das Glas Bier an. Sie erinnerte sich an Sam Adams. Es war zart und röstig. Sie konnte es fast kauen, aber zugleich war es weich, eine Decke um ihre Sorgen, und süß und kühl. Wie etwas, das irgendjemandes Mutter einem ans Bett bringen würde, wenn man nicht schlafen konnte. Aber dieser Balsam war für Erwachsene, die nie schlafen konnten, weil die Person, die ihnen ihre Honigmilch brachte, verrückt war.

»Nein danke«, sagte sie. »Lieber nicht.«

»Oh, wie Sie wollen.« Er trank das Bier selbst.

Sie stemmte ihren Präsentkorb hoch und ging zur Tür hinaus, suchte wieder nach einem Taxi, wünschte, sie hätte dieses Zeug auf ihrem Handy, das es so einfach machte, an eins zu kommen. Sie lehnte sich im weichen Sitz des Taxis zurück und schaute hinaus, als sie die Stadt durchquerten. Die Second Avenue runter, dann über die Dreiundzwanzigste Straße.

In Manhattan sind immer zwanzig Blocks eine Meile, und die ganze Strecke von der Zweiundachtzigsten bis zur Dreiundzwanzigsten Straße hatte absolut nichts zu bieten. Unscheinbare Restaurants. Wo würde sie hinziehen? Musste es Brooklyn sein? Da war es so teuer. Vielleicht Queens.

Sobald sie und Frances anfingen zu reden, wäre Brooklyn das einzig Richtige, aber wenn sie zu schnell dorthin zog, kam womöglich doch noch die Polizei vorbei. Sie hatten sie nie aufgesucht. Vielleicht hatte Frances geblufft oder den Anruf annulliert. Maggie hoffte es. Vielleicht hatten sie Frances auch gesagt, sie solle sich verpissen und mal erwachsen werden und verhandeln lernen. Dass da draußen echte Verbrechen passierten, zum Beispiel Kinder, die von ihren Müttern fern-gehalten wurden. Das wäre doch süß. Wann sollte sie nach Brooklyn ziehen? Das war die Frage. Bevor oder nachdem Frances und sie zu reden anfingen? Es war unvermeidlich, ein Heilungsprozess. Früher oder später würde sie weich werden. Vielleicht musste jemand sterben oder so, damit alles in die richtige Perspektive rückte, aber irgendwann musste Frances mal erwachsen werden. Sie konnte doch nicht ewig das Fal-sche tun. Oder?

Das große Problem war Maritza, und daran führte kein Weg vorbei. Wann immer eine Person einen moralisch unhaltbaren, aber stur verteidigten Standpunkt einnahm, steckte dahinter irgendeine Art von Cheerleaderin, die ihr ins Ohr flüsterte: »Los, zeig's der Schlampe«, und ihr einredete, das, was falsch war, sei in Wirklichkeit richtig. Ohne eine sol-che Person würde die Wahrheit Frances zu schaffen machen. Sie würde nachgeben. Aber solange Maritza Vorteil daraus zog, dass Maggie weit und breit das einzige Problem war, würde Frances ihren negativen Kurs steif und fest beibehalten.

Als sie nach Hause kam, hatte sie sich in echte Verzweiflung hineingesteigert. Sie tigerte hin und her, wurde wahnsinnig in ihrem winzigen Raum. Der Kaktus, der scheiß Präsent-korb, den sie durch die halbe Stadt geschleppt hatte. Es gab kaum Platz zum Auf-und-ab-Gehen. Es war spät. Sie litt Qualen. Es war endlos. Es würde immer so weitergehen, die Ungerechtigkeit der gesamten Situation. Wann würde sich was ändern?

Ihr Handy klingelte.

Was denn nun?

Was zum Teufel wollte Craig jetzt?

»Hallo?«

»Maggie?«

»Ja?«

»Maggie, hier ist Omar.«

»Omar?«

»Ich habe zwei Stunden auf deinen Anruf gewartet. Diesmal hattest du es versprochen.«

»Oh mein Gott, Omar. Es tut mir so leid.«

Er zieht mich zur Verantwortung.

»Ich habe hin und her überlegt, ob ich dich anrufe«, sagte er. »Aber ich weiß, dass es für uns beide wichtig ist, klar und zuverlässig zu sein.«

»Vielen Dank, Omar. Ich weiß das echt zu schätzen.«

Sie setzte sich auf den Boden, wo der Futon hinkommen würde.

»Es tut mir dermaßen leid.«

Sie fing an, den Präsentkorb auszupacken.

»Es war so eine gute Entscheidung, mich anzurufen«, sagte sie. »Bei der Arbeit ist was dazwischengekommen, und ich war nicht richtig beisammen und mir meines Versprechens nicht bewusst.«

Sie wickelte Zellophan ab, nahm eine Papaya heraus.

»Ich möchte jemand sein, der Versprechen hält.«

Sie zog ein paar winzige Bananen hervor.

»Omar, ich würde unheimlich gerne jetzt noch ein bisschen reden. Wäre das okay?«

»Klar, das ist okay.« Er war nett.

»Danke dir.«

Sie förderte zwei Minigläschen Marmelade zutage. Eins war Sauerkirsche und das andere Pfirsich.

»Also, Omar. Was hast du heute so gemacht?«

»Na ja, mein Partner Jacques und ich sind heute früh in den Central Park gegangen, einfach so. Jetzt, wo wir nicht mehr trinken, haben wir all diese freie Zeit. Morgens *und* abends. Wir wollen sie mit Erfahrungen füllen, so wie die Gärten im Park in der frühen Morgendämmerung.«

Sie nahm einen vornehmen importierten Senf heraus.

»Das klingt toll. Was habt ihr dann gemacht?«

»Na ja, Jacques ist Krankenpfleger, also ist er in die Klinik gefahren. Ich hab früher unterrichtet, bevor ich mir das mit meinen Abhängigkeiten ruiniert habe, das war schon hart. Aber jetzt habe ich einen festen Job im Kaufhaus, was gut ist.«

»Er hat zu dir gehalten.«

»Ich hab ein solches Glück. Die Art Chance, die man braucht.«

»Was hast du unterrichtet, Omar?«

»Ich hab an der Uni New York arabische Sprache und Literatur gelehrt. Ich war Doktorand. Dann hab ich meine Dissertation nicht abgeschlossen und bin nicht mehr zu den Kursen gegangen. Ich war depressiv und hab mich zugedröhnt, statt mich mit meinen Problemen auseinanderzusetzen. Mein Ziel ist, dass sie mir vergeben und mir erlauben, wieder ins Promotionsprogramm einzusteigen. Was ist mit dir?«

Sie nahm eine Flasche mit reinem Bio-Ahornsirup aus dem Korb und eine mit Kirschwasser.

»Ich bin Privatermittlerin, und –«

Sie packte die Flasche fester.

»Hallo? Maggie?«

Sie starrte sie an.

»Maggie? Hallo? Bist du noch da?«

»Ich muss los.«

»Maggie? Maggie?«

Tag fünf

Sonntag, 9. Juli 2017

Kapitel siebenundzwanzig
17:00 Uhr

»Die Music Box ist das Broadway-Theater, von dem jeder Bühnenautor träumt. Klein, anspruchsvoll, einladend, prestigeträchtig und intim«, sagte der junge Mann draußen vor dem Bühneneingang und hielt sein Programmheft fest umklammert.

»Sind Sie Bühnenautor?«, fragte Maggie.

»Oh ja. Aber seit 2007 ist nichts mehr von mir gespielt worden. Es ist eine schreckliche Branche. Ich schreibe jedes Jahr ein Stück, aber nichts. Ich schreibe trotzdem weiter.«

»Warum schreiben Sie immer weiter, wenn doch nichts davon auf die Bühne kommt?«

»Weil«, er blinzelte, ein bisschen beschämt und ein bisschen stolz, »es *könnte* ja eins aufgeführt werden. Ich kann es einfach nicht riskieren, diese Chance zu verpassen.«

»Ich verstehe.«

Dann hatte sie noch eine Frage.

»Wie verarbeiten Sie denn Trump? All diese Verwirrung und die Grausamkeit und die Lügen und den völligen Verfall einer Nation, die davor so lange versucht hat, besser zu werden? Wie setzt man das in Theaterstücken um?«

»Keine Ahnung«, sagte er. »Ich mag Musicals.«

Eine ältere Frau, Programmheft in der Hand, mischte sich ein. »Ich hab heute gehört, sein Sohn Don junior ist beim Lügen ertappt worden, was irgendein Treffen mit ein paar Russen angeht. Das könnte doch ein Musical hergeben.«

»Ich weiß nicht«, antwortete der junge Mann. »Es singt nicht so richtig.«

Die Menge wartete seit über zwanzig Minuten, aber es schien ihnen nichts auszumachen. Viele waren Bühneneingangsveteranen, manche standen jeden Abend dort. Wenn die Öffentlichkeit wüsste, wie viele Broadway-Tickets an besessene Fans mit Wiederholungszwang verkauft wurden, hätten sie womöglich eine andere Sicht auf den legendären Great White Way.

Schließlich schwang die Tür auf, und die Nebenrollen traten heraus, darunter auch die vormalige Zweitbesetzung Kat Klarke, deren Karriere durch den Mord an Jamie Wagner in Bewegung gekommen war. Wie ihre Vorgängerin kannte sie ihren Platz und schritt still und unsichtbar durch die sie ignorierende Menge. Ihre Chance, bewundert, idealisiert, gut bezahlt und von der öffentlichen Aufmerksamkeit verbogen zu werden, lag noch vor ihr. Was würde sie werden? Verscharrt oder berühmt?

Maggie wusste, wenn man bei einer Schieflage das Gesamtbild in den Blick nehmen wollte, war es immer sinnvoll, auszuwerten, wer bei einem Verbrechen gleich welcher Art am meisten zu gewinnen hatte. In diesem Fall gab es nur eine Person, deren Leben durch den Tod von Jamie Wagner materiell verbessert wurde. Und das war ihre Zweitbesetzung. Statt hinter der Bühne zu verrotten, wie wenn Jamie weitergelebt hätte, wurde Kat Klarke jetzt allabendlich von allen gesehen, die wegen Lucy Horne hierherkamen. Und genau das wollen Schauspieler/innen doch, oder? Gesehen werden?

Aber die zweitwichtigste Überlegung bei der Aufklärung eines Verbrechens bedenkt, dass Menschen auch Dinge tun, die ihnen keinen Vorteil bringen. Für den unmittelbaren Augenblick mag vielleicht eine Katharsis stattfinden, aber es ist eine traurige Tatsache, dass die meisten Schwerverbrechen von Leuten begangen werden, die nicht wirklich vorausdenken.

Die Menge teilte sich kurz, um Kats Verschwinden zu erleichtern, und wartete dann weiter auf das Objekt ihrer Hingabe. Schließlich öffnete sich die Bühnentür erneut, aber diesmal standen die Menschen auf Zehenspitzen, so erhebend wirkten die leibhaftig erfahrbaren Erlebnisse, die die Theaterwelt zu bescheren vermochte. Es war der explizite Beweis dafür, dass sie am Leben waren, voreinander, gleichzeitig, gemeinsam. Diese stillschweigende Übereinkunft genügte, um so viele von ihnen nach New York zu locken – sei es für den Abend, für diese Woche oder für den Rest ihres Lebens.

Dann kam Lucy Horne herausgeschwebt. Die Menge seufzte. Sie lächelte, war sich der Kameras durchaus bewusst, buhlte aber nicht um ihre Gunst. Sie signierte fünf Programmhefte, flirtete und ging wieder auf Abstand. Sie sonnte sich, sie wurde geliebt, sie schenkte und verband sich und blickte in die Augen von Menschen, die noch nie bemerkt worden waren. Sie streckte die Hand aus und berührte und spielte *Großmut*, *Anteilnahme* und *Einfühlung*.

»Louisa«, rief der Polizist in Zivil.

Sie schaute hoch.

Wir haben sie, dachte Maggie.

Es war eine dumme Unachtsamkeit, nicht wahr? Diese spontane Reaktion. Wäre sie auf der Hut gewesen, dann hätte das Wort Louisa keinerlei Bedeutung haben dürfen, aber es hatte sehr viel Bedeutung, weil es alles an ihr repräsentierte, was sie hasste und verborgen halten wollte. Das war der Name, mit dem ihre Mutter sie gerufen hatte, und ihr schrecklicher Vater auch, auf dem Schiff, mit dem sie als Kinder herübergekommen waren. Kleine erbärmliche Flüchtlinge, beide geboren in den Trümmern des besetzten Berlins, in einem Vertriebenenlager. Wer wusste schon, was ihr Vater im Krieg getan hatte? Da war praktisch alles denkbar. Er war ein Sadist.

Und *Louisa* nannte sie auch ihr schwer gestörter Bruder, so lange, bis sie es ihm ausprügelte – *Lucy, Lucy, Lucy.*

Und warum zum Teufel hatte sie diesem Mädchen jemals eine Chance gegeben? Es lag an Stefan, der drohte und bettelte, ihr folgte, Briefe überall hinschickte. *Hilf Jamie. Hilf Jamie.* Das Mädchen war talentiert, und in einem Moment der Müdigkeit und Schwäche hatte sie dann ja gesagt, ja, sie könnte mal vorsprechen. Und dann mochte der Regisseur sie, und sie war ganz in Ordnung, und erst als die Show Premiere hatte, kam Lucy zu der Erkenntnis, was für eine Zeitbombe sie sich da aufgehalst hatte. Dass dieses Mädchen gestört war. Und sie konnte einfach nichts für sich behalten, und sie plauderte aus, dass Stefan, dass sie über höchst unangemessene Dinge *redeten*, in einem Ausmaß, das … skandalträchtig war. Es war illegal! Es war etwas, wofür Disney niemals Verständnis aufbringen würde. Niemand hätte dafür Verständnis. Und dann verliebte sich dieses dumme Mädchen auch noch, ausgerechnet … in einen Schriftsteller. Und Schriftsteller, die schreiben über alles, was sie wissen und bemerken – das hatte Lucy auf die harte Tour gelernt –, besonders wenn sie sich ungerecht behandelt fühlen. Und jeder Trottel konnte erkennen, dass er ihr guttat, dieser Schriftsteller, er liebte sie. Und Jamies Leben hatte eine Chance, aber sie konnte diese Unverfälschtheit gar nicht aushalten, sie fing an, sich ihm gegenüber gestört aufzuführen, und Lucy wusste, worauf das hinauslief, am Ende würde er über ihren gestörten Bruder und das gestörte Mädchen schreiben, und Jamie schwor, sie habe ihm nicht erzählt, dass sie verwandt waren, ein und dieselbe gestörte Familie. Aber dann drohte sie damit, ihm … wie nannte sie es? … *die Wahrheit* zu sagen. Fand, dass sie das *musste*, wenn sie sich ein Leben aufbauen wollten, diese Idiotin, die gesamte Existenz der großen Lucy Horne ruinieren, ihre ganze Vergangenheit und ihre ganze Zukunft, und sie war instabil, dieses Mädchen, und wenn Jamie jemals ihrem Freund steckte, dass ihr gestörter, krimineller Vater und Lucy Bruder und Schwester waren, dann würde der Schriftsteller garantiert davon erzählen. Er würde *die Wahrheit* enthüllen. Sie wusste, dass Jamie ihn verrückt machen würde, und er würde versuchen, alles zu verstehen, und auch wenn es Jahre dauerte, er würde damit ringen und ringen, und schließlich, eines Tages, bloß um etwas Ruhe zu haben vor all ihren Vorwürfen und ihrer Verrücktheit und ihren Schuldzuweisungen, eines Tages würde der Schriftsteller auspacken.

Maggie nahm den R-Train zur Siebenundsiebzigsten Straße in Bay Ridge, Brooklyn, und ging die Third Avenue entlang. Es fühlte sich an wie New York, wo New York kleinstädtisch war. Ein altmodischer Getränkespender, zwar kein echtes altes Original, aber immerhin noch da. Ein paar Bars. Eine urtümliche Tanzschule, die Flamencounterricht gab. Türkisches Essen, palästinensisches Essen, Unmengen von Datteln und Basmatireis. In den Seitenstraßen spielten arabische und Latinofamilien draußen in der Hitze Karten, jedes Häuschen hatte einen Vorgarten und manche alte Holzverandas. Wie lange konnte sich das noch so halten?

Als sie zur richtigen Adresse kam, sah sie ihn sofort, genau da. Er hockte vor der Tür, rauchte eine Zigarette, trank ein Bud Lite, allein im Dunkeln. Er hatte deutlich zugenommen und war älter geworden, natürlich war er das. Sie hatten beide so viel durchgemacht.

Er starrte nach oben, wo die Sterne hätten sein sollen, und sie hörte die Vögel, die auch er hörte.

»Eddie?«

»Yeah, wer ist da?«

Sie ging ein Stück näher heran, damit er im Licht der Straßenlaterne ihr Gesicht erkennen konnte.

»Ich bin's, Maggie. Maggie Terry.«

Eddie Figueroas Züge wurden breit und bleich vor Überraschung. Er stand auf, streckte die Arme aus und taumelte auf sie zu. Er hätte ein Messer im Rücken haben können, so angepiekt sah er aus. Er kam näher, immer näher. Starrte sie an. Sie erwartete schon, dass er vornüberfiel und sie zermalmte.

»Eddie, es tut mir so leid …«

Eddie umarmte sie so fest, dass er sie wurde. Ihre Brüste drückten sich zwischen ihren Brustkörben flach.

»Maggie, sie haben alle Anklagepunkte fallenlassen. Ich bin wieder auf Streife.«

Er war so froh darüber. Es war ein Sieg. Er war abgestumpft.

»So eine Erleichterung für dich, Eddie«, sagte sie.

»Danke.« Er schüttelte jetzt ihre Hand. Schüttelte sie wirklich doll. »Danke, Maggie. Wie cool von dir, vorbeizukommen.«

»Eddie«, sagte sie. »Dein Vater war der beste Freund, den ich je hatte.«

Und dann konnte sie es nicht tun. Sie konnte nicht sagen: Er ist tot, weil ich drogenabhängig und Alkoholikerin bin. Ich habe vor der Untersuchungskommission gelogen. Ich bin eine Lügnerin. Ich habe ihn im Stich gelassen.

Sie konnte es nicht sagen, weil sie es dem Falschen erzählen würde. Denn Eddie war ein Mörder, und das war sie auch. Sie standen beide auf der falschen Seite, auf der Seite der Lügen. Und auf eine grauenhafte Art zahlten sie beide einen schrecklichen Preis, aber trotzdem kamen sie damit durch. Sie bekamen beide die Chance, zu leben.

»Willst du nicht reinkommen und ein Bier trinken?«

»Nein danke. Ich war nur gerade in der Gegend und dachte, ich schaue mal kurz vorbei.«

»Oh, yeah, was führt dich denn nach Bay Ridge?«

»Abendessen mit ein paar Freunden. In diesem palästinensischen Lokal da.«

»Okay, also dann.« Er war so froh. Er war der Gewinner. »Dann lass ich dich mal gehen. Ich sag meiner Mutter, dass du hier warst.«

»Okay, gute Nacht, Eddie.«

»Pass auf dich auf.«

Und er verschwand in den Schatten.

Dann stieg sie wieder in den R-Train, fuhr damit bis Union Square und stieg um in die Linie 4 Richtung Bronx. Es gab eine Klimaanlage in den Wagons, aber nicht auf den Bahnsteigen. Es war ein Sonntagabend im Hochsommer, und die Leute waren ziemlich gedämpft.

Maggie stieg aus, folgte den Angaben, die sie auf ein Stück Papiertüte geschrieben hatte, und lief durch ein paar unterbeleuchtete leere Straßen, bis sie ihr Ziel erreichte. Es war eine heiße rachitische Gasse, ungefüge Blechtüren in verschiedenen Stadien des Schief-in-den-Angeln-Hängens. Unebene Stufen. Asynchrone, asymmetrische Ladenfronten, zusammengehalten von Toren und wackeligen Blechen. Hier war alles passiert. Hier hatte das Ganze stattgefunden.

Ein paar alte schwarze Männer spielten an einem Klapptisch auf dem Gehweg Karten, in der Nähe stand ein Handwagen, an dem *Piragua* in drei süßen Geschmacksrichtungen verkauft wurden. Es war sehr ruhig. Ein hässlicher Hund lag ausgestreckt auf dem Beton.

Es drang eine Art karibische Musik aus der Wohnung, und drinnen redeten Leute.

Sie klopfte an die Tür.

Eine Frau kam mitten im Gespräch an die Tür und spähte kurz durch den Spion. Dann ertönte das Geräusch von sich drehenden Schlössern, und die Tür ging bis zur Länge einer Vorlegekette auf. Die Augen der jungen Frau, ihre Stirn und ihr Nasenrücken zeigten sich.

»Ja?«

»Mrs. Ashford?«

»Ja.«

»Mein Name ist Maggie Terry.«

»Ja.«

»Ich war früher Polizistin.«

»Die Polizei?« Die Frau schnalzte verächtlich, dann ängstlich.

Maggie sah dieser Fremden fest in die Augen. Es war Zeit, Wiedergutmachung zu leisten.

»Ich bin hier, um zu sehen, ob ich Ihnen helfen kann, ein bisschen Gerechtigkeit zu erlangen. Ich will tun, was ich kann, um die Dinge besser zu machen.«

Und dann, endlich, lag alles bei ihr.

Anmerkungen und weiterführende Links

AA (Anonyme Aklkoholiker/innen), NA (Narcotics Anonymous = Drogenabhängige) und andere (Schuldner/innen, Spielsüchtige, Sexsüchtige, Ess-/Brechsüchtige, Arbeitssüchtige u. v. m.) sind weltweit agierende Selbsthilfeorganisationen zur Bekämpfung von Alkoholismus bzw. anderen Süchten. Abhängigkeiten sind nach Auffassung dieser Organisationen Krankheiten, welche die Einzelnen schwerlich allein, wohl aber mit Hilfe von Gruppen-arbeit und spiritueller Stärkung (Gebete) überwinden können. Organisiert in einer Vielzahl lokaler Gruppen, deren Mitglieder sich regelmäßig in Meetings treffen, um Unterstützung in der Abstinenz zu erfahren. Sie orientieren sich am Zwölf-Schritte-Programm. Es gibt Betroffenengruppen (»Anonyme«) sowie Angehörigengruppen (›Anon«).

Bay Ridge: gehobenes Mittelklassewohnviertel im südwestli-chen Brooklyn, bis Anfang der 1990er v. a. norwegisch geprägt, dann irische, italienische, griechische, russische, polnische und libanesische Zuwanderung, in den letzten Dekaden viel Zuzug aus dem Mittleren Osten und arabischen Ländern. Bay Ridge hat reichlich gut erhaltene Altbauten, darunter die Brooklyn-typischen »Brownstones«, und ist bekannt für seine Vielzahl von Restaurants diverser Ethnien.

Black Lives Matter (BLM, Übs: »Schwarze Leben zählen«) ist eine dezentralisierte internationale Bewegung ohne formale Hierarchien, entstanden aus den afroamerikanischen Commu-nitys in den USA, zunächst mit dem Social-Media-Hashtag #BlackLivesMatter nach dem Tod des Teenagers Trayvon Martin und Freispruch von George Zimmerman (2013), dann Demon-strationen nach rassistischer Polizeigewalt mit Todesfolge (2014:

Michael Brown, Ferguson, Missouri, und Eric Garner in New York City). Black Lives Matter organisiert Proteste gegen Racial Profiling, Polizeigewalt und Rassenungleichheit. Der Fall Eric Garner (17. Juli 2014) wurde auch hierzulande medial aufgegriffen. Am 16. Juli 2019 teilte das US-Justizministerium mit, gegen keinen der beim Tod Eric Garners involvierten Polizisten juristisch vorzugehen.

taz.de/Gewalt-gegen-Afroamerikaner-in-den-USA/!5036954/
spiegel.de/panorama/justiz/eric-garner-in-new-york-proteste-
   gegen-jury-urteil-in-ganz-usa-a-1006721.html
washingtonpost.com/national-security/justice-dept-will-
   not-charge-police-in-connection-with-eric-garners-
   death/2019/07/16/f5188d84-a761-11e9-86dd-d7f0e60391e9_
   story.html?noredirect=on&utm_term=.6f853b25b621

Chris Rock, geb. 1965, Stand-up-Comedian, Filmschauspieler (u. a. *Dogma, Lethal Weapon 4, Top Five, Dolemite Is My Name*) und Produzent, wuchs in Brooklyn auf. Verarbeitete seine von rassistischem Mobbing geprägten Kindheitserfahrungen in der Comedy-Serie *Alle hassen Chris*. Engagiert sich gegen Racial Profiling, für Cannabis und bei Black Lives Matter.

Colonial Williamsburg: ein penibel im Stil des 18. Jahrhunderts restaurierter Stadtteil von Williamsburg im US-Bundesstaat Virginia, steht unter Denkmalschutz. John D. Rockefeller soll in den 1930ern 60 Millionen Dollar in das Projekt investiert haben. Colonial Williamsburg ist ein Living History-Museum (mit kostümierten Bewohner/innen) und zieht jährlich über eine Million Tourist/innen an.

Democracy Now! ist ein US-Politikmagazin im nichtkommerziellen Rundfunk, das Menschen und Themen, die in den US-Massenmedien nicht vorkommen, eine Stimme gibt sowie regierungs- und mainstreamkritisch über internationale Politik berichtet. Gegründet 1996 von Journalist/innen um Amy Goodman und Juan González. Amy Goodman ist die Hauptmoderatorin. Das Magazin ist politisch unabhängig und finanziert sich über Spenden. Die Sendung wird international von über 700 Hörfunk-, TV- und Internetsendern übernommen, sie kann auf der Website democracynow.org kostenlos als Webcast gesehen, als Audiostream gehört oder heruntergeladen werden. In Deutschland läuft *Democracy Now!* auf Radio Dreyeckland, Freies Radio Wiesental, Radio Unerhört Marburg und Alex Offener Kanal Berlin sowie als Fernsehsendung bei TIDE TV, in Österreich auf Okto, FS1 und den freien Radios Radiofabrik, Freirad und Radio Helsinki.

Gelassenheitsgebet: vermutlich vom US-Theologen Reinhold Niebuhr verfasstes Gebet oder Mantra, verbreitet v. a. durch den Gebrauch in den Selbsthilfegruppen Anonyme Alkoholiker (AA), Narcotics Anonymous (NA) und anderen Zwölf-Schritte-Gruppen, die das Gelassenheitsgebet in ihrer Literatur verwenden und bei den Meetings gemeinsam sprechen. Der Text auf Deutsch:
Gott, gib mir die Gelassenheit,
Dinge hinzunehmen, die ich nicht ändern kann,
den Mut, Dinge zu ändern, die ich ändern kann,
und die Weisheit, das eine vom anderen zu unterscheiden.

Great White Way: Der Broadway, Hauptader von New Yorks berühmtem Musical- und Theaterviertel, wird wegen der üppigen Leuchtreklamen auch »The Great White Way« genannt.

Methan-Regulierungen: Trumps Versuch, die Beschränkungen der Obamaregierung zugunsten der Industrie rückgängig zu machen, wurde von US-Gerichten bekämpft. Berichterstattung dazu:
nytimes.com/2019/08/29/climate/epa-methane-greenhouse-gas.html
n-tv.de/politik/Trump-will-Methan-Regulierungen-abschaffen-
    article21239597.html
spiegel.de/politik/ausland/donald-trumps-klimapolitik-
    energieunternehmen-duerfen-mehr-methan-ausstossen-
    a-1227492.html

stern.de/politik/ausland/donald-trump-vs--klimaschutz--
oelfirmen-sollen-mehr-methan-freisetzen-duerfen-8352870.
html

tagesspiegel.de/politik/methan-ausstoss-bei-oel-und-
gasfoerderung-trump-regierung-will-regeln-fuer-
klimaschaedliches-gas-abschaffen/24959524.html

O'Neill: Eugene Gladstone O'Neill (1888–1953) war ein New Yorker Dramatiker und Literaturnobelpreisträger irischer Abstammung, galt als talentierter, dickköpfiger Sozialrebell, begann mit Mitte zwanzig Stücke zu schreiben, viele davon über innerlich zerbrochene Figuren, die durch Selbstbetrug und Rausch versuchen, der Verantwortung ihres Lebens zu entfliehen. Sein Werk soll die Wendung des amerikanischen Theaters zur Tragödie bewirkt haben (u.a. *Jenseits vom Horizont, Der haarige Affe, Alle Kinder Gottes haben Flügel, Sehnsucht unter Ulmen, Trauer muss Elektra tragen, O Wildnis, Der Eismann kommt, Ein Mond für die Beladenen, Eines langen Tages Reise in die Nacht*), viele Stücke sind auch verfilmt. Er erhielt vier Pulitzer-Preise.

People bzw. das *People Magazine* ist eine US-Wochenzeitschrift mit über 3,7 Millionen Leser/innen. Der Schwerpunkt liegt auf Storys und Berichten über Prominente. *People* ist bekannt für seine jährlich erscheinenden Sonderausgaben »The 100 Most Beautiful People«, »The Best and Worst Dressed« und »The Sexiest Man Alive«.

Rachel Maddow ist eine bekannte US-Radio- und Fernsehmoderatorin und kritische Kommentatorin. Maddow lebt offen lesbisch und bekennt sich zur Demokratischen Partei, deren politisches Programm sie in den Wahlkämpfen 2008 und 2016 unterstützte. Sie wurde mehrfach für ihre herausragende Nachrichtensendungen ausgezeichnet (u.a. Emmy 2011 und 2017). Ihre eigene abendliche *Rachel Maddow Show* liefert stets viel Hintergrund zu einem Thema, Maddow spannt den Bogen in die amerikanische Geschichte, wertet dann aktuelles Material aus und bezieht kritisch Stellung. Seit Trumps Amtsantritt wächst ihre Zuschauerzahl ständig. Im März 2018 war ihre Sendung erstmals die meistgesehene Show im US-Kabelfernsehen.

4. Juli: Independence Day, Unabhängigkeitstag, Fourth of July, Nationalfeiertag der USA, gedenkt der Ratifizierung der Unabhängigkeitserklärung am 4. Juli 1776, jährlich gefeiert mit (je nach Stadt) Paraden und/oder Konzerten sowie (obligatorisch) einer Ansprache des Präsidenten und großem Feuerwerk.

Zwölf-Schritte-Programm: Selbsthilfegruppen-Methode, entwickelt in den 1930er Jahren von den Alkoholikern William Griffith Wilson und Robert Holbrook Smith, soll Abhängigen zur Abstinenz und zu einem neuen Lebenswandel verhelfen. In Zwölf-Schritte-Gruppen, Anonymen Gruppen oder A-Gruppen wird empfohlen, auf freiwilliger Basis die *Zwölf Schritte* durchzuarbeiten, eine Bedingung für die Teilnahme an den Treffen ist das nicht. Der Wortlaut der zwölf Schritte wird je nach Krankheitsbild leicht variiert in Betroffenengruppen (»Anonyme«) sowie in Angehörigengruppen (»Anon«) eingesetzt.

narcotics-anonymous.de/die-12-schritte-von-narcotics-
anonymous.html

Chaos in Suburbia

Im Gefängnis Ihrer Majestät schrubbt Angela May Sutherland Toiletten. Zusammen mit Kerrilla Cropper, die sich verzweifelt nach ihrem Kind sehnt. Deshalb soll Angela May, besser bekannt als Lady Bag, mal nach ihm sehen, wenn sie rauskommt. Doch die einstige Baglady, kaum aus dem Knast entlassen, gerät sofort wieder mit Gott und der Welt aneinander. Und sie kann auch nicht tatenlos zusehen, wie ein Freund einem Krokodil zum Opfer fällt …

Mit Verve verfolgt Liza Codys neuer Roman die Fährte des ganz normalen Wahnsinns. Zwischen den abgewrackten Wohnsilos sozialer Brennpunkte und selbstgerecht-stolzem Londoner Bürgeridyll ringt die angeschlagene Heldin um Durchblick und um die Kraft, das Richtige zu tun.

Liza Cody
Krokodile und edle Ziele
Aus dem Englischen von Else Laudan
Ariadne 1227 · 978-3-86754-227-2

»Liza Cody ist wieder da. Scharf, grotesk, bissig wie je. Jubel!«
KrimiZEIT-Bestenliste

»Sie ist die Beste. Hochgradig unterhaltsame Genreliteratur, in der beiläufig die Übel der Gesellschaft verhandelt werden. Große Kunst.« Katharina Granzin, *taz*

»London, wie es stinkt und regnet und überlebt sein will.« Sylvia Staude, *Frankfurter Rundschau*

Das System kannst du in der Pfeife rauchen

Madame Portefeux, die Arabischübersetzerin mit den Patience-blauen Augen, führt ein Scheißleben. Die Kohle ist knapp, die alte Mutter liegt im Sterben, die Welt biegt sich vor Ungerechtigkeit. Dann tut sich unverhofft eine Chance auf, die einfach ergriffen werden muss. Und alles wird anders.

Was passiert, wenn eine von Verantwortung und Geldsorgen zermürbte französische Mittfünfzigerin beschließt, dem Kapitalismus mit seinen eigenen Waffen zu begegnen? Eine scharfe Bestandsaufnahme und ein Feuerwerk aus bösem Witz mit schamlosen Ausfällen gegen ein selbstherrliches, durch und durch verlogenes System.

Hannelore Cayre
Die Alte
Aus dem Französischen von Iris Konopik
Ariadne 1240 · 978-3-86754-240-1

»Ein rotziger, amoralischer Roman, der eine schwarze Tragödie sein könnte, wäre er nicht eine krachend realistische Komödie.« *Lire – die 20 besten Bücher des Jahres*

»Ein Krimi über Drogenhandel und Geldwäsche, zugleich eine Kanonade von Protest zwischen Lachen und Weinen. Cayre schreibt mit der irren Verve einer badass, großmäulig, furchtlos, Konformismus verachtend. Mit ihrem Sinn für schonungsloses Benennen muss diese Frau im Gerichtssaal Angst und Schrecken verbreiten.« *Libération*

Ariadne
Herausgegeben von Else Laudan

Titel der amerikanischen Originalausgabe: Maggie Terry
© 2018 by Sarah Schulman
Published in English in 2018 by The Feminist Press, New York City

Deutsche Erstausgabe
Alle Rechte vorbehalten
© Argument Verlag 2019
Glashüttenstraße 28, 20357 Hamburg
Telefon 040/4018000 – Fax 040/40180020
www.argument.de
Lektorat und Satz: Iris Konopik
Umschlag: Martin Grundmann
Fotomotiv: © Doug Armand, Fotolia.com
Druck und Bindung: CPI books GmbH, Leck
Gedruckt auf säure- und chlorfreiem Papier
ISBN 978-3-86754-241-8
Erste Auflage 2019